마음

더디 세계문학 010

마음

나쓰메 소세키 | 이은정 옮김

덤

차례

상

———

선생님과 나

1

나는 그 사람을 늘 선생님이라고 불렀다. 그래서 여기에서도 선생님이라고만 쓰고 이름은 밝히지 않겠다. 세상에 알려지는 것을 꺼린다기보다 그렇게 부르는 편이 나로서는 편하기 때문이다. 나는 그 사람에 대한 기억을 떠올릴 때마다 '선생님'이라고 부르고 싶어진다. 글을 쓸 때도 그렇다. 데면데면하게 알파벳 따위를 사용할 마음은 눈곱만큼도 없다.

내가 선생님을 처음 만난 곳은 가마쿠라*다. 그때 나는 아직 어린 학생**이었다. 여름방학을 이용하여 해수욕을 즐기러 가마쿠라에 간 친구로부터 놀러 오라는 엽서가 와서 나는 돈을 약간 마련해서 가마쿠라에 가기로 마음먹었다. 돈을 준비하는 데 한 이삼 일 걸렸다. 그런데 내가 가마쿠라에 도착해서 사흘도 채 되지 않았을 때, 나를 부른 친구 앞으로 빨리 고향으로 돌아오라는 전보가 왔다. 전보에는 어머니가 병이 나셨다고 적혀 있었지만 친구는 믿지 않았다. 친구는 전부터 고향에 계신 부모님으로부터 원치 않는 결혼을 강요당하고 있었다. 그 친구는 요즘의 관점에서 보자면, 결혼하기에는 너무 어렸다. 게다가 더 중요한 것은 상대방이

---

* 당시에는 피서지로 유명했다.

** 주인공이 다니는 학교는 중학교 5학년을 마치고 들어가는 대학교 예비과정이다.

미음에 들기 않았다는 전이다. 그래서 여름방학에 당연히 고향으로 돌아가야 하는데도 일부러 도쿄 근처에서 놀고 있었던 것이다. 친구는 내게 전보를 보여주며 어떻게 하면 좋겠느냐고 물었다. 나는 적당한 답이 떠오르지 않았다. 어머니가 진짜로 병이 났다면 돌아가야 할 터였다. 그래서 친구는 결국 고향으로 돌아가게 되었다. 친구 때문에 오게 된 나는 혼자 남겨졌다.

개학까지 아직 꽤 남아 있어서 가마쿠라에 있어도 되고 돌아가도 되는 형편이었던 나는 당분간 지금 머물고 있는 숙소에 있기로 결정했다. 친구는 주고쿠 지방에 사는 자산가 집안의 아들로 돈에 구애받지 않고 사는 친구였지만 학교도 같은 데다 나이도 어려서 생활 수준은 나와 별반 다르지 않았다. 그래서 비록 혼자 남겨졌지만 내 처지에 어울리는 숙소를 굳이 찾아야 하는 귀찮은 일을 하지 않아도 됐다.

숙소는 가마쿠라에서도 변두리에 위치해 있었다. 당구나 아이스크림 같은 서양식 놀이와 먹거리를 접하려면 논두렁 길을 한참 걸어서 나가야만 했다. 차로 가도 20전*이나 들었다. 그래도 개인 별장이 주변 여기저기 많이 들어서고 있었다. 게다가 바다도 꽤 가까워서 해수욕하기에는 아주 편

---

* 나쓰메 소세키가 이 소설을 집필했던 1914년 당시에 1엔은 현재의 1만 엔의 가치였다. 1엔=100전. 당시에는 20전으로 영화를 한 편 볼 수 있었다.

리한 곳이었다.

　나는 매일 수영하러 바다로 갔다. 오래되어 거무스름해진 초가지붕 사이를 지나서 해변으로 내려가면 이 주변에 이렇게나 많은 도시 사람들이 있었구나 하는 생각이 들 정도로 피서 온 남자와 여자들로 가득해 마치 모래사장이 움직이고 있는 것 같았다. 어떤 때는 바닷속이 공중목욕탕처럼 검은 머리로 북적대기도 했다. 그중에 아는 사람이라고는 단 한 명도 없었지만 이런 번잡함 속에서 모래사장에 엎드리거나 무릎에 파도를 맞아보기도 하며 그 근방을 하릴없이 돌아다니는 것이 즐거웠다.

　나는 선생님을 이 혼잡함 속에서 발견한 것이다. 그때 해안에는 간이 찻집이 두 곳 있었다. 나는 우연한 기회에 그중 한 곳에 들렀고, 그 뒤 자주 가게 되었다. 하세 주변에 큰 별장을 가지고 있는 사람이라면 몰라도 개인 탈의실이 없는 근처 피서객들에게는 이런 공동 탈의실 같은 곳이 꼭 필요했다. 사람들은 간이 찻집에서 차도 마시고 휴식을 취하기도 했으며, 수영복을 빨아달라고 맡기거나 소금기 있는 몸을 깨끗이 씻기도 하고, 모자나 우산을 맡기기도 했다. 수영복이 없는 나도 소지품을 도둑맞을 우려가 있어서 바다에 들어갈 때마다 이 찻집에 맡겼다.

2

내가 그 찻집에서 선생님을 처음 봤을 때 선생님은 마침 옷을 벗고 막 바다로 들어가려던 참이었다. 그때 나는 반대로 젖은 몸을 바람에 말리며 바다에서 올라오고 있었다. 우리 두 사람 사이에는 시야를 가로막는 수많은 검은 머리들이 움직이고 있었다. 특별한 이유가 없었다면 나는 선생님을 못 봤을지도 모른다. 그 정도로 해변은 정신이 없을 정도로 혼잡했는데도 내가 바로 선생님을 발견할 수 있었던 것은 선생님이 한 명의 서양인과 함께 있었기 때문이다.

그 서양인의 눈에 띨 만큼 하얀 피부 때문에 찻집에 들어가자마자 내 시선을 끌었다. 일본의 전통 유카타를 입고 있던 그는 유카타를 접이의자 위에 휙 던지고는 바다를 향해 팔짱을 끼고 서 있었다. 그는 우리가 입는 사루마타* 외에는 아무것도 걸치고 있지 않았다. 내 눈에는 그 모습이 참 신기했다. 나는 이틀 전에 유이가하마 해변에 갔을 때 서양인들이 바다로 들어가는 모습을 모래사장 위에 쭈그리고 앉아 오랫동안 쳐다보았다. 내가 앉아 있던 곳은 약간 높은 언덕 위로, 호텔 뒷문 바로 옆에 있어서 거기 가만히 앉아 있는

---

* 갈색 메리야스지로 만든 남자용 사각팬티와 비슷한 모양으로, 트렁크 팬티의 원형이다. 일본만의 독특한 남자 속옷이다.

동안 꽤 많은 남자들이 바닷물을 뒤집어쓰러 나왔지만 몸통과 팔과 허벅지를 내놓은 사람은 단 한 명도 없었다. 여자들은 더더욱 피부를 드러내지 않았다. 대부분 머리에 고무 두건을 쓰고 있어서 거무스름한 적갈색과 청색과 남색이 파도 사이에 둥둥 떠 있었다. 그런 걸 목격한 내 눈에는 사루마타 하나만 입고 모두의 앞에 당당히 서 있는 서양인이 굉장히 신기해 보였다.

그는 잠시 후 옆에 쭈그리고 앉아 있는 일본인에게 몇 마디 건넸다. 그 일본인은 모래 위에 떨어져 있던 수건을 집어 들더니 바로 머리에 두르고 바다를 향해 걸어가기 시작했다. 그 사람이 바로 선생님이었다.

나는 단순히 호기심이 발동해서 해변을 나란히 걸어 내려가는 두 사람의 뒷모습을 지켜보고 있었다. 그들은 곧장 파도 속으로 발을 집어넣었다. 수심이 얕은 바다가 꽤 멀리까지 이어지고 있었다. 두 사람은 그곳에서 왁자지껄하게 떠들고 있는 사람들 사이를 지나 비교적 널찍한 곳까지 가더니 헤엄치기 시작했다. 그들은 머리가 조그맣게 보일 때까지 계속 헤엄쳐서 나아갔다. 그리고는 되돌아와서 곧장 해변으로 다시 올라왔다. 찻집에 도착해서는 우물물로 몸을 씻지도 않은 채 그냥 몸만 닦고 기모노를 걸치고는 바로 어딘가로 가버렸다.

그들이 가고 난 후 나는 접이의자에 앉아서 담배를 피웠다. 그리고 바다를 바라보며 선생님에 대해서 생각했다. 아무래도 어디선가 본 적이 있는 얼굴 같았다. 하지만 언제 어디서 만났는지 도무지 떠올릴 수 없었다.

그때의 나는 평화롭다기보다 무료함에 고통스러워하고 있었다. 그래서 다음 날도 선생님을 만났던 시간에 맞춰 일부러 찻집에 갔다. 그런데 서양인은 오지 않고 선생님 혼자 밀짚모자를 쓰고 들어왔다. 선생님은 안경을 벗어서 탁자 위에 올려놓은 다음 바로 수건을 머리에 두르고는 성큼성큼 걸어서 해변으로 내려갔다. 선생님이 어제처럼 수많은 해수욕객들 사이를 빠져나가 혼자서 헤엄치기 시작했을 때 나는 갑자기 그 뒤를 따라가고 싶어졌다. 나는 바닷물을 머리 위까지 튀기며 얕은 곳에서 상당히 깊은 곳까지 가서 선생님을 목표로 양손을 번갈아 휘두르며 헤엄치기 시작했다. 선생님은 어제와 달리 둥글게 선을 그리며 엉뚱한 방향으로 가더니 해안가로 다시 돌아오기 시작했다. 그래서 결국 나는 목적 달성에 실패했다. 내가 육지로 올라와 물이 떨어지는 손을 털며 찻집으로 들어서자 선생님은 벌써 유카타를 입고 나오더니 스쳐 지나가듯 밖으로 나갔다.

3

나는 다음 날도 같은 시간에 해변으로 가서 선생님을 보았다. 그다음 날도 같은 일을 반복했다. 하지만 우리 두 사람 사이에는 말을 걸 기회도 없었으며 인사를 하는 일도 없었다. 선생님의 태도는 비사교적이었다. 일정한 시간에 홀연히 왔다가 홀연히 가버렸다. 주위가 아무리 떠들썩해도 그런 것에는 전혀 신경 쓰지 않는 것처럼 보였다. 처음에 같이 왔던 서양인은 그후에는 보이지 않았다. 선생님은 언제나 혼자였다.

어느 날 선생님은 언제나처럼 재빨리 바다에서 올라와 벗어놓았던 유카타를 입으려고 했다. 그런데 무슨 이유에서인지 유카타에는 모래가 잔뜩 묻어 있었다. 선생님은 모래를 털어내려고 뒤로 돌아서서 유카타를 두세 번 털었다. 그러자 유카타 아래에 놓여 있던 안경이 접이의자의 나무 판 틈새로 떨어졌다. 선생님은 흰 가스리[*]에 헤코오비^{**}를 두른 후에야 안경이 떨어진 것을 알아차리고 급하게 그 근방을 찾기 시작했다. 나는 의자 아래로 머리와 손을 밀어 넣어 안경을 꺼냈다. 선생님은 고맙다고 인사하고 내 손에서 안경을 집어 들었다.

다음 날 나는 선생님을 쫓아서 바다로 뛰어 들어갔다. 그리고 선생님과 같은 방향으로 헤엄쳐 갔다. 한 이백 미터 정

---

[*]   붓으로 스친 것 같은 자잘한 무늬가 있는 유카타.

^{**} 젊은 남자들이 간편하게 매는 허리띠.

도 바다로 나갔을 즈음 선생님은 뒤돌아보며 내게 말을 걸었다. 넓고 푸른 바다 위에 떠 있는 사람은 우리 둘뿐이었다. 그리고 강한 태양빛이 눈길이 닿는 물과 산을 비추고 있었다. 나는 자유와 환희에 취해 바닷속에서 미친 듯이 근육을 움직였다. 선생님은 팔다리의 움직임을 멈추더니 얼굴을 하늘로 향한 채 파도 위에 누웠다. 나도 그대로 따라 했다. 푸른 하늘이 눈이 시릴 정도로 통렬한 색을 내 얼굴에 던졌다. 나는 "기분이 참 좋은데요" 하고 큰소리로 말했다.

잠시 후 바닷속에서 일어나듯 자세를 바꾼 선생님은 "그만 돌아갑시다" 하며 나를 재촉했다. 체력이 비교적 좋은 나는 좀 더 바다에서 놀고 싶었다. 그러나 선생님의 말이 떨어지자마자 바로 "네, 그러지요" 하고 흔쾌히 대답했다. 그리고 둘이서 왔던 길을 다시 헤엄쳐 해변으로 돌아왔다.

이후 나는 선생님과 가까운 사이가 되었다. 그러나 선생님이 어디에 묵고 있는지는 몰랐다.

그로부터 이틀이 지나고 삼 일째 되는 날 오후였던 것 같다. 선생님과 해변의 간이 찻집에서 만났을 때 선생님이 갑자기 내게 "여기 오래 있을 건가?"라고 물었다. 아무 생각도 없던 나는 이런 질문의 답을 머릿속에 준비하고 있지 않았다. 그래서 "어떻게 될지 모르겠습니다"라고 대답했다. 빙긋이 웃는 선생님의 얼굴을 보자 나는 갑자기 무안해졌다. 그래서 "선생님은요?"라고 되묻지 않을 수 없었다. 내 입에서 처음으로 선생님이라는 말이 나온 순간이었다.

나는 그날 밤 선생님이 머무는 곳을 방문했다. 숙소라고 해도 일반 여관과 달리 넓은 절 경내에 있는 별장 같은 건물이었다. 그곳에 살고 있는 사람이 선생님의 가족이 아니라는 것도 알았다. 내가 선생님, 선생님 하고 부르자 선생님은 겸연쩍은 웃음을 지었다. 그래서 나는 연장자를 부르는 내 말버릇이라고 둘러댔다. 그리고 얼마 전에 본 그 서양인에 대해서 물어봤다. 선생님은 그의 별난 점이랑 이제는 가마쿠라에 없다는 사실 등 이런저런 이야기를 하다가, 일본인과도 그다지 친하게 지내지 않는 자신이 그런 외국인과 가까이 지내게 된 것이 신기하다는 말도 했다. 나는 마지막에 선생님을 향해 어딘가에서 선생님을 본 것 같은데 떠오르지 않는다고 말했다. 어렸던 나는 그때 은근히 상대방도 나와 같은 느낌을 받지 않았을까 하고 궁금했다. 속으로 선생님의 대답을 예상해보기도 했다. 그런데 선생님은 잠시 아무 말도 하지 않고 있다가 "아무리 생각해봐도 기억이 없군. 사람을 잘못 본 것 아닌가?"라고 해서 나는 묘한 실망감을 느꼈다.

4

그달 말에 나는 도쿄로 돌아왔다. 선생님은 그보다 훨씬 전

에 피서지를 떠났다. 나는 선생님과 헤어질 때 "앞으로 가
끔 댁으로 찾아뵈어도 되겠습니까?" 하고 물었다. 선생님
은 쉽게 "그럼, 오게"라고 말했다. 그때 나는 선생님과 꽤
친해졌다고 생각하고 있었으므로 선생님이 좀 더 친근함이
묻어나는 말을 해주리라 예상하고 있었다. 그래서 무언가
부족한 그 대답이 내 자신감에 조금 상처를 주었다.

　나는 이런 일로 선생님에게 종종 실망했다. 선생님은 그
것을 아는 것 같기도 하고, 전혀 눈치채지 못하는 것 같기도
했다. 나는 가끔 가벼운 실망감을 느꼈지만 그것 때문에 선
생님으로부터 멀어지고 싶은 생각은 조금도 들지 않았다.
오히려 그 반대였다. 멀어질 것 같은 불안감에 흔들릴 때마
다 더욱 가까이 다가가고 싶어졌다. 조금만 더 다가가면 내
가 기대하는 것이 언젠가 눈앞에 만족스럽게 나타나리라
생각했다. 나는 젊었다. 하지만 젊은 피가 모든 인간에게 이
처럼 순수하게 요동칠 거라고는 생각하지 않는다. 나는 왜
선생님에게만 이렇게 마음이 동하는지 알 수 없었다. 그 이
유를 선생님이 돌아가신 오늘에야 비로소 알게 되었다. 선
생님은 처음부터 나를 싫어하지 않았다. 선생님이 내게 가
끔 보인 쌀쌀맞은 인사나 냉담한 행동은 나를 멀리하려는
불쾌감의 표현이 아니었다. 가엾은 선생님은 자신에게 다
가오려 하는 인간에게, 나는 다가올 만한 가치가 있는 사람
이 아니니까 그만두라는 경고를 보냈던 것이다. 남이 보이

는 반가움과 그리움에 응하지 않았던 선생님은 사람을 경멸하기 이전에 자신을 먼저 경멸했던 것이다.

나는 물론 선생님을 찾아갈 생각으로 도쿄로 돌아왔다. 돌아오고 나서 수업이 시작될 때까지는 아직 이 주일이나 남아 있었기에 한번 가보려고 했다. 그러나 돌아와서 이삼일이 지나자 가마쿠라에 있었을 때의 기분은 점점 잦아들었다. 게다가 화려한 대도시의 분위기가 되살아나는 기억에 동반된 강한 자극으로 내 마음을 진하게 물들였다. 나는 왔다 갔다 하면서 학생들의 얼굴을 볼 때마다 새 학년*에 대한 기대와 동시에 긴장감을 맛보았다. 나는 한동안 선생님을 잊고 지냈다.

수업이 시작되고 한 달 정도 지나자 나는 다시 해이해졌다. 뭔가 부족한, 굶주림에 찐 얼굴로 거리를 걸어 다녔다. 뭔가 찾는 심정으로 내 방을 둘러봤다. 선생님의 얼굴이 머릿속에 떠올랐다. 선생님이 보고 싶어졌다.

처음으로 선생님 댁을 방문했을 때 선생님은 집에 없었다. 내 기억으로는 두 번째 방문했을 때가 그다음 일요일이었다. 맑은 하늘이 몸속으로 스며들 것 같았다. 그날도 선생님은 집에 없었다. 가마쿠라에 있었을 때 선생님은 대개 집에 있다고 말했었다. 오히려 외출을 싫어한다고도 했다. 두

---

* 당시 대학의 새로운 학년은 9월에 시작되었다.

번이나 와서 두 번 모두 선생님을 만날 수 없었던 나는 그 말을 떠올리고는 이유 없이 불만스러웠다. 나는 잠시 동안 현관 앞을 떠나지 못하고 서 있었다. 하녀의 얼굴을 보며 잠시 주저했다. 요전에 내 명함을 선생님에게 전달했던 일을 기억해낸 하녀는 나보고 잠시 기다리라고 하고서는 다시 안으로 들어갔다. 그러자 사모님인 듯한 사람이 나왔다. 아름다운 부인이었다.

사모님은 친절하게 선생님이 외출한 곳을 알려주었다. 선생님은 매달 이날이 되면 꽃을 들고 조시가야의 묘지에 있는 어떤 사람을 찾아간다고 했다. 사모님은 "이제 막 나가셨습니다. 한 십 분쯤 되려나……" 하고 내가 안됐다는 듯 말해주었다. 나는 인사를 하고 밖으로 나왔다. 번잡한 거리를 한 백 미터 정도 걷다 보니 산책을 겸해서 조시가야에 가보자는 생각이 들었다. 선생님을 만날 수 있지 않을까 하는 기대감도 발동했다. 그래서 곧바로 발걸음을 돌렸다.

5

나는 묘지 바로 앞에 있는 모종밭의 왼쪽으로 돌아 들어갔다. 그러자 양쪽으로 단풍나무가 심어져 있는 넓은 길이 나왔고, 나는 그 길을 따라 안쪽으로 걸어 들어갔다. 그 길 끄트머리에 보이는 찻집에서 선생님을 닮은 사람이 불쑥 나왔다. 나는 그 사람의 안경테에 햇빛이 반사되는 게 보일 때까지 다가갔다. 그리고 "선생님" 하고 큰소리로 불렀다. 선생님은 멈칫하더니 돌아봤다.

"어떻게…… 어떻게……."

선생님은 똑같은 말을 두 번이나 반복했다. 고요한 한낮에 울리는 이상한 말투였다. 나는 바로 대답할 수 없었다.

"내 뒤를 밟은 건가? 왜……."

선생님은 오히려 침착했다. 목소리도 잠겨 있었다. 하지만 표정에는 확실히 표현할 길 없는 일종의 어둠이 드리워져 있었다.

나는 어떻게 여기까지 오게 되었는지 선생님에게 말했다.

"누구의 묘에 갔는지, 아내가 그 사람의 이름을 말하던가?"

"아니요. 그런 말씀은 전혀 안 하셨습니다."

"그렇군……. 그렇지. 말할 리가 없지. 처음 만난 사람에게 말할 필요는 없으니까."

선생님은 그제야 충분히 납득한 듯했다. 그러나 나는 전혀 이해할 수 없었다.

선생님과 나는 큰길로 나가기 위해 묘지 사이를 빠져나왔다. 이사벨라 아무개의 묘나 신의 종 로긴의 묘 옆에 '一切衆

生悉有仏生(일체중생실유불생)**이라고 쓰인 소토바**가 세워져 있었다. 전권공사*** 어쩌고 하는 것도 있었다. 나는 ‘安得烈’이라고 조각되어 있는 작은 묘 앞에서 “이건 뭐라고 읽을까요?”라고 선생님에게 물었다. “안드레라고 읽으라는 거 아니겠나”라며 선생님은 쓴웃음을 지었다.

선생님은 이 묘표들로 알 수 있는 다양한 인종들에 대해 나만큼 해학이나 아이러니를 느끼지 않는 것 같았다. 선생님은 내가 동그란 묘석이나 가늘고 긴 화강암 비석을 가리키며 끊임없이 이런저런 말을 하는 것을 처음에는 묵묵히 듣고 있다가 마침내 “학생은 죽음에 대해서 아직 진지하게 생각해본 적이 없군” 하고 말했다. 나는 말문이 막혔다. 선생님은 그 말을 마지막으로 더 이상 아무 말도 하지 않았다.

묘지의 경계 지점에 큰 은행나무 한 그루가 하늘을 가리며 서 있었다. 그 아래에 왔을 때 선생님은 높은 나뭇가지를 올려다보며 “조금 더 지나면 아름다워지지. 이 나무가 완전히 노랗게 물들면 이 주변은 황금색 낙엽으로 가득해진다네” 하고 말했다. 선생님은 한 달에 한 번은 반드시 이 나무 아래를 지나갈 터였다.

---

*　생명이 있는 모든 것은 부처가 될 가능성이 있다는 뜻으로 『대반열반경』이라는 경전에 나오는 말이다.

**　죽은 이의 명복을 빌기 위해 경문이나 계명(戒名)을 적은 좁고 긴 판자.

***　외교관의 일종.

저편에서 울퉁불퉁한 지면을 다져서 새로운 묘를 만들고 있던 남자가 호미를 잡은 손을 멈추고 우리 쪽을 쳐다보고 있었다. 우리는 그곳에서 왼쪽으로 꺾어서 거리로 나왔다.

이제부터 어디로 가겠다는 목적지도 딱히 없던 나는 그저 선생님이 걷는 대로 따라 걸어갔다. 선생님은 평소보다 더 말수가 적었다. 하지만 별로 불편하지 않아서 어슬렁거리며 같이 걸어갔다.

"곧장 댁으로 돌아가십니까?"

"딱히 들를 곳이 없으니까."

우리는 말없이 남쪽을 뻗어 있는 비탈길을 내려갔다.

"선생님 댁의 묘가 저기 있습니까?" 하고 내가 또 말을 걸었다.

"아니."

"그럼 누구 묘입니까? 친척분입니까?"

"아니네."

선생님은 그 외에는 아무 대답도 하지 않았다. 나도 더 이상 묻지 않았다. 한 백 미터쯤 걸었을 때 선생님이 갑자기 말을 꺼냈다.

"그곳에는 내 친구의 묘가 있네."

"친구분의 묘를 매달 찾아가시는 겁니까?"

"그렇다네."

그날 선생님은 더 이상 아무 말도 하지 않았다.

6

그후 나는 가끔 선생님을 방문하게 되었다. 갈 때마다 선생님은 집에 있었다. 선생님을 만나는 횟수가 늘어나면서, 나는 점점 더 자주 선생님 댁 현관을 드나들었다.

하지만 나를 대하는 선생님의 태도는 첫 인사를 했을 때나 친해진 후나 크게 달라진 게 없었다. 선생님은 언제나 조용했다. 어느 때는 너무 조용해서 외로울 정도였다. 나는 처음부터 선생님에게 다가가기 어려운 불가사의함 같은 것을 느끼고 있었다. 그런데도 가까이 다가가지 않고서는 배길 수 없는 욕구가 강하게 움직였다. 선생님에게 이런 느낌을 가진 사람은 어쩌면 나뿐이었을지도 모른다. 그러나 나만의 이 직감이 나중에 입증되었기 때문에 나는 어리다는 말을 듣든 바보 같다고 비웃음을 당하든, 오로지 내 직감이 믿음직스럽고 기뻤다. 인간을 사랑할 수 있는 사람, 사랑할 수밖에 없는 사람, 그런데도 자신의 품에 들어오려는 사람을 두 팔 벌려 꽉 끌어안을 수 없는 사람, 그런 사람이 바로 선생님이었다.

조금 전에 말한 대로 선생님은 시종일관 조용했다. 늘 차분했다. 하지만 가끔 이상한 그늘이 선생님의 얼굴을 가로지르는 일도 있었다. 마치 창에 검은 새의 그림자가 비치듯. 비치는가 싶더니 바로 사라지기는 했지만. 내가 처음으로 그 그림자를 선생님 얼굴에서 본 것은 조시가야의 묘지에서 선생님을 불렀을 때였다. 그 이상한 순간, 나는 그때까지 기분 좋게 뛰던 심장의 맥박이 잠시 둔해졌다. 그러나 그것은 단순한 맥박의 난조에 지나지 않았다. 채 오 분도 지나지 않아 평소의 박동을 다시 회복했다. 그리고 어두운 그림자를 잊어버렸다. 그러다 뜻하지 않는 순간에 다시 떠올리게 되었다. 작은 봄이라고 불리는 음력 10월이 막 지나려던 무렵의 어느 날 밤이었다.

선생님과 이야기를 나누던 나는 갑자기 선생님이 일부러 알려준 커다란 은행나무가 떠올랐다. 계산해보니 선생님이 매달 참배를 가는 날이 그로부터 딱 사흘 후였다. 사흘 후의 그날은 수업이 낮에 끝나서 시간적으로 여유가 있었다. 나는 선생님에게 이렇게 말했다.

"선생님, 조시가야의 은행잎은 벌써 졌을까요?"

"다 벌거벗지는 않았겠지."

선생님은 그렇게 대답하면서 나를 쳐다봤다. 그리고 잠시 시선을 떼지 않았다. 나는 바로 말을 이었다.

"이번에 참배하러 가실 때 동행해도 되겠습니까? 저는 선생님과 함께 그 근방을 산책하고 싶습니다."

"나는 참배를 가는 거지 산책을 가는 게 아니네."

"하지만 겸사겸사 산책하면 좋지 않습니까."

선생님은 대답하지 않았다. 잠시 후 "나는 정말 참배만

하러 가는 거니까"라고 말하고 어디까지나 참배와 산책을
구분지으려는 듯했다. 나와 가지 않으려는 구실인지는 모
르지만 그때 선생님이 참 어린애같이 느껴져서 좀 어색했
다. 나는 좀 더 밀어붙여보고 싶어졌다.

"그럼 참배라도 좋으니까 데리고 가주십시오. 저도 참배
하겠습니다."

나는 참배와 산책을 구분짓는 게 무의미했다. 그러자 선
생님의 표정이 약간 어두워졌다. 눈빛도 이상해졌다. 그것
은 민폐나 혐오나 두려움이라고 말할 수 없는 희미한 불안
을 닮아 있었다. 순간 나는 조시가야에서 "선생님" 하고 불
렀을 때의 기억이 떠올랐다. 그때와 아주 닮은 표정이었다.

"나는……." 선생님이 말했다. "나는 자네에게 말할 수 없
는 어떤 연유가 있어서 남과 같이 참배하고 싶지 않은 거네.
내 아내조차 아직 데리고 간 적이 없어."

7

이상했다. 하지만 나는 선생님을 연구할 생각으로 선생님
댁을 드나드는 것이 아니었다. 그저 흘러가는 대로 내버려
뒀다. 지금 생각해보면 그때의 내 태도는 내 인생 중에서 칭
찬받아야 할 만한 것 중 하나였다. 덕분에 선생님과 인간다
운 따뜻한 교제를 할 수 있었다고 생각한다. 만약 호기심이

발동해 선생님의 마음을 조금이나마 연구하려고 들었다면
우리 둘 사이를 잇는 감정의 끈은 가차 없이 끊어져버렸을
것이다. 젊은 나는 자신의 태도를 전혀 자각하지 못했다. 그
래서 내 태도는 칭찬받았을지 모르지만, 만약 잘못해서 그
반대로 행동했더라면 어떤 결과가 벌어졌을까? 상상만 해
도 섬뜩하다. 가뜩이나 선생님은 차가운 시선으로 연구당
하는 것을 늘 두려워했다.

　나는 한 달에 두 번 또는 세 번씩 반드시 선생님 댁에 갔
다. 내가 자주 찾게 되고 나서 어느 날, 선생님이 갑자기 내
게 물었다.

　"자네는 왜 나 같은 사람을 찾아오는 건가?"

　"왜냐고 물으셔도 특별한 의미는 없습니다. 그런데 귀찮
으십니까?"

　"귀찮다고는 말하지 않았네."

　선생님은 귀찮아 하는 태도를 전혀 보이지 않았다. 나는
선생님의 교제 범위가 아주 좁다는 사실을 알고 있었다. 선
생님의 옛 동창생 중 그즈음 도쿄에 있는 사람은 두세 명 정
도밖에 없다는 사실도 알고 있었다. 선생님과 같은 고향의
학생들과는 가끔 응접실에서 동석하는 경우도 있었지만,
그들은 모두 나만큼 선생님에게 친밀감을 느끼고 있는 것
같지는 않아 보였다.

　"나는 외로운 사람이네." 선생님이 말했다. "그래서 자네

기 찾아오면 저서 기쁘다네. 그래서 왜 여기에 자주 오는지를 물었던 거네."

"그건 또 어째서입니까?"

내가 이렇게 반문하자 선생님은 아무 대답도 하지 않았다. 단지 내 얼굴을 보고 "자네는 몇 살인가?"라고 물었다.

나는 이 문답을 종잡을 수 없었지만 끝을 보지 않고 그냥 집으로 돌아왔다. 그로부터 나흘이 지나지 않아 선생님을 또 찾아갔다. 선생님은 응접실로 나오자마자 웃고는 말했다.

"또 왔군."

"네, 왔습니다." 나도 이렇게 말하고는 웃었다.

다른 사람에게 이런 말을 들었다면 분명 울화가 치밀었을 것이다. 그러나 선생님에게 그 말을 들었을 때는 정반대였다. 울화가 치미는 게 아니라 오히려 유쾌했다.

"나는 외로운 사람이네." 선생님은 그날 밤 또 얼마 전의 말을 반복했다. "나는 외로운 사람이지만, 혹시 자네도 외로운 사람 아닌가? 나는 외로워도 나이를 먹었으니까 움직이지 않고 있을 수 있지만, 젊은 자네는 그렇게는 안 되겠지. 움직일 수 있는 만큼 움직이고 싶을 거야. 움직여서 뭔가에 부딪치고 싶겠지……."

"조금도 외롭지 않습니다."

"젊음만큼 외로운 것도 없는 법이지. 그런데 왜 자네는 우리 집에 오는 건가?"

며칠 전의 말을 선생님은 또다시 반복했다.

"자네는 아마도 날 만나도 여전히 외로울 거네. 내게는 자네를 위해 그 외로움을 뿌리부터 뽑아버릴 만큼의 힘이 없으니까. 자네는 언젠가 다른 사람을 향해 팔을 벌려야 할 거야. 그리고 언젠가 우리 집에도 찾아오지 않게 될 테지."

선생님은 이렇게 말하며 쓸쓸한 웃음을 지었다.

8

다행스럽게도 선생님의 예언은 실현되지 않았다. 당시 그런 경험이 없었던 나는 이 예언 속에 내포되어 있는 명백한 의미조차 이해할 수 없었다. 나는 여전히 선생님을 만나러 갔다. 그러던 중 어느새 선생님과 같이 밥을 먹게 되었다. 자연스럽게 사모님과도 말을 트게 되었다.

나는 보통 사람으로 여자에게 냉담하지 않았다. 하지만 젊은 내가 지금까지 살아온 생을 되돌아보면 여자와 교제다운 교제는 거의 한 적이 없었다. 그것이 원인인지는 모르겠지만, 내 흥미는 거리에서 만나는 모르는 여자들에게 향해 있었다. 선생님의 부인에게는 전에 현관에서 만났을 때 아름답다는 인상을 받았다. 그후 만날 때마다 늘 같은 인상을 받았다. 그러나 그 외에는 이렇다 할 만한 느낌을 받은 게 없었다.

사모님에게 특별한 점이 없었다기보다 특별한 점을 보일 기회가 없었다고 해석하는 편이 올바를지도 모른다. 그러나 나는 늘 사모님을 선생님에게 부속된 일부분으로 대했다. 사모님도 자신의 남편을 찾아오는 학생에 대한 호의 정도로 나를 대하고 있었다. 중간에 있는 선생님을 지우면 사모님과 나는 아무 연관도 없었다. 그래서 처음 만난 사모님에 대해서는, 아름답다는 인상 외에는 아무것도 느끼지 못했다.

어느 날 나는 선생님의 집에서 술을 마시게 되었다. 그때 사모님이 옆에서 술을 따라주었다. 선생님은 평상시보다 유쾌해 보였다. 사모님에게 "당신도 한잔해"라고 말하고 자신의 빈 잔을 내밀었다. 사모님은 "저는……"이라고 거절하는 것 같더니 성가시다는 듯 그것을 받아 들었다. 사모님은 아름다운 눈썹을 찡그리며 내 술의 절반만큼만 따른 잔을 입술로 가져갔다. 사모님과 선생님 사이에 이런 대화가 시작되었다.

"웬일이세요? 내게 마시라고 한 적은 거의 없는데."

"당신이 술 싫어하니까. 하지만 가끔은 마셔도 좋잖아. 기분이 좋아져."

"하나도 안 그래요. 괴롭기만 한데. 그래도 당신은 기분 좋아 보이네요. 술이 좀 들어가니까."

"가끔은 꽤 기분이 좋아져. 하지만 늘 그런 건 또 아냐."

"오늘 밤은 어때요?"

"기분 좋아."

"이제 매일 밤 조금씩만 마셔요."

"어떻게 그래."

"드세요. 그 편이 외롭지 않아서 좋으니까."

선생님 댁에는 부부와 하녀만 있었다. 갈 때마다 대개는 썰렁했다. 큰 웃음소리 따위는 들리지도 않았다. 어떤 때는 집 안에 선생님과 나만 있는 게 아닌가 싶을 때도 있었다.

사모님은 나를 보며 "아이라도 있으면 좋을 텐데 말이에요"라고 말했다. 나는 "그렇지요"라고 대답했다. 그러나 내 마음에는 티끌만큼의 동정도 생기지 않았다. 아이를 가져본 적 없는 그 당시의 나는 아이를 그저 시끄러운 존재로 여기고 있었다.

"한 명 데리고 올까?" 선생님이 말했다.

"남의 애는…… 글쎄요……"라고 말하며 사모님은 또 나를 봤다.

"아이는 아무래도 생길 것 같지 않은데"라고 선생님이 말했다.

사모님은 아무 말도 하지 않았다. 내가 대신 "왜요?"라고 묻자 선생님은 "천벌을 받고 있으니까"라고 말하며 크게 웃었다.

9

내가 아는 한 선생님과 사모님은 사이가 좋았다. 나는 가족의 일원이 아니라서 속 깊은 사정은 물론 몰랐지만, 선생님이 응접실에서 나와 앉아 있을 때 하녀를 부르지 않고 사모님을 부른 적이 있었다. (사모님의 이름은 시즈였다.) 선생님은 "어이, 시즈" 하고 늘 문을 향해 불렀다. 그 소리가 내게는 참 다정다감하게 들렸다. 대답을 하며 들어오는 사모님의 모습도 상당히 조신했다. 가끔 밥을 얻어먹게 되어 사모님이 함께할 때면 이 관계를 한층 더 잘 알 수 있었다.

선생님은 가끔 사모님을 데리고 음악회나 연극을 보러 갔다. 그리고 내 기억으로는 부부가 일주일 정도 여행을 간 적도 두세 번 이상 있었다. 나는 하코네에서 받은 그림엽서를 아직 가지고 있다. 닛코에서는 단풍잎을 한 장 동봉한 편지도 보내왔다.

당시 내 눈에 비친 선생님과 사모님 사이는 대체로 그랬다. 단 한 번 의외의 일이 있었다. 어느 날 내가 언제나처럼 선생님 댁 현관에서 왔다는 기척을 내려는데 응접실 쪽에서 말소리가 들려왔다. 잘 들어보니 일상적인 대화가 아니라 아무래도 말싸움을 하는 것 같았다. 선생님 댁은 현관을 들어서면 바로 응접실이었기 때문에 격자문 앞에 서 있으면 말소리가 거의 다 들렸다. 그리고 싸우는 사람 중 한 명이 선생님이라는 사실도 가끔 언성이 높아지는 남자 목소리로 알았다. 상대방은 선생님보다 낮은 목소리라서 누구인지 확실치는 않았지만 아무래도 사모님 같았다. 울고 있는 듯했다. 나는 무슨 일일까 생각하며 현관에 서서 어떻게 할지 고민하다가 그날은 그냥 하숙집으로 돌아왔다.

묘하게 불안한 마음이 나를 덮쳐왔다. 책을 읽어도 눈에 들어오지 않았다. 한 시간 정도 그러고 있는데 선생님이 창밖에서 내 이름을 불렀다. 나는 놀라서 창문을 열었다. 선생님은 산책하자며 나보고 나오라고 했다. 아까 오비 사이에 끼워둔 시계를 꺼내 보니 벌써 8시가 지나 있었다. 나는 집에 돌아와서도 아직 하카마*를 갈아입지 않고 있었다. 나는 그대로 밖으로 뛰쳐나갔다.

그날 밤 나는 선생님과 함께 맥주를 마셨다. 선생님은 원래 술이 약한 사람이었다. 어느 정도까지 마시다가 그래도 취하지 않으면 취할 때까지 마셔보자는 모험을 할 만한 사람도 아니었다.

선생님은 "오늘은 아니군" 하고 말하며 쓴웃음을 지었다.

나는 "오늘은 기분이 좋아지지 않으세요?"라고 가엾다는 듯 물었다.

---

* 허리 아래에 입는 품이 넓은 하의이며, 앞에 주름이 아랫단까지 있는데 한국의 통치마처럼 생긴 것과 너른바지처럼 양 가랑이가 갈라진 것이 있다.

내 머릿속에는 시종일관 아까 일이 맴돌고 있었다. 안주의 뼈가 목에 걸린 것처럼 괴로웠다. 그냥 이야기해버릴까 생각하다가 다시 그만두는 편이 좋겠다고 그러면서 마음이 왔다 갔다 해서 안절부절못하고 있었다.

"오늘 무슨 일이 있었나?" 선생님이 먼저 말을 꺼냈다. "실은 나도 오늘 정상이 아니군. 그렇게 보이지 않나?"

나는 어떤 대답도 할 수 없었다.

"실은 아까 아내와 좀 다퉜다네. 그래서 쓸데없이 흥분하고 말았지." 선생님이 말했다.

"왜……."

싸움이라는 말은 차마 입 밖으로 나오지 않았다.

"아내가 나를 오해하고 있더군. 오해라고 말하고 이해시키려고 했지만 들으려고 해야 말이지. 그래서 그만 부아가 치밀었어."

"어떤 오해를 하셨는데요?"

선생님은 이 질문에 대답하고 싶어하지 않았다.

"아내가 생각하는 그런 인간이라면 이렇게 괴롭지는 않을 거네."

선생님이 얼마나 괴로워하고 있는지, 나로서는 상상도 안 되는 문제였다.

돌아오는 길에 우리 두 사람의 침묵은 백 미터, 이백 미터를 걸을 때까지 이어졌다. 돌연 선생님이 먼저 말을 꺼냈다.

"내가 못난 짓을 해버렸군. 화가 나서 집을 나오긴 했지만 아내가 무척 걱정하고 있을 거야. 생각해보면 여자는 참 가여운 존재지. 아내는 나 외에는 의지할 곳이 없으니까."

선생님의 말은 잠시 끊어졌지만 그렇다고 딱히 내 대답을 기대하는 것 같지는 않았다. 선생님은 이야기를 이어갔다.

"그렇게 말하면 남편은 상당히 든든한 사람들 같아서 참 우습지만, 자네의 눈에 내가 어떻게 보이나? 강한 사람으로 보이나, 약한 사람으로 보이나?"

"중간 정도로 보입니다." 나는 이렇게 대답했다. 선생님 으로서는 내 대답이 약간 의외였던 모양이다. 선생님은 다시 아무 말 않고 걷기 시작했다.

선생님 댁으로 돌아가려면 내 하숙집 옆을 지나야 했다. 하숙집까지 와서 그냥 모퉁이에서 헤어지려니 선생님에게 미안한 생각이 들었다. 그래서 "여기까지 온 김에 댁까지 같이 갈까요?"라고 말했다. 그러자 선생님은 갑자기 손으로 나를 막았다.

"너무 늦었으니까 빨리 들어가게. 나도 집으로 돌아갈 테니까, 마누라님을 위해서."

선생님이 마지막으로 붙인 '마누라님을 위해서'라는 말에 묘하게 내 마음이 따뜻해졌다. 나는 그 말 덕분에 하숙집에 돌아와서 편안하게 잘 수 있었다. 나는 그후에도 한동안 '마누라님을 위해서'라는 이 말이 잊혀지지 않았다.

그 말에서 선생님과 사모님 사이에 일어난 파란이 대수롭지 않다는 사실을 알 수 있었다. 그러한 파란이 드물지 않다는 사실도 그후 선생님 댁을 자주 출입하면서 알게 되었다. 그뿐만이 아니라 선생님은 이런 감상도 지나가듯 말했다.

"나는 세상에서 여자라고는 단 한 사람밖에 모른다네. 아내 이외의 여자는 여자로 보이지 않아. 아내도 나를 천하에 단 한 사람밖에 없는 남자로 생각해주고 있지. 그런 의미에서 우리는 가장 행복한 한 쌍이어야 마땅하지."

지금 나는 전후 사정을 잊어버려서 선생님이 내게 왜 이런 고백을 했는지는 확실하게 말할 수 없다. 하지만 선생님의 태도가 진지했다는 것, 그리고 침울했다는 것만은 지금도 기억에 남아 있다. 그때 이상하게 들렸던 구절은 "가장 행복한 한 쌍이어야 마땅하지"라는 마지막 한마디였다. 선생님은 왜 행복한 한 쌍이라고 단언하지 않고 그래야 마땅하다고 했을까. 나는 그것이 이상했다. 게다가 그 부분을 강조하는 선생님의 말투도 이상했다. 선생님은 과연 행복할까? 행복해야 하는데 그다지 행복하지 않나? 나는 의구심이 들 수밖에 없었다. 하지만 그 의구심은 금세 어디론가 파묻히고 말았다.

　나는 선생님이 안 계실 때 선생님 댁을 방문하게 되어 사모님과 둘이서 마주 앉아 이야기할 기회가 있었다. 선생님은 그날 요코하마에서 출발하는 증기선을 타고 외국으로 가는 친구를 배웅하느라 신바시까지 가서 집에 없었다. 당시 요코하마에서 배를 타려면 아침 8시 반에 신바시에서 출발하는 기차를 타는 것이 일반적이었다. 나는 선생님에게 책에 대한 조언을 구하고 싶어서 약속한 대로 9시에 댁을 방문했다. 선생님은 전날 일부러 작별 인사를 하러 온 친구에 대한 예의로 갑자기 신바시에 가게 된 터였다. 선생님은 금방 돌아올 테니까 집에 없더라도 잠시 기다리라는 말을 남겨두었다. 그래서 나는 선생님을 기다리면서 사모님과 이야기를 나눴다.

11

당시 나는 대학생*이었다. 처음 선생님 댁을 찾았던 때에 비하면 훨씬 어른이 된 기분이었다. 사모님과도 꽤 친해진 뒤였다. 나는 사모님과 있어도 별로 어색하지 않았다. 우리는

---

* 　당시 대학이라고 하면 도쿄제국대학을 가리킨다. '나'의 경우 졸업식에 천황의 '순행'이 있었다는 것(「부모님과 나」 참조) 등에서도 도쿄제국대학 학생이라는 것을 알 수 있다.

마주 앉아서 이런저런 얘기를 나눴다. 그러나 이렇다 할 만
한 얘기가 아니었으므로 지금은 거의 잊어버렸다. 하지만
단 하나, 내 귀에 남은 말이 있었다. 그 이야기를 하기 전에
한 가지 말해두고 싶다.

선생님은 대학 출신*이었다. 나는 처음부터 알고 있었다.
그러나 선생님이 직업도 없이 놀고 있다는 사실은 도쿄에
돌아와서 얼마 지난 후 처음으로 알게 되었다. 나는 그때 어
떻게 직업도 없이 놀고 있을 수 있을까 하는 생각이 들었다.

선생님은 세상에 이름이 알려져 있지 않은 사람이었다.
그래서 선생님의 학문과 사상에 대해서 경의를 표할 사람
은 선생님과 친밀한 나뿐이었다. 나는 그 점이 늘 안타깝다
고 말했다. 그러면 선생님은 "나 같은 사람이 세상에 나가서
떠드는 게 미안한 일이지"라고만 대답할 뿐 더 이상 이야기
하려 들지 않았다. 나는 그 대답이 지나치게 겸손해서 오히
려 세상을 혹평하는 듯 들렸다. 실제로 선생님은 가끔 지금
은 저명해진 옛 동창생 한 명을 서슴없이 혹평했다. 그래서
나는 노골적으로 그 모순을 지적하며 이러쿵저러쿵 반론을
제기하곤 했다. 반항이라기보다 선생님이 세상에 알려지
지 않은 채 지내는 게 안타까워서였다. 그때 선생님은 침울

---

* 당시에는 대학을 나왔다고 하면 도쿄제국대학을 가리켰다. 도쿄제국대학을 나온 사람
은 최고의 엘리트이자 사회에서 지도적인 역할을 할 인재로 여겨졌다.

하게 "나는 세상에 나가서 활동할 자격이 없는 남자이니 어쩔 수 없네"라고 말했다. 선생님의 얼굴에서 깊이를 알 수 없는 심연이 엿보였다. 나는 그 표정이 의미하는 바가 실망인지 불만인지 비애인지 알 수 없었지만, 말을 이을 수 없을 정도로 강렬해서 더 이상 말할 용기가 나지 않았다.

사모님과 이야기를 나누면서 화제는 자연스럽게 선생님이 세상과 떨어져 지내는 이유로 옮겨갔다.

"선생님은 왜 집에서 사색하거나 공부하기만 하시고 세상으로 나가서 일하지 않으십니까?"

"그 사람은 못 해요. 그런 거 싫어하니까요."

"말하자면 의미가 없다고 깨달으신 걸까요?"

"깨달았는지, 아닌지……. 그런 건 제가 여자라서 잘 모르지만 아마도 그런 의미는 아닐 거예요. 역시 뭔가 하고 싶은 건 있을 거예요. 하지만 할 수 없어요. 그래서 안됐어요."

"어디 편찮으십니까?"

"건강해요. 지병도 전혀 없고요."

"그런데 왜 세상으로 나가서 활동할 수 없는 걸까요?"

"그걸 모르겠어요. 그걸 알면 저도 이렇게 걱정하진 않겠죠. 모르니까 더 딱해요."

사모님의 말투는 동정심으로 물들어 있었다. 그래도 미소는 띠고 있었다. 모르는 사람이 보면 오히려 내가 더 진지했다. 나는 심각한 표정으로 아무 말도 하지 않고 있었다.

그러자 사모님이 갑자기 생각이 난 듯 말했다.

"젊었을 때는 지금 같지 않았어요. 전혀 달랐죠. 그런데 갑자기 사람이 변해버렸어요."

"젊었을 때라면 언제입니까?" 내가 물었다.

"학생 때요."

"학생 때부터 선생님을 아셨습니까?"

갑자기 사모님의 얼굴이 발그스름해졌다.

12

사모님은 도쿄 사람이었다. 그건 선생님이나 사모님에게 직접 들어서 알고 있었다. 사모님은 "사실은 나 혼혈아예요"라고 말했다. 사모님의 부친은 돗토리인가 어딘가 출신이고, 모친은 아직 에도라고 불릴 무렵의 도쿄 이치가야에서 태어났기에 사모님은 농담으로 그렇게 말했다. 그런데 선생님은 도쿄에서 멀리 떨어진 니가타 현 출신이었다. 그래서 사모님이 만약 학생 시절의 선생님을 알고 있다면 고향과 관계가 없다는 점만은 분명했다. 그러나 얼굴을 발그스름하게 물들인 사모님은 더 이상 이야기하고 싶지 않은 것처럼 보여서 나 또한 더 깊이 묻지는 않았다.

나는 선생님과 친해지고 나서 선생님이 돌아가실 때까지 꽤 이런저런 문제에 대한 선생님의 사상과 고차원적 감정을 접해왔지만 결혼 당시의 상황에 대해서는 거의 듣지 못했다. 나는 가끔 그것을 좋은 뜻으로 해석해보기도 했다. 중년의 선생님이니 속살을 드러내는 추억을 젊은이에게 들려주는 것을 일부러 삼가고 있다고 생각했다. 또 가끔은 안 좋은 쪽으로도 이해했다. 선생님뿐만 아니라 사모님도 내게 비하면 한 시대 전의 관습에 영향을 받으며 성인이 되었으므로 남녀 문제를 솔직히 이야기할 용기가 없을 수도 있다. 모두 내 추측에 지나지 않았다. 나는 그렇게 두 사람의 결혼 전 뜨거운 로맨스를 상상하고 있었다.

내 예상대로였다. 하지만 나는 두 사람의 사랑의 절반만 맞춘 것에 불과했다. 선생님의 아름다운 연애의 이면에는 무서운 비극이 숨어 있었다. 그리고 그 비극이 선생님에게 얼마나 괴로운 것인지 사모님도 전혀 몰랐다. 사모님은 지금도 그 사실을 모르고 있다. 선생님은 그것을 사모님에게 말하지 않고 세상을 떠났다. 선생님은 사모님의 행복을 파괴시키기 전에 자신의 생명을 먼저 파괴한 것이다.

지금은 그 비극에 대해서 아무 말도 하지 않겠다. 그 비극 때문에 태어났다고 할 수 있는 두 사람의 사랑에 대해서는 아까 말한 대로다. 두 사람 모두 더 이상 아무 이야기도 해주지 않았다. 사모님은 조신함 때문에, 선생님은 마음 속 깊은 곳에 숨어 있는 이유 때문에.

단 하나 기억에 남아 있는 것이 있다. 꽃이 필 무렵 나는

선생님과 우에노에 갔다. 그리고 그곳에서 아름다운 한 쌍
의 남녀를 보았다. 그들은 꼭 달라붙어 정답게 꽃나무 아래
를 걷고 있었다. 장소가 장소인지라 꽃보다도 그쪽을 쳐다
보는 이들이 많았다.

"신혼부부 같군." 선생님이 말했다.

"사이가 좋아 보이네요." 내가 말했다.

선생님은 쓴웃음조차 짓지 않았다. 그러고는 두 남녀가
시야에 들어오지 않는 방향으로 걸음을 옮겼다. 선생님은
내게 이렇게 물었다.

"사랑을 해본 적이 있나?"

나는 없다고 대답했다.

"사랑을 해보고 싶지 않나?"

나는 대답하지 못했다.

"하고 싶지 않은 건 아니겠지?"

"예."

"자네는 지금 저 남녀를 보고 놀리지 않았나, 그렇지? 그
말에는 사랑을 원하는데 상대방이 없어 못 하는 감정이 섞
여 있었어."

"그런 식으로 들렸나요?"

"그렇게 들렸네. 사랑이 주는 만족감을 맛본 사람은 더 따
뜻한 목소리를 내는 법이거든. 하지만…… 하지만 사랑은
죄악이네. 알고 있나?"

나는 놀랐다. 그리고 대답을 할 수 없었다.

13

우리는 군중 속에 있었다. 모두 행복해 보였다. 그곳을 지나서 꽃도 사람도 보이지 않는 숲속으로 들어갈 때까지 같은 문제를 입에 담을 기회가 없었다.

"사랑이 죄악입니까?" 내가 불쑥 물었다.

"죄악이지. 분명히." 선생님의 말투에는 좀 전보다 힘이 들어가 있었다.

"왜인가요?"

"왜인지는 곧 알게 될 거네. 곧이 아니라 이미 알고 있을 텐데. 자네 마음은 훨씬 전부터 사랑 때문에 움직이고 있지 않나?"

나는 일단 내 마음속을 살펴봤다. 그곳은 의외로 공허했다. 전혀 짐작이 가지 않았다.

"제 마음속에 이렇다 할 만한 대상이 전혀 없습니다. 선생님에게는 숨기는 게 없습니다."

"대상이 없으니까 마음이 움직이는 거라네. 사랑을 하고 있다면 안정이 되어서 움직이지 않을 테니까."

"지금은 그렇게 많이 움직이고 있지 않은데요."

"자네는 뭔가 부족해서 내게 온 거 아닌가?"

"그럴지도 모릅니다만 그건 사랑이 아닙니다."

"사랑으로 올라가는 단계지. 이성과 부둥켜안기 전에 먼저 동성인 내게 온 거지."

"저는 그 둘의 성격이 전혀 다른 것 같습니다만?"

"아니, 같은 것일세. 나는 남자라서 자네를 만족시킬 수 없다네. 게다가 특별한 사정이 있어서 더욱 자네를 만족시켜주지 못하지. 사실 나는 미안하게 생각하네. 그래서 자네가 나를 떠나 다른 곳으로 가는 건 어쩔 수 없다고 생각하네. 어쩌면 오히려 바라는 바일지도. 하지만……."

나는 이상하게 슬퍼졌다.

"제가 선생님에게서 멀어져갈 거라고 생각하신다면 어쩔 수 없습니다만, 아직까지 그런 마음이 든 적은 없습니다."

선생님은 내 말에 귀를 기울이지 않았다.

"하지만 조심해야 하네. 사랑은 죄악이니까. 나한테서 만족을 얻을 수 없겠지만 그 대신 위험도 없지. ……자네, 검고 긴 머리카락으로 묶였을 때의 기분을 아나?"

나는 상상은 해봤다. 하지만 실제 경험은 없었다. 어쨌든 간에 선생님이 말하는 죄악의 의미를 이해할 수 없었다. 게다가 나는 약간 불쾌해졌다.

"선생님, 죄악의 의미에 대해 확실히 말씀해주십시오. 아니면 그 얘긴 이쯤에서 끝내시지요. 제가 죄악의 의미를 확실히 알 때까지요."

"미안하네. 나는 자네에게는 진실을 말하고 있다고 생각했는데, 어째 자네를 도리어 답답하게 만들었군. 내가 잘못했네."

선생님과 나는 박물관 뒤쪽에서 우구이스다니 방향으로 조용히 발걸음을 옮겼다. 담벼락 틈 사이로 보이는 넓은 정원에는 얼룩조릿대가 무성했다. 왠지 모르게 한적함이 느껴졌다.

"자네는 내가 매달 왜 조시가야의 묘지에 묻혀 있는 친구를 찾는지 알고 있는가?"

선생님의 질문이 너무 갑작스러웠다. 게다가 선생님은 내가 이 질문에 대답할 수 없다는 것을 잘 알고 있었다. 나는 잠시 동안 아무 말도 할 수 없었다. 그러자 선생님은 처음 알아차렸다는 듯 이렇게 말했다.

"또 내가 몹쓸 짓을 했군. 답답하게 만드는 것이 나쁘다고 생각해 설명하려고 했는데, 그게 다시금 자네를 답답하게 만들었다니. 도저히 안 되겠군. 이 문제는 이쯤에서 그만두기로 하세. 아무튼 사랑은 죄악이네, 알겠나? 그리고 신성한 것이지."

나는 선생님의 이야기를 점점 더 이해할 수 없었지만, 그 이후 선생님으로부터 사랑이라는 말을 들을 수 없었다.

14

젊었던 나는 자칫 외골수가 되기 쉬웠다. 적어도 선생님의 눈에는 그렇게 보였다고 한다. 내게는 학교 강의보다도 선생님과의 대화가 더 유익했다. 교수의 생각보다도 선생님의 사상이 더 의미 있었다. 한마디로 말하자면 교단에 서서 나를 지도해주는 대단한 사람들보다도 그저 독야청청하며 많은 이야기를 하지 않는 선생님이 더 훌륭해 보였다.

"지나치게 감정적이면 안 되네." 선생님이 말했다.

"이성적입니다." 나는 충분히 자신이 있었다. 하지만 선생님은 그 자신감을 알아주지 않았다.

"자네는 지금 열에 들떠 있어. 그 열이 식으면 자기 자신이 싫어질 것이네. 나는 지금 자네가 그런 생각을 하는 게 보기 괴롭다네. 하지만 앞으로 예상되는 자네의 변화를 생각하면 더 괴롭다네."

"저를 경박하게 보시는 겁니까? 믿지 못하십니까?"

"나는 자네가 안타까울 따름이네."

"안타깝지만 믿을 수는 없다는 말씀이십니까?"

선생님은 성가시다는 듯 정원 쪽을 바라봤다. 얼마 전까지 무겁고 짙은 붉은색으로 방울방울 점처럼 피어 있던 동백꽃이 한 송이도 보이지 않았다. 선생님은 응접실에서 그 동백꽃을 바라보는 습관이 있었다.

“자네만 믿지 않는다는 말이 아니네. 모든 인간을 믿지 않는다는 거지.”

그때 생울타리 너머에서 금붕어 장수의 소리가 들려왔다. 그 외에는 아무 소리도 들리지 않았다. 큰 도로에서 이백 미터쯤 더 들어온 이 골목은 의외로 조용했다. 집 안은 언제나 그렇듯 쥐죽은 듯 고요하고 쓸쓸했다. 나는 건넌방에 사모님이 있다는 사실을 알고 있었다. 아무 말 않고 바느질 같은 소일거리를 하고 있을 사모님의 귀에 내 이야기 소리가 들리리라는 것도 알고 있었다. 그러나 나는 잠시 그 사실조차 잊어버리고 있었다.

“그럼 사모님도 믿지 못하십니까?” 나는 선생님에게 물었다.

선생님은 약간 불안해하는 표정을 지었다. 그리고 직접적인 대답을 피했다.

“나는 나 자신조차 믿지 못하네. 스스로를 믿지 못하니까 남도 믿지 못하게 되어버린 거지. 그런 자신을 저주하는 수밖에 없네.”

“그렇게 어렵게 생각하면 확실한 건 아무것도 없지 않습니까?”

“아니, 그렇게 생각한 게 아니네. 그렇게 행동한 거지. 그렇게 행동한 후에 깜짝 놀랐네. 그리고 참으로 무서워졌지.”

나는 그 얘기를 좀 더 하고 싶었다. 그때 건넌방에서 “여보, 여부." 하는 사모님의 목소리가 두 번 들렸다. 선생님이 두 번째 부르는 소리에 "왜?"라고 대답하자 사모님은 "잠 깐만요" 하고 선생님을 건넌방으로 불렀다. 두 사람 사이에 무슨 일이 있었는지 나는 모른다. 그것을 상상할 틈도 없이 선생님은 다시 내가 있는 곳으로 돌아왔다.

"어쨌든 나를 너무 믿어서는 안 되네. 머지않아 후회할 테니까. 그리고 속았다는 배신감에 잔혹한 복수를 하고 싶어질 테니까."

"그건 또 무슨 뜻입니까?"

"예전에 그 사람 앞에 무릎을 꿇었다는 기억이 이번에는 그 사람의 머리 위에 다리를 올려놓게 한다네. 나는 미래에 굴욕을 당하지 않으려고 지금의 존경을 물리치고 싶은 것이네. 지금보다 한층 더 외로울 미래의 나를 견디는 대신 지금의 외로움을 견디려고 하는 것이지. 자유와 독립과 자기 본위로 넘치는 현대에 태어난 우리 모두는 그 대가로 외로움을 맛봐야만 하는 거겠지."

나는 이런 각오를 하는 선생님에게 무슨 말을 해야 할지 몰랐다.

15

그후 나는 사모님의 얼굴을 볼 때마다 궁금해졌다. 선생님은 사모님에게도 시종일관 그러한 태도를 보여왔을까? 만약 그렇다면 사모님은 만족하고 있을까?

사모님이 만족하는지 아닌지는 알 수 없었다. 나는 사모님과 접촉할 기회가 그리 많지 않았으니까. 그리고 사모님은 볼 때마다 한결같았다. 또 선생님이 안 계시면 사모님과 마주할 일도 거의 없었다.

내 의구심은 가시지 않았다. 인간에 대한 선생님의 그런 각오는 어디에서 오는 걸까? 그저 냉정한 눈으로 자신을 반성하거나 현대사회를 관찰한 결과일까? 선생님은 앉아서 생각하는 경향이 있었다. 선생님 정도의 머리만 있으면 그저 앉아서 생각만 해도 자연스럽게 우러나오는 것일까? 나는 그렇지 않을 거라고 생각했다. 선생님의 각오는 살아 있었다. 불에 타다 만 석조 건물의 윤곽과는 달랐다. 내 눈에 비친 선생님은 분명 사상가였다. 그러나 그 사상가가 구축한 사상의 배경에는 사실이 선명하게 반영되어 있는 것 같았다. 자신과 분리된 타인의 사실이 아니라 자기 자신이 뼈저리게 맛본 사실, 피가 뜨거워지거나 맥박을 멈추게 할 정도의 사실이 녹아 있는 것 같았다.

이것은 내 마음대로 추측한 것이 아니다. 선생님 자신이 그렇다고 이미 고백했다. 단지 그 고백은 구름에 둘러싸인 산봉우리 같아서 내 머리 위로 정체를 알 수 없는 두려운 무언가를 덮어씌웠다. 하지만 나는 왜 그것이 두려운지 알 수

는 없었다 고백은 애매무ㅎ 했다. 그런데도 내 신경을 ㄱㄱ
했다.

나는 선생님의 이런 인생관의 계기가 된 어떤 극적인 연
애 사건이 있지 않았을까 가정해봤다. (물론 선생님과 사모님
사이에 일어난 일이다.) 사랑은 죄악이라던 선생님의 말이 단
서였다. 그러나 선생님은 내게 사모님을 사랑하고 있다고
고백했다. 두 사람의 사랑에서 염세적이라고 할 수 있을 이
러한 사상이 태어났을 리 만무하다. "예전에 그 사람 앞에
무릎을 꿇었다는 기억이 이번에는 그 사람의 머리 위에 다
리를 올려놓게 한다네"라는 선생님의 말은 현대를 살아가
는 일반 사람들에게 써도 될 말이었으므로, 선생님과 사모
님 사이에는 해당되지 않는 것 같았다.

조시가야에 있는 정체를 알 수 없는 사람의 묘. ……이 역
시 내 기억 속에서 가끔 되살아났다. 나는 그 묘가 선생님과
깊은 연고가 있는 이의 묘라는 사실을 알고 있었다. 선생님
의 삶에 아무리 가까이 다가가도 결코 가까이 갈 수 없었던
나는 그 묘를 선생님의 머릿속에 있는 생명의 한 조각으로
서 받아들였다. 하지만 내게 그 묘는 완전히 죽은 것이었다.
둘 사이에 있는 생명의 문을 여는 열쇠는 아니었다. 오히려
둘 사이의 자유로운 왕래를 막는 요물 같은 것이었다.

그런 생각을 하던 나는 다시 사모님과 마주 앉아 이야기
할 기회를 맞았다. 그즈음은 해는 점점 짧아져 분주한 가을

로 막 접어들던 무렵으로 쌀쌀한 계절의 변화를 누구나 느끼고 있었다. 당시 선생님 댁 근처에서 사나흘 연달아 도둑이 들었다. 도둑이 든 시간은 모두 초저녁 무렵이었다. 귀중품을 도난당한 집은 거의 없었지만 도둑이 든 집에서는 작은 것이라도 반드시 없어졌다. 사모님은 기분이 좋지 않았다. 그때 선생님이 저녁에 집을 비워야 하는 사정이 생겼다. 지방 병원에서 일하고 있는 고향 친구가 도쿄로 상경하여 친구 두세 명과 같이 식사를 해야 했다. 선생님은 사정을 설명하고 돌아올 때까지 내게 집을 부탁했다. 나는 흔쾌히 승낙했다.

16

내가 선생님 댁에 도착했을 때는 불을 켤지 말지 애매한 초저녁이었다. 꼼꼼한 성격의 선생님은 벌써 나가고 없었다. 사모님은 "약속 시간에 늦으면 안 된다면서 방금 전에 막 외출하셨습니다"라고 말하며 나를 선생님의 서재로 안내했다.

서재에는 서양식 책상과 의자 외에도 엄청나게 많은 아름다운 책이 유리 너머로 전등 빛을 받고 있었다. 사모님은 화로 앞에 깔아둔 방석 위에 나를 앉히고 "저기 있는 책이라도 읽으세요"라고 말하고는 나가버렸다. 나는 마치 주인이 돌아오기를 기다리는 손님 같은 기분이 들어서 어색했다 정좌하고 담배를 피웠다. 사모님이 거실에서 하녀에게 이야기하는 소리가 들렸다. 서재는 거실 툇마루의 막다른 곳에서 구부러지는 모퉁이에 있어서 건물 구조상 응접실에서 떨어져 있어 조용했다. 사모님 이야기가 한 차례 끝나자 사방은 다시 쥐죽은 듯 조용해졌다. 나는 도둑을 기다리는 듯한 심정으로 가만히 앉아 두리번거렸다.

30분쯤 지나자 사모님이 다시 서재로 와서 얼굴을 보였다. 그러고는 "어머" 하며 가볍게 놀란 눈빛을 보냈다. 손님으로 온 사람처럼 점잖게 기다리고 있는 날 우습다는 듯 쳐다보았다.

"그렇게 있으면 불편하지 않아요?"

"아닙니다. 괜찮습니다."

"하지만 지루하죠?"

"아닙니다. 도둑이 올까 긴장하고 있어서 전혀 지루하지 않습니다."

사모님은 손에 홍차 찻잔을 들고 웃으면서 서 있었다.

내가 말했다.

"여기는 너무 외져서 집을 지키기에는 의미가 없는 것 같습니다."

"그럼 좀 더 가운데로 와 있어요. 지루하지 않을까 해서 차를 가지고 오긴 했지만 괜찮다면 거실에서 드세요."

나는 사모님의 뒤를 따라 서재를 나왔다. 거실에는 쇠주 전자가 길고 아름다운 목재 화로 위에서 끓고 있었다. 나는 거기서 차와 과자를 먹었다. 사모님은 잠을 못 자면 안 된다며 차에는 입을 대지 않았다.

"선생님은 가끔 이런 모임에 나가십니까?"

"아니요. 거의 없어요. 최근에는 사람들 만나는 걸 점점 더 싫어하는 것 같아요."

사모님은 딱히 곤란한 질문을 받은 듯 보이지 않았다. 그 래서 나는 대담해졌다.

"그럼 사모님은 예외입니까?"

"아니요. 나도 미움 받는 사람 중 한 명이랍니다."

"그건 아니겠지요." 내가 말했다. "사모님도 아니라는 걸 알면서 그렇게 말씀하시는 거죠?"

"왜죠?"

"제가 보기에 선생님은 사모님을 사랑하고 나서부터 세 상이 싫어진 것 같습니다."

"학생은 학문을 하는 분이라 그런지 참 듣기 좋은 말도 잘 하네요. 세상이 싫어져서 나까지 싫어졌다고도 할 수 있지 않나요? 같은 논리로 말이죠."

"둘 다 가능한 얘기지만 이번 경우는 제 말이 맞습니다."

"논쟁은 싫어요. 남자들은 논쟁만 한다니까요, 재미있다 는 듯 말이에요. 마치 빈 잔으로 주거니 받거니 하는 것 같다니까요, 질리지도 않나봐.”

　사모님의 말에 좀 뜨끔했다. 그러나 귀에 많이 거슬릴 정
도는 아니었다. 자신의 생각을 상대방이 인정하게 만들고
거기서 일종의 긍지를 느끼는 것을 이해할 정도로 사모님
은 현대적이지 않았다. 사모님은 그보다는 바닥에 가라앉
아 있는 마음을 더 중요하게 여기는 듯 보였다.

17

나는 아직 할 말이 남아 있었다. 그러나 사모님에게 쓸데없
이 논쟁하자고 드는 남자 취급은 당하기 싫어서 참았다. 사
모님은 내 빈 찻잔을 슬쩍 보더니 눈치 빠르게 “한잔 더 드
실래요?” 하고 권했다. 나는 찻잔을 사모님에게 건넸다.

　“몇 개? 하나? 둘?”

　사모님은 묘하게 생긴 것으로 각설탕을 집어 올리고는
내 얼굴을 보며 차에 넣을 각설탕 개수를 물었다. 사모님의
태도는 내게 아양을 떤다고 말할 정도는 아니었지만, 아까
의 강한 말투를 지우려는 듯 애교로 가득 차 있었다.

　나는 아무 말 없이 차를 마셨다. 마신 후에도 아무 말도
하지 않았다.

　“갑자기 말이 없어졌네요.” 사모님이 말했다.

　“무슨 말을 하면 또 논쟁을 벌인다고 하실 것 같아서요.”

나는 대답했다.

"어머나, 설마요." 사모님이 다시 말했다.

우리는 다시 이야기를 시작했다. 그리고 둘의 공통 관심사인 선생님을 화제로 삼았다.

"사모님, 아까 하던 이야기를 좀 더 해도 되겠습니까? 사모님께는 공허한 논리로밖에 들리지 않을지도 모르지만 저는 건성으로 하는 말이 아니니까요."

"그럼 말해보세요."

"만약 사모님이 갑자기 사라져버린다면 선생님은 지금처럼 살 수 있을까요?"

"그거야 모르죠. 그런 건 선생님에게 물어볼 수밖에 없지 않을까요? 내게 물어볼 문제가 아니에요."

"사모님, 저는 진지합니다. 그러니까 피하지 마십시오. 솔직하게 대답해주십시오."

"솔직하게 말하는 거예요. 진짜 나도 모르겠어요."

"그럼 사모님은 선생님을 얼마나 사랑하고 계십니까? 이건 선생님보다 오히려 사모님께 물어야 하는 질문이니까요. 사모님께 여쭙겠습니다."

"그런 거 새삼스럽게 묻지 않아도 되지 않을까요?"

"물어볼 필요도 없이 너무 당연한 거라는 말씀이신가요?"

"뭐, 그렇죠."

"선생님만 아는 사모님이 어느 날 갑자기 사라진다면 선생님은 어떻게 될까요? 세상 어디에도 흥미가 없어 보이는 선생님인데 사모님이 갑자기 사라진다면 어떻게 될까요? 선생님 입장에서가 아닙니다. 사모님 입장에서 어떻게 생각하십니까? 사모님 입장에서 생각했을 때 선생님은 행복할까요, 불행할까요?”

“그야 내 입장에서는 말하나마나죠. (선생님은 그렇게 생각 안 할지도 모르지만.) 선생님은 내가 없으면 불행할 거예요. 어쩌면 살 수 없을지도 모르고요. 자만하는 것 같지만, 저는 지금 선생님을 인간으로서 가능한 한 행복하게 해주고 있다고 믿고 있어요. 그 누구도 나만큼 선생님을 행복하게 해줄 수 없다고 믿고 있답니다. 그래서 이렇게 침착하게 있을 수 있는 거예요.”

“그 믿음이 선생님에게 좋은 영향을 주고 있다고 생각합니다만.”

“그건 또 다른 문제예요.”

“역시 선생님에게 미움을 받고 있다는 말씀이세요?”

“미움을 받고 있다고는 생각하지 않아요. 그럴 리가 없잖아요. 하지만 선생님은 세상을 미워하고 있어요. 세상이라기보다 최근에는 인간을 싫어하게 되었죠. 그러니까 그 인간 중 한 사람인 나도 좋아할 리가 없지 않겠어요?”

미움을 받고 있다는 사모님의 말을 그제야 나는 이해했다.

18

나는 사모님의 이해력에 감탄했다. 사모님의 구식 일본 여성 같지 않은 태도도 내 사고방식에 큰 자극을 주었다. 사모님은 그즈음 유행하기 시작한 이른바 신식 어휘들은 거의 사용하지 않았다.

나는 여자와 깊이 교제한 경험이 없는, 세상 물정 모르는 청년이었다. 남자로서의 나는 이성을 본능적으로 동경의 대상으로 여기고 늘 여자를 그려왔다. 하지만 그것은 그리운 봄날의 구름을 쳐다보는 듯한 기분으로 그저 막연하게 꿈꾸고 있는 것에 지나지 않았다. 그래서 막상 여자 앞에 서면 평소 생각과 전혀 다르게 행동하는 일이 있었다. 나는 내 앞에 여자가 있으면 끌리기보다는 도리어 이상한 반발심이 생겼다. 그런데 사모님에 앞에서는 그런 기분이 들지 않았다. 남녀 사이를 가로막는 사상의 불균형도 거의 느끼지 못했다. 나는 사모님이 여자라는 사실을 잊고 있었다. 단지 선생님에 대한 성실한 비평가이자 감정을 공유하는 인간으로서 사모님을 보고 있었다.

"사모님, 제가 전에 왜 선생님은 세상에 나가 좀 더 활동하지 않으시냐고 물었을 때 사모님이 이렇게 말씀하신 적이 있습니다. 원래는 저렇지 않았다고."

"네, 그랬어요. 진짜 저렇지 않았으니까요."

“어땠습니까?”

“학생이 기대하는 대로, 또 내가 희망하는 대로 믿음직한 사람이었어요.”

“그런데 왜 갑자기 변한 겁니까?”

“갑자기가 아니에요. 점점 저렇게 됐어요.”

“사모님은 늘 선생님과 함께 계셨잖습니까?”

“물론이죠. 부부니까요.”

“그럼 선생님이 변한 원인을 잘 알고 계시겠네요.”

“그러니까 답답하다는 거예요. 학생에게 그런 말을 들으면 참 마음이 괴로워요. 하지만 아무리 생각해봐도 그럴 만한 일이 없었어요. 지금까지 몇 번이나 그 사람에게 제발 말해달라고 사정해봤지만 도통 말을 안 해줘요.”

“선생님은 뭐라고 하시는데요?”

“할 말 없다, 걱정할 거 없다, 그저 이런 성격이 되어버렸다, 그래요. 상대를 안 해줘요.”

나는 더 이상 아무 말도 하지 않았다. 사모님도 이야기를 멈췄다. 하녀 방에 있을 하녀 역시 아무 소리도 내지 않았다. 나는 도둑에 대해 완전히 잊고 있었다.

“학생은 내 책임이라고 생각하나요?” 갑자기 사모님이 내게 물었다.

“아니요.” 나는 대답했다.

“제발 숨기지 말고 말해줘요. 그런 식으로 여겨지는 건 살을 에는 듯 괴로우니까요." 사모님이 이어서 말했다. "이래 봬도 나는 선생님을 위해 할 수 있는 건 다 하고 있다고 생 각해요."

"그거야 선생님도 인정하고 계시니까 걱정 마십시오. 안 심하십시오. 제가 보증합니다."

사모님은 화로의 재를 뒤적거렸다. 그러고 나서 물그릇 의 물을 쇠주전자에 부었다. 쇠주전자는 순식간에 조용해 졌다.

"내가 더 이상 견딜 수 없어서 선생님에게 물어본 적이 있 어요. 내게 나쁜 점이 있다면 그냥 말해달라고, 고칠 수 있 는 단점은 고치겠다고요. 그러니까 선생님은 '당신에게 결 점이 어디 있어, 없어, 결점은 내게 있지'라고 하더군요. 그 말이 너무 슬퍼서 견딜 수 없었어요. 눈물이 날 정도로 슬프 니까 도리어 내 결점을 더 듣고 싶어지더라고요."

사모님의 눈에는 눈물이 그렁그렁했다.

19

처음에 나는 사모님을 이해력이 있는 여성으로 대했다. 내 가 그런 마음으로 이야기를 나누다 보니 사모님은 점점 변 해갔다. 사모님은 내 이성에 호소하는 대신에 내 심장을 움 직였다. 자신과 남편 사이에는 마음에 맺힌 게 전혀 없다,

또 없는 게 당연한데 역시 뭔가 있다, 그래서 눈을 크게 뜨고 살펴보지만 역시 아무것도 없다, 사모님이 고뇌하는 요점은 바로 이것이었다.

처음에는 세상을 보는 선생님의 시선이 염세적이라서 사모님은 자신도 미움을 받고 있다고 단언했다. 그렇게 단언하면서도 납득할 수는 없었다고 한다. 마음을 털어놓고 보니 도리어 그 반대였다. 선생님이 자기 자신을 미워한 결과 세상까지 싫어진 게 아닐까 추측했다. 하지만 아무리 애를 써도 그 추측을 끝까지 파헤쳐서 진실로 입증할 수는 없었다. 선생님의 태도는 어디까지나 좋은 배우자로서 다정다감했다. 의심의 덩어리를 그날그날의 정분으로 감싸서 몰래 가슴속에 감춰두던 사모님은 그날 밤 그 속내를 내 앞에 펼쳐 보였다.

사모님은 "학생은 어떻게 생각해요?"라고 물었다. "저렇게 된 이유가 나 때문일까요, 아니면 학생이 말하는 인생관인지 뭔지 하는 것 때문일까요? 숨기지 말고 다 말해줘요."

나는 전혀 숨길 생각이 없었다. 하지만 내가 모르는 무언가 사정이 있다면 어떤 대답을 하든 사모님을 만족시킬 수 없었다. 그리고 나는 내가 모르는 어떤 사정이 있으리라 믿고 있었다.

"저도 모르겠습니다."

사모님은 그 순간 예상이 빗나갔을 때 보이는 서글픈 표정을 지었다. 나는 곧장 설명했다.

"하지만 선생님이 사모님을 미워하지 않는다는 점만은 보증합니다. 선생님께 들은 대로 사모님께 전달해드리는 것뿐입니다. 선생님은 거짓말을 안 하는 분이잖습니까."

사모님은 아무 말도 하지 않았다. 잠시 후 이렇게 말했다.

"실은 조금 짚이는 게 있기는 하지만……."

"선생님이 저렇게 된 원인 말입니까?"

"네. 만약 그게 원인이라면 내 책임만이 아니라는 거니까 그것만으로도 마음이 많이 편해질 것 같은데요……."

"어떤 일입니까?"

사모님은 주저하며 무릎 위에 올려둔 자신의 손을 내려다보고 있었다.

"학생이 판단해주겠어요? 말할 테니까."

"제가 판단할 수 있다면 하겠습니다."

"전부 다 말할 수는 없어요. 혼날 테니까요. 혼나지 않을 만큼만 말할게요."

나는 긴장하여 침을 삼켰다.

"선생님이 아직 대학생일 때 아주 친한 친구가 한 명 있었어요. 그분이 졸업하기 바로 직전에 죽었어요. 갑자기 죽었답니다."

사모님은 내 귀에 속삭이듯 작은 목소리로 "실은 변사였어요"라고 말했다. 나는 "왜죠?"라고 묻지 않고서는 견딜 수 없었다.

"그것밖에 말할 수 없어요. 하지만 선생님의 성격이 점점 변하게 된 건 그 일이 있고 나서부터예요. 그분이 왜 죽었는지는 나도 몰라요. 선생님도 아마 모르지 않을까 싶어요. 하지만 그 일 이후에 선생님이 변했을 수도 있겠다는 생각이 들어요."

"그분의 묘입니까? 조시가야에 있는 게?"

"그것도 말하지 말라고 해서 말할 수 없어요. 하지만 친구 한 명을 잃었다고 저렇게까지 변할 수 있을까 싶긴 해요. 나는 그 점을 알고 싶어서 견딜 수가 없어요. 학생은 어떻게 생각해요?"

내 판단은 오히려 부정적인 쪽으로 기울어져 있었다.

20

나는 내가 알게 된 범위 내에서 사모님을 위로하려고 최대한 노력했다. 사모님도 내게 위로받고 싶어하는 듯 보였다. 그래서 우리는 이 문제에 대해 계속 얘기를 나눴다. 그러나 나는 사실의 일부분밖에 몰랐다. 사모님의 불안도 실은 마치 떠다니는 구름 같은 의혹에서 기인한 것이었다. 사건의 진상은 사모님도 잘 몰랐다. 알고 있는 사실조차도 내게 전부 다 얘기할 수 없는 처지였다. 따라서 위로하는 나도, 위로받는 사모님도 그저 파도가 치는 대로 흔들리는 상태에 있는 거나 다름없었다. 그런데도 사모님은 내 판단에 의지하고 싶어했다.

10시쯤 선생님의 발소리가 현관에서 들리자 사모님은 지금까지의 일을 모두 잊었다는 듯 앞에 앉아 있는 나는 뒷전으로 하고 서둘러서 벌떡 일어서다가 격자문을 여는 선생님과 거의 부딪힐 뻔했다. 뒤에 남겨진 나는 사모님 뒤를 따라갔다. 하녀는 잠깐 눈을 붙이고 있는지 따라 나오지 않았다.

선생님은 기분이 아주 좋아 보였다. 사모님은 더 좋아 보였다. 방금 전 사모님의 아름다운 눈 속에 맺힌 눈물과 검은 눈썹의 뿌리 부분에 모여 있던 주름을 기억하던 나는 그 변화가 참으로 이상해서 그저 뚫어지게 쳐다봤다. 만약 사모님의 눈물과 주름이 거짓이 아니라면(사실 거짓 같지는 않지만) 그때까지 토로하던 사모님의 호소는 감상적 유희, 특히 나를 상대로 한 여성의 장난이자 유희라고 이해할 수도 있었다. 설령 그렇다고는 해도 그때의 나는 사모님을 비판적으로 볼 생각은 들지 않았다. 나는 사모님의 태도가 갑자기 밝아지는 것을 보고 오히려 안심했다. 그리고 그리 걱정할 필요가 없겠다며 생각을 고쳐먹었다.

선생님은 웃으면서 내게 "수고 많았네. 도둑은 오지 않았는가?"라고 물었다. 그리고 "오지 않아서 맥이 빠진 건 아닌가?"라고도 말했다.

돌아갈 때 사모님은 "죄송해요"라고 인사했다. 바쁜데 시간을 빼앗아 미안하다기보다는, 애써 왔는데 도둑이 안 와서 미안하게 되었다는 농담처럼 들렸다. 사모님은 그렇게 말하며 좀 전에 내놓았던 양과자 중 남은 것을 종이에 싸서 내 손에 쥐어주었다. 나는 그것을 소매 속에 넣고 인적이 드문 쌀쌀한 밤 골목길을 돌아 나와 번화한 거리 쪽으로 걸음을 서둘렀다.

나는 그날 밤의 일을 기억 속에서 뽑아 여기에 자세하게 설명했다. 쓸 필요가 있어서 쓰기는 했지만 솔직히 말하면 사모님에게 과자를 받아서 돌아갈 때는 그날 밤의 대화가 그리 무겁게 느껴지지 않았다. 다음 날 점심을 먹으러 학교에서 돌아와, 어제 저녁 책상 위에 올려놓은 과자 보따리를 풀어 초콜릿을 바른 짙은 갈색의 카스텔라를 꺼내 입 한가득 넣었다. 그리고 카스텔라를 준 두 남녀가 행복한 한 쌍으로 존재하고 있음을 자각하며 맛을 봤다.

가을이 지나고 겨울이 올 때까지 별다른 일이 없었다. 나는 선생님 댁을 왕래하면서 덤으로 기모노를 뜯어서 빨고 다시 짓는 일 같은 걸 사모님에게 부탁했다. 그때까지 주반[*] 이라는 것을 입은 적이 없던 내가 셔츠 위에 까만 옷깃이 달

---

[*] 기모노 안에 받쳐 입는 기모노 모양의 속옷이다. 이어서 '까만 옷깃이 달린 것'이라고 한 것이 주반이다.

린 것을 겹쳐 입게 된 것은 이때부터였다. 아이가 없는 사모님은 이렇게 내 뒤치다꺼리라도 하며 무료함을 달래는 게 몸에 좋다고 했다.

"이건 손으로 짠 거네요. 이렇게 좋은 옷감의 기모노는 지금까지 바느질해본 적이 없어요. 그런데 바느질하기는 어렵네요. 바늘이 안 들어가요. 덕분에 바늘이 두 개나 부러졌다고요."

이렇게 푸념할 때조차 사모님은 딱히 귀찮다는 얼굴을 하지 않았다.

21

겨울로 접어들었을 때 나는 고향으로 돌아가야만 하는 사정이 생겼다. 어머니에게서 온 편지에는 아버지의 병세가 좋지 않다며, 오늘내일할 정도는 아니지만 아버지 연세가 연세인지라 가능하면 와달라고 부탁하고 있었다.

아버지는 예전부터 신장이 안 좋았다. 아버지의 병은 중년 이후의 사람들에게 자주 나타나는 병으로 만성이었다. 그 대신 조심하기만 하면 심해지지 않으리라고 본인도 가족도 믿고 있었다. 당시 아버지는 손님이 오면 조심한 덕분에 오늘까지 잘 버티고 있다고 말하던 터였다. 그런 아버지가 어머니의 편지에 따르면 정원에 나가서 뭔가를 하다가 갑자기 어지럼증이 와서 쓰러졌다고 했다. 식구들은 가벼운 뇌출혈이라고 착각하고 처치했다고 한다. 그런데 나중에 의사에게 진찰을 받아보니 그게 아니라 역시 지병 때문이라고 했단다. 그때 비로소 졸도와 신장병을 결부해 생각하게 되었다.

겨울방학까지는 아직 좀 더 있어야 했다. 나는 방학이 될 때까지 기다려도 괜찮을 거라고 생각하고 귀성을 하루 이틀 미루고 있었다. 그 하루 이틀 동안 아버지가 몸져 누워 있는 모습, 어머니의 걱정스러운 얼굴이 가끔 눈앞에 어른거렸다. 그때마다 마음이 괴로워지는 바람에 나는 결국 고향에 내려가기로 결심했다. 나는 고향으로 갈 여비를 송금받는 절차와 시간을 덜고 작별 인사도 할 겸해서 선생님에게 필요한 만큼의 돈을 잠시 빌리기로 했다.

선생님은 감기 기운이 좀 있어서 응접실로 나오는 것이 내키지 않는다며 나를 서재로 불렀다. 서재의 유리창으로 겨울철에는 드문 부드러운 햇빛이 들어와 책상보 위를 비추고 있었다. 선생님은 볕이 잘 드는 이 방 안에 큰 화로를 두고 삼발이 위에 걸어둔 쇠대야에서 수증기가 올라오게 해 호흡이 힘들어지는 것을 막고 있었다.

"큰 병이라면 모를까 감기 같은 게 오히려 귀찮군." 선생님은 멋쩍은 듯 웃으며 내 얼굴을 봤다.

선생님은 병다운 병을 앓은 적이 없었다. 선생님의 말을 들은 나는 웃음이 나올 것 같았다.

"저는 감기 정도라면 견뎌보겠지만, 그보다 심한 병은 딱 질색입니다. 선생님도 그러실걸요? 한번 걸려보면 잘 아실 겁니다."

"과연 그럴까? 나는 이왕 병이 난다면 죽을병에 걸리고 싶네만."

나는 선생님의 말에 딱히 신경 쓰지 않았다. 곧장 어머니의 편지 이야기를 하고 돈을 빌려주십사 부탁했다.

"그거 참 곤란하겠군. 그 정도라면 지금 있을 테니 가지고 오라고 하겠네."

선생님은 사모님을 불러 필요한 금액을 얘기하고 가지고 오라고 했다. 사모님은 안쪽 찻장 같은 곳의 서랍에서 돈을 꺼내와 흰색 갱지 위에 조심스럽게 올리고는 "걱정이 많겠어요"라고 말했다.

"몇 번이나 졸도하신 건가?" 선생님이 물었다.

"편지에는 몇 번인지 적혀 있지 않았습니다. 그렇게 몇 번이나 졸도하는 병인가요?"

"네, 그래요."

사모님의 어머니도 내 아버지와 같은 병으로 돌아가셨다는 사실을 나는 그때 처음 알았다.

"아마 힘들 것 같습니다." 내가 말했다.

"아마도 그렇겠지. 내가 대신할 수 있다면 그러고 싶네.

구토도 하시나?”

“글쎄요. 거기까지 자세한 이야기는 적혀 있지 않았습니다. 아마 없었을 겁니다.”

“구토를 안 하신다면 아직 괜찮아요.”사모님이 말했다.

나는 그날 밤 기차로 도쿄를 떠났다.

22

아버지의 병세는 생각보다 나쁘지는 않았다. 내가 도착했을 때는 이부자리 위에 책상다리를 하고 앉아서 “다들 걱정하고 있어서 참고 이러고 있다. 이제 일어나도 되는데 말이다”라고 말했다. 그다음 날부터는 어머니가 말리는데도 듣지 않고 결국 자리를 털고 일어나고 말았다. 어머니는 마지못해 이불을 접으면서 “아버지는 네가 돌아왔다고 허세를 부리시는 거란다”라고 말했다. 하지만 나는 아버지의 행동이 결코 허세로 보이지 않았다.

형은 직장 때문에 멀리 규슈에 있었다. 형은 만일의 경우가 아니라면 부모님을 쉽게 찾아올 수 있는 자유가 허락되지 않는 남자였다. 여동생은 다른 지방으로 시집을 갔다. 동생 또한 급한 경우에 쉽사리 부를 수 있는 형편은 아니었다. 삼남매 중 제일 만만한 사람은 역시 학생인 나였다. 어머니의 말대로 내가 학교 수업도 팽개치고 방학 전에 돌아와서 아버지는 아주 흡족해했다.

"이 정도 병으로 학교를 쉬게 해서 미안하구나. 네 엄마가 편지를 너무 과장해서 쓴 게 잘못이야."

아버지는 입으로는 이렇게 말했다. 말만 그렇게 한 게 아니라 지금까지 누워 있던 자리에서 일어나 평소처럼 건강을 과시했다.

"너무 무리해서 병이 도지면 어쩌려고 그러세요."

내가 주의를 주자 아버지는 유쾌하게, 그러나 지나치게 가볍게 받아들였다.

"무슨 말을. 나는 괜찮다. 평소처럼 조심만 하면 돼."

실제로 아버지는 괜찮아 보였다. 집 안을 자유롭게 돌아다니고 숨도 차지 않았으며 어지럼증도 없었다. 다만 안색은 건강한 사람에 비해 상당히 나빴지만, 이 또한 그때 시작된 증상이 아니라서 식구들은 특별히 신경 쓰지 않았다.

나는 선생님에게 편지를 써서 돈을 빌려준 것에 대해 감사의 인사를 전했다. 정월에 상경할 때 돈을 갚을 테니까 그때까지만 기다려달라는 말도 빼놓지 않았다. 그리고 아버지의 병세가 생각만큼 나쁘지 않아 당분간 안심할 수 있다는 것, 어지럼증이나 구토 증세도 전혀 보이지 않는다는 것 등을 적었다. 마지막으로 선생님의 감기에 대해서도 한마디 적었다. 나는 선생님의 감기를 솔직히 별거 아니라고 여기고 있었다.

나는 선생님에게 편지를 보내면서 답장을 기대하지 않았다. 편지를 부친 후 부모님에게 선생님에 대해 이야기했다. 얘기를 하면서 아스라이 선생님의 서재를 상상했다.

"이번에 도쿄에 갈 때 표고버섯이라도 가지고 가거라."

"네. 그런데 말린 표고버섯을 드시려나."

"맛있다고는 할 순 없지만 딱히 싫어하는 사람도 없잖니."

나는 표고버섯과 선생님을 연결시킬 수가 없었다.

선생님에게서 답장이 왔을 때 나는 조금 놀랐다. 게다가 그 내용이 특별한 용건이 아니라서 더 놀랐다. 선생님이 그저 친절하게 답장을 써준 것이라고 생각했다. 그런 생각이 들자 그 짧은 편지 한 통이 그렇게 기쁠 수 없었다. 사실 그것이 내가 선생님에게 받은 첫 번째 편지였다.

나와 선생님 사이에 편지 왕래가 잦았다고 생각할지 모르지만 실제로 그렇지 않았다는 사실만은 말해두고 싶다. 나는 선생님이 살아 계실 동안 단 두 통의 편지밖에 받지 못했다. 그 한 통은 지금 말하는 이 간단한 답장이고, 나머지 하나는 선생님이 돌아가시기 직전에 내 앞으로 쓴 상당히 긴 편지다.

아버지의 병은 운동을 삼가야 했으므로 자리에서 일어났다고 해도 거의 밖으로 나가지 않았다. 한번은 날씨가 무척 좋은 날 오후에 정원에 나간 적이 있었다. 그때도 만일의 사태를 대비해 내가 옆에 바싹 붙어 서 있었다. 걱정이 되어서

내 어깨에 팔을 두르라고 했더니 아버지는 웃기만 할 뿐 듣
지 않았다.

23

나는 지루해하는 아버지의 장기 상대가 되어 드렸다. 아버
지나 나나 둘 다 게을러서 고타쓰* 위에 장기판을 올리고 장
기 알을 움직일 때마다 손을 이불 안에 넣었다 뺐다 했다.
가끔 자신이 딴 상대편 말을 잃어버려 놓고는 다음 판을 둘
때까지 모르고 있기도 했다. 그것을 어머니가 재 속에서 발
견해 불쏘시개로 집어 들어 올리는 우스꽝스러운 경우도
생겼다.

"바둑판이나 소반은 다리가 달려 있어서 고타쓰 위에 놓
기가 뭣한데 장기판은 딱 좋구나. 이렇게 해서 두니까 편해.
게으른 사람한테는 딱이다. 한 판 더 두자."

아버지는 이기면 꼭 한 판 더 두자고 했다. 졌을 때도 한
판 더 두자고 했다. 말하자면 이기든 지든 고타쓰에 앉아서
장기를 두고 싶어했다. 처음에는 속세를 벗어난 것 같은 이
오락이 상당히 흥미로웠지만 시간이 조금씩 지나면서 젊은

---

* 일본에서 쓰이는 온열기구로 나무로 만든 밥상에 이불이나 담요 등을 덮은 것을 말한
다. 상 아래에는 화덕이나 난로가 있다.

내 혈기는 그 정도 자극에 만족할 수 없게 되었다. 나는 긴 쇼*나 교샤**를 쥔 주먹을 머리 위로 쭉 뻗으며 가끔 신나게 하품을 해댔다.

나는 도쿄를 생각했다. 그러면 심장의 피가 넘쳐흐르며 세차게 뛰는 고동 소리가 들렸다. 이상하게도 그 고동 소리가 미묘한 의식 상태에서 선생님의 힘으로 더욱 세차게 울리는 것 같았다.

나는 마음속으로 아버지와 선생님을 비교해봤다. 두 사람 모두 세상 사람들이 보기에는 살아 있는지 죽었는지 모를 정도로 눈에 띄지 않는 남자들이었다. 사람들에게 인정받느냐는 기준에서 보면 둘 다 빵점이었다. 장기를 두고 싶어하는 아버지는 단순히 오락 상대로서도 내게는 부족했다. 단 한 번도 유흥에 빠진 적이 없는 선생님은 환락을 함께 즐기는 교제에서나 생길 법한 친밀함 이상으로 내 두뇌에 영향을 주고 있었다. 두뇌라고 하니 너무 차갑게 느껴지므로 가슴이라고 고쳐 말하고 싶다. 살 속에 선생님의 힘이 박혀 있다고 해도, 피 속에 선생님의 생명이 흐르고 있다고 해도, 당시의 내게는 조금도 과장된 표현이 아니었다. 나는 아버지가 내 진짜 아버지고 선생님은 두말할 필요 없이 타

---

* 金將, 뒤쪽 사선 이외의 모든 방향으로 이동 가능. 수비에서 중요한 말이다.
** 香車, 장기 말로 앞으로 곧바로 나아가기만 한다.

인이라는 명백한 사실을 새삼스럽게 나열해보고 난생 처음
으로 큰 진리라도 발견한 듯 깜짝 놀랐다.

　나는 온몸을 비비 꼬며 따분해하기 시작했고, 아버지나
어머니도 반갑고 신선했던 나를 점점 진부하게 여겼다. 아
마 여름방학 때 고향으로 돌아간 적이 있는 사람이라면 누
구라도 비슷한 경험을 한 적이 있을 것이다. 도착해서 한 일
주일 동안은 극진한 대접을 받지만 일정 시기가 지나면 마
치 자로 잰 듯 슬슬 가족의 열정이 식어가더니 결국에는 있
어도 그만 없어도 그만인 사람처럼 아무렇게나 취급당하기
십상이다. 나도 이번 귀성에서 그 일정 시기를 넘어섰다. 나
는 고향으로 돌아올 때마다 아버지나 어머니가 이해하지
못하는 이상한 것을 도쿄에서 가지고 돌아왔다. 옛날로 말
하자면 유교적 가풍의 집안에 예수교 냄새가 나는 것을 가
지고 오는 것과 같았다. 내가 가지고 돌아온 것을 아버지나
어머니는 받아들이지 못했다. 물론 나는 그것을 숨기고 있
었다. 하지만 몸에 배인 건 아무리 드러내지 않으려고 노력
해도 저절로 눈에 띄는 법이다. 나는 점점 지루해졌다. 그리
고 빨리 도쿄로 돌아가고 싶어졌다.

　아버지의 병세는 다행히 현재 상황을 유지한 채 나쁜 쪽
으로 진행될 기미가 보이지 않았다. 혹시나 하는 마음에 일
부러 멀리서 꽤 유명한 의사를 모셔 와 꼼꼼하게 진찰을 받
아도 역시 내가 알고 있는 이상 외에는 발견되지 않았다. 나

는 겨울방학이 끝나기 직전에 도쿄로 돌아가기로 했다. 사람의 정이란 참 묘해서 막상 도쿄로 돌아가겠다고 하니 아버지와 어머니는 반대했다.

"벌써 돌아간다고? 너무 이르지 않니?" 어머니가 말했다.

"아직 며칠 더 있어도 괜찮지 않느냐?" 아버지가 말했다.

그러나 나는 내가 정한 상경 날짜를 바꾸지 않았다.

24

도쿄로 돌아와 보니 마쓰카자리*는 어느새 치워져 있었다. 거리에는 차가운 바람이 불고 있었으며, 어디를 둘러봐도 새해 풍경은 아니었다.

나는 우선 선생님 댁으로 돈을 갚으러 갔다. 부모님이 주신 표고버섯도 가지고 갔다. 그냥 드리기가 좀 쑥스러워서 어머니가 드리라고 했다는 말을 하며 사모님 앞에 내밀었다. 표고버섯은 새 과자 상자에 들어 있었다. 사모님은 공손하게 감사의 인사를 하고 받았다. 안으로 들어가려다가 상자가 너무 가벼워서 놀랐는지 "이거 무슨 과자예요?"라고 물었다. 사모님은 친해지자 이런 상황에서는 아이처럼 꽤

---

* 정월 초하루에 대문을 장식하는 소나무. 정리하는 날은 지역이나 관습에 따라 다르지만 일반적으로 1월 7일 혹은 1월 15일 즈음이라고 알려져 있다. 통계상 11일에 정리하는 집이 제일 많다고 한다.

단순하게 자신의 감정을 드러냈다.

두 사람 모두 아버지의 병에 대해 걱정하며 이런저런 질문을 해왔다. 그러던 중 선생님이 이런 말을 했다.

"그렇군. 상태를 들어보니 지금 당장 어떻게 될 일은 없을 거 같네만, 그래도 병이 병이니만큼 부디 조심하셔야 하네."

선생님은 신장병에 대해서 내가 모르는 사실을 많이 알고 있었다.

"병에 걸려도 모르는 게 그 병의 특징이지. 내가 아는 장교는 그 병에 걸렸다가 너무 거짓말같이 죽었다네. 옆에서 자던 아내가 어찌 손쓸 틈도 없었어. 한밤중에 좀 괴롭다며 아내를 깨웠다는데 아침에 벌써 죽어 있었다고 하더군. 게다가 아내는 남편이 자고 있는 줄 알았다는 거야."

지금까지 낙천적으로 생각하던 나는 갑자기 불안해졌다.

"아버지도 그렇게 될까요? 안 그럴 거라는 보장은 없겠군요."

"의사가 뭐라고 하던가?"

"의사는 낫지는 못할 거라고 했습니다. 하지만 당분간은 걱정할 필요는 없다고 합니다."

"다행이군. 의사가 그렇게 말한다니. 내가 지금 한 이야기는 병에 걸렸는지 몰랐던 사람의 이야기이네. 게다가 꽤나 난폭한 군인이었지."

나는 좀 안심이 됐다. 내 기분의 변화를 가만히 지켜보고 있던 선생님은 다시 말했다.

"인간은 건강하든, 병에 걸렸든 약한 존재임에는 틀림없어. 언제 어떤 일로 어떻게 죽을지 모르는 거니까."

"선생님도 그런 것을 생각하고 계십니까?"

"아무리 건강한 나라도 전혀 생각 안 할 수는 없지."

선생님은 입가에 옅은 미소를 띠었다.

"갑자기 덜컥 죽는 사람도 있지 않는가. 자연스럽게 말이네. 그리고 순식간에 죽는 사람도 있지. 부자연스러운 폭력으로 말이야."

"부자연스러운 폭력이 뭡니까?"

"나도 뭔지 모르지만 자살하는 사람은 다들 부자연스러운 폭력을 사용하는 거겠지."

"그러면 살인도 역시 부자연스러운 폭력이군요."

"죽임을 당하는 쪽은 전혀 생각도 못했군. 그렇지. 그러고 보니 그렇군."

그날은 그 정도로 하고 돌아왔다. 돌아와서도 아버지의 병에 관해서는 그렇게까지 걱정이 되지 않았다. 자연스럽게 죽는다느니, 부자연스러운 폭력으로 죽는다느니 하는 선생님의 말도 가물가물하게 남아 있을 뿐 크게 마음에 걸리지 않았다. 그러다 나는 지금까지 몇 번이고 쓰려고 했다가 쓰지 못한 졸업 논문을 써야만 하는 상황이라는 현실을 떠올렸다.

25

그해 6월에 졸업 예정이던 나는 학칙대로 4월 말까지 논문을 꼭 완성해야만 했다. 이틀, 사흘, 나흘이라고 손가락을 꼽으며 남은 날을 계산해보고서 나는 내가 배짱을 부려도 너무 부렸다는 생각이 들었다. 다른 학생들은 훨씬 전부터 자료를 모으거나 노트에 정리하느라 보기에도 바빠 보였으나 나만 아직 아무것도 안 하고 있었다. 나는 그저 새해가 되면 집중해서 하자고, 결심만 하고 있었다. 나는 그 결심대로 실천했다. 그리고 순식간에 논문에 매인 몸이 되었다. 지금껏 큰 주제는 대충 잡아두었고 뼈대도 거의 완성한 상태였지만, 그래도 머리를 싸매고 고민해야만 할 수 있었다. 나는 논문 주제를 좁혔다. 그리고 생각을 계통적으로 정리하는 수고를 덜기 위해 책 속에 있는 자료를 나열해 적당한 결론만 좀 추가하기로 했다.

내가 선택한 주제는 선생님이 전문이라고 할 수 있는 것이었다. 나는 예전에 그 주제를 선택할 때 선생님에게 의견을 물었다. 당시 선생님은 괜찮을 것 같다고 말해주었다. 다급했던 나는 곧장 선생님 댁으로 가서 내가 읽어야 할 참고 서적에 대해 물었다. 선생님은 자신이 알고 있는 범위 내에서 내게 흔쾌히 지식을 전달해주었고, 필요한 서적을 두세 권 빌려주겠다고도 말했다. 그러나 선생님은 그 이상의 지

두는 하려고 듣지 않았다.

"최근에는 책을 거의 읽지 않아서 새로운 지식은 잘 모른다네. 교수님께 여쭤보는 편이 좋을 거네."

선생님은 한때 상당한 독서가였지만 무슨 이유에서인지 최근에는 흥미를 보이지 않는다고 한 사모님의 말이 불현듯 떠올랐다. 나는 논문 얘기는 접어두고 궁금해서 물었다.

"선생님은 왜 전처럼 책을 읽지 않으십니까?"

"왜냐고 말할 정도의 이유는 없네. ……아무리 책을 읽어도 그만큼 훌륭해지지 않는다는 생각이 들었다고나 할까. 그리고……."

"그리고? 또 다른 이유가 있습니까?"

"다른 이유라고 할 정도는 아니지만, 이전에는 남 앞에 나서거나 질문을 받았을 때 모르면 창피했는데, 요즘은 모른다는 것이 그렇게 부끄럽지 않아졌다고나 할까. 그래서 무리해서 책을 읽어야겠다는 마음이 사라졌다네. 간단히 말하면 나이를 먹은 게지."

선생님은 무척 평온해 보였다. 세상을 등진 사람의 쓸쓸함이 느껴지지 않았던 만큼 나는 그 대답이 만족스럽지 않았다. 나는 선생님이 나이 들었다고도 생각되지 않았지만, 그렇다고 대단하다고도 느끼지 못한 채 돌아왔다.

그후 나는 거의 미친 사람처럼 논문에 매달려 눈이 벌겋게 될 정도로 고생했다. 나는 일 년 전에 졸업한 친구들에게 논문에 대해 이런저런 내용을 물어보기도 했다. 그중 한 명은 마감날 인력거를 타고 사무실까지 달려가서 겨우 시간에 맞춰서 낼 수 있었다고 했다. 또 다른 한 명은 마감 시간인 5시에서 오 분 정도 늦어서 거절당할 뻔했는데 주임 교수가 호의로 받아줬다고도 했다. 나는 불안해하면서 동시에 배짱도 부렸다. 매일 책상 앞에 붙어 앉아서 끈기 있게 논문을 썼다. 그렇지 않을 때는 어두컴컴한 서고에 들어가서 높은 책장을 이쪽저쪽 훑어보았다. 내 눈은 마치 호사가가 좋은 골동품을 찾아낼 때처럼 책표지의 금색 글자를 뜯어보고 있었다.

매화가 필 무렵이 되자 차갑던 바람의 방향이 점점 남쪽으로 바뀌어 갔다. 찬바람이 한차례 지나가자 벚꽃 소식이 하나둘씩 내 귀에 들려왔다. 그래도 나는 마치 마차의 말처럼 정면만 보며 논문 쓰는 데 박차를 가했다. 드디어 4월 하순이 되었고, 나는 예정대로 논문을 다 쓸 때까지 선생님 댁을 찾지 않았다.

26

내가 자유로운 몸이 된 것은 야에자쿠라*가 지고 그 자리에

---

* 八重櫻, 벚꽃나무의 일종이다.

녹색 잎이 꼬물거리며 보이기 시작하는 초여름이었다. 나는 새장을 벗어난 작은 새처럼 넓은 천지를 둘러보며 자유롭게 날갯짓했다. 나는 곧장 선생님 댁으로 달려갔다. 탱자나무 울타리의 거무스름한 가지 위로 새싹이 움트고, 석류의 시든 가지에서 윤이 나는 갈색 잎이 햇살을 받아 부드럽게 보였다. 세상 모든 것이 내 눈을 끌었다. 그 모든 것이 난생 처음 보는 것처럼 그저 신기하기만 했다.

선생님은 날 보며 기뻐했다. "논문을 다 끝냈나? 잘됐군."

나는 "덕분에 잘 끝냈습니다. 이제 할 일이 없습니다"라고 말했다.

실제로 그때 나는 내가 해야 할 모든 것이 끝났고, 앞으로는 으스대며 맘껏 놀아도 상관없다는 기분이 들어 그저 유쾌하기만 했다. 나는 논문에 충분히 자신이 있었고, 또 만족하고 있었다. 나는 선생님 앞에서 논문 내용을 열심히 설명했다. 선생님은 언제나처럼 "그렇군"이라든지 "그런가?"라고 추임새만 넣을 뿐 그 이상의 비평은 전혀 하지 않았다. 나는 섭섭하다기보다 맥이 빠졌다. 그래도 그날의 나는 뜨뜻미지근한 선생님의 태도에 역습을 꾀할 정도로 활기에 넘쳤다. 나는 푸르게 다시 태어나려고 하는 거대한 자연 속으로 선생님을 불러내려고 했다.

"선생님 어디 산책이라도 하시겠습니까? 날씨가 아주 좋습니다."

"어디로?"

나는 어디라도 상관없었다. 그저 선생님을 모시고 교외로 나가고 싶었다.

한 시간 뒤 선생님과 나는 내가 마음먹은 대로 도심을 빠져나와 교외인지 시골인지 구분이 가지 않는 한적한 곳을 하릴없이 걷고 있었다. 나는 홍가시나무 생울타리에서 부드러운 새잎을 따서 풀피리를 불었다. 가고시마 섬 출신의 친구가 부는 풀피리를 흉내 내다 보니 어느새 자연스럽게 불 수 있게 되었다. 나는 꽤 실력이 좋았다. 내가 멋지게 풀피리를 불었고, 선생님은 안 듣는 척 다른 곳을 보면서 걸었다.

잠시 후 무성한 어린잎에 뒤덮여서 약간 으슥해 보이는 집 아래로 좁은 길이 나 있었다. 대문 기둥에 박혀 있는 문패에는 무슨무슨 원(園)이라고 되어 있어서 그곳이 개인 저택이 아니라는 것을 금방 알 수 있었다. 선생님은 완만한 오르막길로 이어져 있는 입구를 올려다보며 "들어가볼까?"라고 말했다. 나는 "정원수를 판매하는 곳이군요"라고 대답했다.

나무들 사이를 한번 빙 둘러서 안쪽으로 올라가자 왼쪽에 건물이 나왔다. 열린 창 사이로 보이는 안은 텅 비어 있었으며 인기척도 느껴지지 않았다. 그저 처마 아래에 있는 큰 항아리 속에는 금붕어만 노닐고 있었다.

"조용하군. 말없이 들어가도 되는지 모르겠군."

"괜찮지 않을까요?"

우리는 안쪽으로 더 들어갔다. 그러나 거기에서도 인기척이 느껴지지 않았다. 철쭉이 마치 불에 타는 듯 흐드러지게 피어 있었다. 선생님은 그중에서 길게 튀어 나와 있는 주황색 꽃을 손가락으로 가리키며 "저건 기리시마 철쭉일 거네" 하고 말했다.

작약도 열 평 남짓 되어 보이는 면적에 심어져 있었지만 아직 꽃이 필 시기가 아니라서 한 송이도 피어 있지 않았다. 이 작약 꽃밭 옆에 딸린 낡은 평상 비슷한 곳에 선생님은 큰 대 자로 누웠다. 나는 그 끝에 앉아서 담배를 피웠다. 선생님은 맑고 투명한 푸른 하늘을 보고 있었다. 나는 나를 감싸는 어린잎들의 색에 마음을 빼앗기고 있었다. 그 새잎을 잘 관찰해보니 하나하나가 다른 색을 띠고 있었다. 같은 단풍나무, 같은 가지에 난 잎조차 같은 색이 하나도 없었다. 가느다란 삼나무 묘목의 꼭지에 씌워져 있던 선생님의 모자가 불어오는 바람에 떨어졌다.

27

나는 바로 모자를 집어 들었다. 군데군데 붙어 있는 붉은색 흙을 손톱으로 튕기면서 선생님을 불렀다.

"선생님, 모자가 떨어졌습니다."

“고맙네.”

몸을 절반 정도 일으켜 모자를 받아 든 선생님은 일어나 앉은 것도 누운 것도 아닌 어정쩡한 자세로 내게 이상한 질문을 했다.

“뜬금없는 질문이지만 자네 집은 재산이 꽤 있나?”

“꽤 있다고 할 정도는 아닙니다.”

“그럼 어느 정도인가? 실례되는 얘기지만.”

“어느 정도라……. 산과 논밭이 있는 정도로 현금은 전혀 없습니다.”

선생님이 우리 집 살림에 대해서 제대로 물어본 것은 이번이 처음이었다. 나는 아직 선생님의 살림에 대해서 물은 적이 없었다. 선생님을 막 알게 되었을 무렵에는 선생님이 어떻게 일도 안 하고 지낼 수 있는지 의문스러웠다. 그후에도 그 의문은 계속 내 뇌리에서 떠돌고 있었다. 그러나 나는 그런 노골적인 질문은 무례하다는 생각이 들어 늘 피해왔다. 새잎의 색에 피곤해진 눈을 잠시 쉬고 있던 내 마음에 갑자기 그런 의문이 고개를 들었다.

“선생님은 어떠십니까? 재산을 얼마나 가지고 계십니까?”

“내가 부자로 보이나?”

선생님은 평소 검소한 복장을 하고 있었다. 게다가 식구도 적었다. 집도 그리 넓은 편이 아니었다. 하지만 물질적인 풍요로움은 집안 살림살이를 잘 모르는 나조차 확실히 알 수 있었다. 정리하자면 선생님은 호화롭다고는 할 수 없지만 인색할 만큼 절약도 하고 있지 않았다.

"네."

"그것 참, 어느 정도 돈은 있지만 결코 재산가는 아니네. 재산가라면 더 큰 집에 살겠지."

선생님은 일어나서 평상 위에 책상다리를 하고 앉았다. 말이 끝나자마자 대나무 지팡이 끝으로 땅바닥에 원 비슷한 것을 그리기 시작했다. 그것이 끝나자 이번에는 바닥을 찌르듯 지팡이를 똑바로 세웠다.

"이래 봬도 원래는 부자였는데."

선생님의 말은 거의 혼잣말처럼 들렸다. 그래서 대답해야 하나 말아야 하나 망설이다가 그냥 가만히 있었다.

선생님은 "나 이래 봬도 원래는 부자였다네"라고 다시 고쳐 말하며 내게 미소를 지었다. 그래도 나는 아무 말도 할 수 없었다. 아니 말주변이 없어서 적당한 대답을 찾을 수가 없었다. 그러자 선생님이 화제를 딴 데로 돌렸다.

"자네 아버지의 병세는 그후로 좀 어떠신가?"

나는 정월 이후의 아버지 병세에 대해 전혀 몰랐다. 매달 보내오는 우편환과 함께 오는 짧은 편지는 언제나처럼 아버지의 글씨였지만 병에 대한 내용은 거의 없었다. 게다가 필체도 또렷했다. 아버지가 앓고 있는 병의 증상에는 손떨림이 있다던데 글씨에서는 그런 기미가 전혀 보이지 않았다.

"별 말 없는 걸로 봐서는 괜찮지 않나 싶습니다."

"그러면 다행이지만. 병이 병이니만큼."

"역시 가망이 없을까요? 하지만 당분간은 괜찮겠죠? 아무 말도 없거든요."

"글쎄."

나는 선생님이 우리 집 재산이나 아버지의 병세에 대해서 묻는 것을 일상적인 대화, 그러니까 생각나는 대로 입에 담는 보통의 대화라고 생각하고 있었다. 그러나 선생님의 말 속에는 두 질문을 연결 짓는 큰 의미가 숨어 있었다. 선생님의 경험을 모르는 나는 물론 전혀 알아차리지 못했다.

<h1 style="text-align:center">28</h1>

"자네 집에 재산이 있다면 지금 잘 정리해두어야 하네. 쓸데없는 참견일지도 모르지만 자네 아버지가 건강하실 때 받을 건 제대로 받아두는 게 좋지 않을까. 큰일이 생기고 난 후에 제일 골치 아픈 게 바로 재산 문제니까."

"네."

나는 선생님의 말에 딱히 신경 쓰지 않았다. 우리 집에서 그런 걱정을 하는 사람은 나뿐만이 아니라 아버지, 어머니, 그 누구도 없다고 믿고 있었다. 게다가 선생님이 너무 현실적인 말을 해서, 나는 좀 놀랐다. 하지만 연장자에 대한 존겸과 예의로, 묵묵부답으로 일관할 수밖에 없었다.

"자네 아버지가 돌아가실 것을 미리 예상한 듯한 말투라서 기분 나빴다면 용서하게. 하지만 인간은 다 죽으니까. 아무리 건강한 사람이라도 언제 죽을지 모르지 않나."

선생님의 말투에서 드물게 씁쓸한 맛이 묻어났다.

"전혀 그렇지 않습니다." 나는 변명했다.

"자네, 형제가 몇 명인가?" 선생님이 물었다.

그리고 가족이 몇 명인지, 친척은 있는지, 숙부나 숙모는 어떤지도 물었다. 그리고 마지막에 이렇게 덧붙였다.

"다들 좋은 분들인가?"

"딱히 나쁘다고 할 정도의 사람들은 아닙니다. 시골 사람들이라서요."

"시골 사람들은 왜 나쁜 사람들이 아니지?"

나는 이 추궁에 당황했다. 선생님은 내게 대답을 생각할 여유조차 주지 않았다.

"시골 사람이 오히려 도시 사람보다 나쁘다고 할 수 있네. 그리고 자네는 지금 친척 중에 딱히 나쁘다고 할 사람은 없는 것 같다고 했지. 그런데 나쁜 사람이라는 종류의 인간이 따로 있다고 생각하나? 그런 판에 박힌 악인이 세상에 있을 리 없지. 평상시에는 다들 착하지. 적어도 다들 보통 인간이라네. 그런데 어떤 일이 생기면 갑자기 악인으로 변하기 때문에 무서운 것일세. 그래서 방심할 수 없는 법이지."

선생님의 이야기는 도저히 멈출 기미를 보이지 않았다. 내가 무슨 말을 하려고 했을 때 갑자기 뒤에서 개가 짖었다. 선생님도 나도 놀라서 뒤를 돌아봤다.

평상 옆에서 뒤쪽으로 심어져 있는 삼나무 묘목 옆에 한 세 평 정도 되는 공간에는 얼룩조릿대가 지면이 보이지 않을 정도로 무성했다. 그 얼룩조릿대 위로 개가 모습을 드러내더니 시끄럽게 짖어댔다. 그곳으로 열 살쯤 되어 보이는 아이가 뛰어와서 개를 혼냈다. 아이는 휘장이 달린 검정색 모자를 쓰고 있었다. 아이는 얼룩조릿대를 돌아서 선생님 앞으로 오더니 인사했다. 그러고는 물었다.

"아저씨가 들어올 때 집에 아무도 없었어요?"

"아무도 없었는데."

"이상하네, 엄마랑 누나가 부엌에 있었는데."

"그래? 있었나?"

"참, 아저씨가 안녕하세요 하고 말을 걸고 들어왔더라면 좋았을 텐데."

선생님은 쓴웃음을 지었다. 품속에서 지갑을 꺼내서 5전짜리 동전을 아이 손에 쥐어주었다.

"엄마에게 말해줄래? 여기서 조금 쉬었다 가겠다고."

아이는 눈을 반짝이며 밝은 표정으로 고개를 끄덕였다.

"지금 막 정찰 대장이 되었어요."

아이는 이렇게 말하고 철쭉 사이를 뚫고 아래쪽으로 달

려 내려갔다. 개도 꼬리를 높게 말아서 아이의 뒤를 쫓아갔다. 잠시 후 그 아이와 비슷한 또래로 보이는 아이들이 두세 명 달려오더니 정찰 대장의 뒤를 쫓아갔다.

29

선생님의 이야기는 개와 아이 때문에 끝맺음을 할 수 없었다. 나는 이야기의 의도를 파악할 수 없었다. 당시 나는 선생님이 신경 쓰는 재산 걱정을 전혀 하지 않고 있었다. 내 성격상, 또 내 처지상 그런 이해관계에 관련된 일로 머리를 싸매고 고민할 여유가 없었다. 생각해보면 아마도 내가 아직 세상 속으로 나가지 않았기 때문이기도 했고, 또 실제로 그런 상황에 처해지지 않았기 때문이기도 했다. 어쨌든 젊은 내게 돈 문제는 멀게만 느껴졌다.

선생님 얘기 중에 단 하나 끝까지 듣고 싶었던 것은 인간은 유사시에 누구나 악인이 된다는 말의 의미였다. 말로는 이해가 되었다. 그러나 나는 이 말의 더 깊은 뜻을 알고 싶었다.

개와 아이가 가고 난 후, 새잎으로 뒤덮인 넓은 곳은 다시 적막함을 되찾았다. 그렇게 해서 우리는 침묵 속에 갇힌 사람들처럼 잠시 동안 움직이지 않고 있었다. 화사한 빛을 띠던 하늘이 점차 빛을 잃어갔다. 눈앞에 있는 나무는 대부분

단풍나무였는데, 가지에서 싱싱하게 튀어나온 옅은 녹색의 잎들이 점점 어두워져가는 듯 보였다. 멀리 큰길에서 덜컹덜컹하는 짐차 끄는 소리가 들렸다. 나는 아마도 마을의 남자가 묘목 같은 것을 싣고 어디 공양이라도 하러 가는 건가 상상했다. 선생님은 그 소리를 듣더니 갑자기 명상에서 깨어난 사람처럼 일어섰다.

"이제 슬슬 돌아가지. 시간이 꽤 지난 것 같은데. 한가롭게 지내면 시간이 빨리 가는군."

선생님 등에는 아까 평상 위에 누워 있던 흔적들이 꽤 많이 남아 있었다. 나는 두 손으로 그것을 털었다.

"고맙네. 나뭇진이 들러붙어 있진 않았나?"

"깨끗하게 털었습니다."

"이 하오리*는 얼마 전에 지어 입은 거라네. 그래서 더럽혀서 돌아가면 마누라에게 혼날 거야. 고맙네."

우리는 다시 완만한 언덕의 중간 지점에 있는 건물 앞까지 왔다. 들어갈 때는 아무도 없었는데 돌아갈 때는 여주인이 열대여섯 되어 보이는 딸과 같이 실타래로 실을 감고 있었다. 우리는 큰 금붕어 항아리 옆에 서서 "죄송합니다. 실례했습니다"라고 인사했다. 여주인은 "아닙니다. 별말씀을요"라고 인사한 후 아까 아이에게 준 돈에 대해서 감사의

---

* 羽織, 기장이 짧은 웃옷으로, 방한 등을 위해 옷 위에 걸치는 짧은 겉옷이다.

인사를 전했다.

　대문을 나와서 한 이삼백 미터 걸었을 때 나는 선생님에게 말을 걸었다.

　"아까 선생님이 하신 이야기, 결국 인간은 누구라도 유사시에 악인이 된다는 말은 어떤 의미입니까?"

　"의미라고 할 정도로 깊은 뜻은 없네. 다시 말해 그냥 사실인 거지. 이론이 아니고."

　"사실이라고 해도 상관없습니다. 제가 여쭙고 싶은 것은 유사시의 의미입니다. 도대체 어떤 때를 말하는 겁니까?"

　선생님은 웃었다. 흡사 지금은 열심히 설명할 기력이 없다는 듯 말이다.

　"돈이지. 돈을 보면 어떤 군자도 금방 악인이 된다네."

　나는 선생님의 대답이 너무 평범해서 시시했다. 선생님이 얘기할 기분이 아니어서 그런지 나도 맥이 풀렸다. 나는 마음을 가라앉히면서 앞으로 성큼성큼 먼저 걸어갔다. 자연히 선생님은 약간 뒤처졌다. 선생님은 뒤에서 "어이!" 하고 불렀다.

　"그것 보게."

　"뭘 말입니까?"

　"자네 기분도 내 대답 하나로 금방 바뀌지 않았는가?"

　선생님을 기다리며 뒤돌아서 있는 나를 보고 선생님은 그렇게 말했다.

30

그때 나는 선생님이 너무 얄미웠다. 어깨를 나란히 하고 걸으며서도 묻고 싶은 것을 일부러 묻지 않았다. 선생님이 내 속내를 알아차렸는지 아닌지는 알 수 없지만 어쨌든 내 태도에 트집은 잡지 않았다. 평소대로 침묵을 유지하며 침착한 걸음걸이를 하고 있었기 때문에 나는 좀 부아가 치밀었다. 무슨 말이든 해서 선생님을 골탕 먹이고 싶어졌다.

"선생님."

"왜?"

"선생님은 아까 조금 흥분하셨습니다. 그 농원 평상에서 쉴 때요. 저는 선생님이 흥분하신 것을 거의 뵌 적이 없습니다만, 오늘은 참 새로운 모습을 본 것 같습니다."

선생님은 바로 대답하지 않았다. 나는 그런 선생님의 태도를 내 말에 반응한 것이라고 받아들였다. 그러면서도 짐짓 빗나간 것 같은 느낌도 들었다. 어쩔 수 없이 더 이상 얘기하지 않기로 했다. 그때 선생님이 갑자기 길가로 바짝 다가갔다. 그러고는 정갈하게 손질되어 있는 생울타리 아래에 서서 옷자락을 걷어 올리더니 소변을 보았다. 나는 선생님이 소변을 보는 동안 멍하게 서 있었다.

"이거 실례했군."

선생님은 그렇게 말하고는 다시 걷기 시작했다. 나는 선생님을 어찌해보려는 생각을 접었다. 길은 점점 번화해졌다. 지금까지 슬쩍슬쩍 보이던 넓은 밭과 평지가 점차 보이지 않더니 마침내 좌우로 집들이 죽 늘어서 있는 풍경으로 바뀌었다. 그래도 군데군데 택지의 끄트머리에 완두콩 넝쿨이 대나무 막대를 둘둘 말고 올라가거나 철망으로 닭을 둘러싸서 키우고 있는 풍경이 조용하게 펼쳐졌다. 시내에서 돌아오는 짐을 실은 말이 쉴 없이 지나쳐 갔다. 나는 이런저런 것들에 정신이 팔려 좀 전까지 가슴속에 꼼질거리던 문제가 길을 잃어버린 것도 눈치채지 못했다. 선생님이 갑자기 그 문제를 입에 담을 때까지 나는 진짜 잊어버리고 있었다.

"아까 내가 그렇게 흥분한 듯 보였나?"

"그렇게까지는 아니었습니다만, 약간……."

"아니, 그렇게 보였더라도 상관없네. 사실 흥분했으니까. 나는 재산에 관해 말할 때는 꼭 흥분한다네. 자네에게는 어떻게 보이는지 알 수 없지만, 나는 이래 봬도 집착이 강한 사람이야. 남에게 받은 굴욕이나 손해는 십 년이 지나든 이십 년이 지나든 절대 잊지 않으니까."

선생님은 아까보다 더 흥분한 듯 보였다. 그러나 내가 놀란 것은 말투 때문이 아니었다. 선생님의 이야기가 내 귀에 호소하는 의미 그 자체 때문이었다. 선생님의 입에서 이런 고백을 듣는 것은 여하튼 너무나 의외였다. 나는 선생님이 그렇게 집착이 강하리라고는 상상해본 적도 없었다. 나는 선생님을 더 약한 사람이라고 믿고 있었다. 그래서 그 약하고 고귀한 곳에 내 선망의 뿌리를 내리고 있었다. 한때의 기분으로 선생님에게 좀 대들어보려 했던 나는 선생님의 이 말 앞에 작아져만 갔다. 선생님은 이렇게 말했다.

"나는 남한테 사기를 당했다네. 그것도 혈연관계에 있는 친척에게 당했지. 나는 그것을 결코 잊을 수 없네. 내 아버지 앞에서는 착한 사람인 척했던 그들이 아버지가 돌아가시자마자 용서할 수 없을 정도로 부도덕한 사람으로 변했지. 나는 그들에게 받은 굴욕과 손해를 어릴 적부터 지금까지 짊어지고 있네. 아마도 죽을 때까지 짊어지고 가겠지. 나는 죽을 때까지 그것을 잊을 수 없을 테니까. 하지만 아직 복수는 하지 않았다네. 생각해보면 나는 개인에 대한 복수 이상의 것을 지금 하고 있는 셈이지. 나는 그들만 증오하고 있는 게 아니라 그들이 대표하는 인간이라는 존재를 증오하고 있으니까. 그것으로 충분하다고 생각하네."

나는 위로의 말조차 입에 담을 수 없었다.

31

그날의 대화는 더 이상 진전 없이 끝났다. 나는 선생님의 태도에 위축되어 더 이상 진전시킬 마음이 생기지 않았다.

우리는 시의 외곽에서 전차를 탔다. 전차 안에서도 거의 말을 하지 않았다. 그리고 전차에서 내리자마자 헤어져야 했다. 헤어질 때의 선생님은 또 변해 있었다. 평상시보다는 기분이 좋아 보였다. "앞으로 6월까지는 가장 마음이 편한 시기가 되겠군. 어쩌면 평생에 가장 평화로운 시기일지도 모른다네. 열심히 즐기게"*라고 말했다. 나는 웃으며 감사의 인사를 했다. 그때 나는 선생님의 얼굴을 보며 선생님의 마음 어디에 사람들에 대한 증오가 도사리고 있을까 생각했다. 그 눈, 그 입 어디에도 염세적인 분위기가 느껴지지 않았다.

나는 사상적으로 선생님에게 큰 은혜를 입었다고 고백한다. 하지만 같은 문제에 대해서 도움을 받고자 해도 받지 못할 때도 때때로 있었다. 선생님의 이야기는 가끔 정체를 알 수 없는 채 끝이 났다. 그날 우리가 교외에서 나눈 대화도 정체를 알 수 없는 예로 내 마음속에 남아 있다.

서슴없이 이야기를 하던 나는 어느 날 선생님에게 내 기분을 털어놨다. 선생님은 웃고 있었다. 나는 이렇게 말했다.

"제 머리가 나빠서 이해를 못 하는 거야 어쩔 수 없지만, 잘 아시면서 확실하게 말씀해주시지 않는 건 너무하시는 겁니다."

---

* 당시 대학은 졸업 논문 제출이 4월, 구술시험이 6월, 졸업식이 7월이었다.

"나는 숨기는 것이 없네."

"숨기고 계십니다."

"자네는 내 사상이나 의견을 내 과거와 뒤섞어서 생각하고 있는 거 아닌가? 나는 빈약한 사상을 가진 별 볼 일 없는 사상가지만 자신의 머리로 정리한 생각을 억지로 숨기지는 않네. 숨길 필요가 없기 때문이지. 하지만 내 과거를 속속들이 자네에게 이야기하는 건 또 다른 문제이네."

"다른 문제라고 생각하지 않습니다. 선생님의 사상은 과거가 축적되어 만들어진 것이니 과거 또한 중요합니다. 그 두 가지를 떨어뜨려 생각하는 건 가치가 없습니다. 저는 혼이 없는 인형을 받은 것만으로는 만족할 수 없습니다."

선생님은 어처구니없다는 듯 내 얼굴을 쳐다봤다. 담배를 쥐고 있는 손이 약간 떨렸다.

"자네는 참 대담하군."

"단지 진지할 뿐입니다. 인생의 교훈을 진지하게 얻고 싶습니다."

"내 과거를 미주알고주알 다 밝혀서라도 말인가?"

미주알고주알 다 밝힌다는 말이 갑자기 으스스한 울림이 되어 내 귀를 때렸다. 나는 지금 내 앞에 앉아 있는 사람이 한낱 죄인에 불과하며, 평상시 존경하고 있는 선생님이 아닌 것 같았다. 선생님은 새파랗게 질려 있었다.

선생님은 "자네는 정말 진실한가?" 하고 다짐을 받았다.

"나는 과거의 위과로 사람을 믿지 않는다네. 그러니 자네만은 의심하고 싶지 않아. 의심하기에는 너무 단순한 것 같으니까. 나는 죽기 전에 단 한 사람이라도 좋으니까 누군가를 믿고 싶네. 자네가 그 단 한 사람이 되어줄 수 있겠나? 그래주겠나? 자네는 진실한가?"

"만약 제 생명이 진실한 것이라면 제가 지금 말씀드린 것도 진실입니다."

내 목소리는 떨렸다.

"알겠네." 선생님이 말했다. "말해주지. 내 과거를 남김없이 자네에게 말해주겠네. 그 대신에……. 아니 상관없네. 그러나 내 과거가 자네에게 얼마나 유익할지는 모르겠네. 어쩌면 듣지 않는 편이 좋을지도 모르지. 그리고…… 지금은 얘기할 수 없으니까 이해해주게. 적당한 때가 되면 말해주겠네."

나는 하숙집으로 돌아와서도 무언가에 짓눌리는 느낌을 지울 수 없었다.

32

나는 내 논문을 꽤나 높이 평가했는데 담당 교수의 눈에는 그렇지 않았던 것 같았다. 그래도 나는 예상대로 합격했다. 졸업식날 나는 곰팡이 냄새가 나는 오래된 겨울옷을 고리

짝에서 꺼내 입었다. 식장에 줄서서 기다리는데 다들 덥다
는 표정을 짓고 있었다. 바람이 통하지 않는 두꺼운 나사 양
복에 밀봉된 내 몸이 무척 힘겨워하고 있었다. 얼마 서 있지
도 않았는데 손에 들고 있던 손수건이 축축해졌다.

나는 졸업식이 끝나자마자 하숙집으로 돌아와 재빨리 옷
을 다 벗었다. 하숙집 2층 창문을 열고 졸업장을 망원경처
럼 둘둘 말아 그 구멍으로 보이는 만큼의 세상을 바라봤다.
그리고는 졸업장을 책상 위에 던지고 방 한가운데에 큰 대
자로 누웠다. 누워서 내 과거를 되새김질했다. 또 내 미래를
그려봤다. 그러자 그사이에 경계선을 긋고 있는 이 졸업장
이 의미가 있는 듯 없는 듯 이상한 종이 쪼가리로 여겨졌다.

나는 그날 밤 선생님 댁에 저녁 초대를 받았다. 졸업식날
밤의 저녁식사는 다른 곳이 아니라 선생님 댁에서 먹겠다
고 전부터 약속했기 때문이다.

식탁은 응접실 툇마루 가까이에 차려져 있었다. 무늬가
있는 두꺼운 식탁보는 풀을 먹여 빳빳했다. 식탁보가 아름
답고 정갈하게 전등 빛에 반사되고 있었다. 선생님 집에서
밥을 먹으면 꼭 양식당같이 흰색 리넨 위에 젓가락과 그릇
이 놓여 있었다. 그리고 그 식탁보는 반드시 금방 세탁한 새
하얀 것이었다.

"셔츠의 칼라나 커프스와 마찬가지지. 지저분한 것을 사
용할 거면 아예 처음부터 색이 있는 것을 사용하는 게 좋아.

휘색을 사용할 거며 순백색이어아 하고.”

　이런 말을 듣고 역시 선생님은 결벽증이라고 생각했다. 서재도 잘 정돈되어 있었다. 둔한 나조차 선생님의 그런 성격이 가끔 눈에 보였다.

　“선생님은 결벽증이시군요”라고 일전에 사모님에게 말했을 때 사모님은 “하지만 입는 건 그렇게 신경 쓰지 않아요”라고 했었다. 그것을 옆에서 듣고 있던 선생님은 “사실 정신적으로 결벽증이지. 그래서 늘 괴롭고. 참 한심한 성격이지”라며 웃었다. 정신적으로 결벽증이라는 의미가 속된 말로 신경질적이라는 건지, 윤리적으로 결벽증이라는 건지 나는 알 수 없었다. 사모님도 이해를 못 하는 듯했다.

　그날 밤 나는 예의 새하얀 식탁보가 덮인 식탁을 사이에 두고 선생님과 마주 앉았다. 사모님은 우리 둘을 좌우로 두고 정원을 정면으로 바라보고 앉았다.

　선생님이 “축하하네”라며 나를 위해 건배했다. 나는 건배가 별로 기쁘지 않았다. 물론 내 마음이 이 말에 응답이라도 하듯 펄쩍 뛰어오를 만큼 기쁘지 않았던 게 원인 중 하나였다. 하지만 선생님의 말투도 결코 기쁨을 부추기듯 들떠 있지 않았다. 선생님은 웃으며 잔을 들었다. 그러나 나는 그 웃음 속에서 고약한 아이러니는 전혀 읽을 수 없었다. 동시에 진심으로 축하하는 마음도 느낄 수 없었다. 선생님의 웃음은 “세상은 이런 일에는 다들 축하한다고 하지요”라고 이야기하고 있었다.

사모님은 내게 "축하해요. 아버님과 어머님이 기뻐하시죠?"라고 말했다. 나는 갑자기 병환 중인 아버지가 떠올랐다. 빨리 졸업장을 보여드리고 싶은 마음이 들었다.

"선생님의 졸업장은 어떻게 했습니까?" 나는 물었다.

"어떻게 했더라. ……어디 넣어뒀던가?" 하고 선생님이 사모님에게 물었다.

"네. 어딘가 잘 보관해둔 것 같아요."

졸업장이 어디에 있는지 두 분 다 몰랐다.

33

식사를 할 때 사모님은 옆에 앉아 있던 하녀를 내보내고 직접 시중을 들었다. 대단한 접대는 아니지만 선생님 댁의 관례인 듯했다. 처음 한두 번은 거북스러웠지만 몇 번 경험하는 동안 그릇을 사모님 앞으로 내는 것이 아무렇지도 않게 되었다.

"차? 밥? 참 잘 먹네요."

사모님도 스스럼없이 말하기도 했다. 그러나 그날은 계절이 계절인지라 놀림을 받을 정도로 식욕이 왕성하진 않았다.

"벌써 그만 들어요? 요즘 양이 많이 줄었네요."

"소식하게 된 게 아닙니다. 더워서 그렇습니다."

사모님은 하녀를 불러 식탁을 정리하게 한 후 아이스크림과 과일을 내오라고 했다.

"이거 집에서 만든 거예요."

바깥일을 하지 않는 사모님은 직접 아이스크림을 만들어 손님에게 내놓을 만큼 시간적으로 여유가 있었다. 나는 그것을 두 그릇이나 더 먹었다.

"자네도 드디어 졸업을 했군. 이제부터 무엇을 할 생각인가?"라고 선생님이 물었다. 선생님은 툇마루 쪽으로 자리를 옮겨 문지방 옆에서 등을 장지문에 기대고 있었다.

내게는 단지 졸업했다는 자각이 있을 뿐 이제부터 무엇을 할지 목적은 없었다. 대답을 못 하고 있는 나를 보고 사모님은 "교사?"라고 물었다. 그 말에도 대답을 못 하자 이번에는 "그럼 공무원?" 하고 또 물었다. 나도 선생님도 웃고 말았다.

"사실은 아직 뭘 할지 모르겠습니다. 직업에 대해서 한 번도 생각해본 적이 없습니다. 우선 뭐가 좋고 나쁜지 직접 해보지 않으면 모르니까 선택을 못 하고 있는 게 아닐까 싶습니다."

"그것도 그러네요. 하지만 학생은 재산이 있으니까 그런 여유를 부릴 수 있는 거예요. 돈 때문에 곤란해하는 사람을 보세요. 아마 학생처럼 여유를 부리고 있진 않을걸요."

사실 내 친구 중에는 졸업 전부터 중학교 교사 자리를 찾고 있는 이도 있었다. 나는 사모님의 말에 전적으로 동의했다. 나는 이렇게 말했다.

"선생님께 물들었을까요?"

"쓸데없는 건 물들지 않았으면 해요."

선생님은 쓴웃음을 지었다.

"물들어도 상관없으니까 그 대신 일전에 말한 대로 아버님께서 살아 계시는 동안 재산을 받아두도록 하게. 결코 방심해서는 안 되네."

나는 선생님과 함께 교외의 농원 평상에서 이야기를 나누었던, 철쭉이 만발하던 5월 초순을 떠올렸다. 그때 돌아오는 길에 선생님이 흥분해서 강한 어투로 말하던 이야기가 다시 귓속에서 맴돌았다. 그것은 강할 뿐만 아니라 엄청난 말이었다. 게다가 사정을 모르는 내게는 동시에 말도 안 되는 내용이었다.

"사모님, 댁에는 재산이 많으신가요?"

"왜 그런 걸 묻죠?"

"선생님께 여쭤봐도 안 가르쳐주시니까요."

사모님은 웃으면서 선생님 얼굴을 쳐다봤다.

"남한테 대놓고 말할 정도는 아니라서 그런 게 아닐까요?"

"하지만 어느 정도 있으면 선생님처럼 지낼 수 있는지, 고향에 돌아가서 아버지와 담판을 지을 때 참고하고 싶습니다. 말씀해주십시오.”

선생님은 정원 쪽으로 고개를 돌린 채 모른 척하고 담배를 피우고 있었다. 이야기 상대는 자연스럽게 사모님일 수밖에 없었다.

“어느 정도라고 할 것도 없어요. 뭐 그럭저럭 살 수 있을 정도죠, 안 그래요, 여보? 그건 그렇다 치고 학생도 이젠 뭔가 해야죠. 선생님처럼 뒹굴거리고만 있다가는…….”

“뒹굴거리고 있진 않지.”

선생님은 얼굴만 슬쩍 이쪽으로 향해 사모님의 말을 부정했다.

34

나는 그날 저녁 10시가 넘어서 선생님 댁을 나왔다. 이틀이나 사흘 안에 고향으로 내려갈 생각이었으므로 자리를 뜨기 전에 나는 작별 인사를 했다.

“또 당분간 찾아뵙지 못할 것 같아서요.”

“9월에 다시 오죠?”

나는 졸업했으니까 9월에 반드시 도쿄로 다시 올 필요는 없었다. 하지만 무더위가 한창인 8월을 도쿄에서 보낼 생각도 없었다. 나에게는 일자리를 구할 귀중한 시간이라는 게 없었다.

“한 9월쯤이 되겠지요.”

“그럼 꽤 오랫동안이네요. 건강하게 잘 지내세요. 우리도 이번 여름은 어쩌면 어딘가 갈지도 몰라요. 꽤 더울 것 같아서요. 가면 그림엽서 보낼게요.”

“어디로 가실 생각입니까? 만약 가신다면.”

“아직 갈지 안 갈지도 안 정했어요.”

자리에서 일어서려고 하는데 선생님이 갑자기 나를 붙잡더니 “그런데 아버님의 병환은 어떤가?”라고 물었다. 나는 아버지의 상태에 대해서 거의 몰랐다. 아무 연락도 없어서 더 이상 나빠지지 않았을 거라고 추측만 하고 있었다.

“그렇게 만만하게 볼 병이 아니네. 요독증이 발생하면 가망이 없으니까.”

나는 요득증이라는 말을 몰랐다. 요전 겨울방학 때 고향에서 의사와 얘기를 나눴을 때도 못 들은 단어였다.

“정말 잘 보살펴드리세요.” 사모님도 말했다. “독이 뇌로 들어가면 더 이상 손 쓸 수가 없어요, 웃을 일이 아니에요.”

경험이 없는 나는 기분은 나빴지만 일단 웃음을 띠고 있었다.

“어차피 가망이 없는 병이라니까 아무리 걱정해도 소용없습니다.”

“그렇게 체념하고 있다면 더 이상 할 말 없지만.”

사모님은 옛날 똑같은 병으로 돌아가셨다는 자신의 어머

니가 떠올랐는지 침울한 어투로 말하며 고개를 숙였다. 나는 아버지의 운명이 진심으로 불쌍해졌다.

그러자 선생님이 갑자기 사모님 쪽을 보며 말했다.

"시즈, 당신은 나보다 먼저 죽을까?"

"왜요?"

"왜기는, 그냥 물어본 거야. 그래도 내가 당신보다 먼저 죽겠지. 대체로 남편이 먼저 가고 나서 마누라가 남잖아."

"정해진 건 아니죠. 하지만 남자 쪽이 아무래도 나이가 많잖아요."

"그래서 먼저 죽는 건? 그러면 나도 당신보다 먼저 저세상으로 가겠군."

"당신은 예외예요."

"그럴까?"

"건강하잖아요. 병에 걸린 적도 없고. 그러니까 아무리 생각해도 내가 먼저죠."

"먼저일까?"

"그럼요, 훨씬 먼저일걸요."

선생님은 내 얼굴을 쳐다봤다. 나는 웃었다.

"하지만 만약 내가 먼저 간다고 치자고. 그러면 당신은 어떻게 할 거야?"

"어떻게 할 거라뇨……."

사모님은 머뭇거렸다. 선생님의 죽음을 상상하자 그 비

애가 사모님의 가슴을 습격한 것 같았다. 하지만 사모님이
얼굴을 다시 들어 올렸을 때는 표정이 달라져 있었다.

"어떻게 할 거라뇨? 어쩔 수 없죠. 노소부정(老少不定)이
라잖아요."

사모님은 새삼스럽게 나를 보며 농담처럼 말했다.

35

나는 일어서려다가 다시 앉아서 이야기가 일단락될 때까지
두 사람을 상대했다.

"자네는 어떻게 생각하나?" 선생님이 내게 물었다.

선생님이 먼저 돌아가실지, 아니면 사모님이 더 빨리 돌
아가실지는 사실 내가 판단할 문제가 아니었다. 나는 그저
웃기만 했다.

"수명은 아무도 모르잖습니까, 저도 그렇고요."

"수명은 정말 그래요. 정해진 수명을 받아서 태어나니까
어쩔 수 없죠. 이 사람 아버님과 어머님도 거의 동시에 돌아
가셨대요. 그렇죠, 여보?"

"돌아가신 날 말입니까?"

"날짜까지 똑같지는 않지만, 거의 비슷하지. 잇달아 돌아
가셨으니까."

새로운 정보였다. 나는 신기했다.

"어째서 거의 동시에 돌아가셨습니까?"

사모님이 대답하려고 하자 선생님이 막았다.

"그 얘기는 그만하지. 재미없잖소."

선생님은 손에 쥔 부채를 일부러 소리를 내며 부쳤다. 그러고는 사모님에게 말했다.

"시즈, 내가 죽으면 이 집 당신한테 줄게."

사모님이 웃었다.

"덤으로 토지도 주세요."

"토지는 남의 것이니까 못 주지. 그 대신 내가 가지고 있는 거 다 당신한테 주지."

"고마워요. 하지만 서양말로 된 책 따위를 받는다고 한들 쓸모가 없잖아요."

"헌책방에 팔면 되지."

"팔면 얼마나 받을까요?"

선생님은 얼마인지 말하지 않았다. 그래도 선생님은 자신의 죽음이라는 먼 곳에 있는 문제에 대해 계속 얘기했다. 그리고 그 죽음이 반드시 사모님 앞에서 일어나리라고 가정하고 있었다. 사모님도 처음에는 일부러 농담으로 상대하고 있는 듯 보였다. 그러나 어느새 감상적인 여자의 마음을 무겁게 짓누른 모양이었다.

"내가 죽으면, 내가 죽으면, 도대체 몇 번을 말하는 거예요. 제발 그만 좀 해요. 내가 죽으면이라는 말은 그만하라고요. 불길해요. 당신이 죽으면 뭐든지 당신 하고 싶었던 대로 다 해줄 테니까, 이제 됐죠?”

선생님은 정원을 바라보며 웃었다. 더 이상 사모님이 싫어하는 말을 하지 않았다. 나도 너무 오래 머문 것 같아서 자리에서 일어섰다. 선생님과 사모님이 현관까지 배웅을 나왔다.

“편찮으신 분은 잘 모셔야 해요.” 사모님이 말했다.

“9월에 다시 보세.” 선생님이 말했다.

나는 인사를 하고 격자문 밖으로 한 발 내밀었다. 현관과 대문 사이에 봉긋하게 솟아 있는 한 그루의 목서(木犀)가 내가 가는 길을 막아서듯 어둠 속에 가지를 쭉 뻗고 있었다. 나는 두세 걸음 걷다가 거무스름한 잎에 뒤덮여 있는 나뭇가지를 보고 곧 다가올 가을의 꽃과 향기를 떠올렸다. 나는 선생님 댁과 이 목서를 전부터 떼어놓을 수 없는 하나의 세트처럼 생각하고 있었다. 내가 그 나무 앞에 서서 다시 이 집의 문을 들어서게 될 가을을 생각하고 있을 때, 지금까지 격자문 사이에서 새어나오던 현관의 전등 빛이 갑자기 꺼졌다. 선생님 부부는 바로 안으로 들어간 듯했다. 나는 홀로 어두운 골목으로 나왔다.

나는 곧장 하숙집으로 돌아가지 않았다. 고향에 돌아가기 전에 필요한 물건도 사야 했고, 너무 잘 먹은 위장을 좀 쉬게 할 필요도 있어서 번화한 거리 쪽으로 걸어갔다. 거리는 아직 초저녁이었다. 딱히 볼일두 없어 부이는 남자아 여자들이 어슬렁거리고 있는 거리에서 오늘 나와 함께 졸업한 친구를 우연히 만났다. 그는 나를 억지로 바로 끌고 들어갔다. 그곳에서 친구가 신나게 떠드는 맥주 거품 같은 얘기를 들어야만 했다. 내가 하숙집으로 돌아온 것은 자정이 지나서였다.

36

그다음 날도 더위를 참아가며 부탁받은 물건을 사기 위해 걸어 다녔다. 편지로 주문을 받았을 때는 대수롭지 않게 여겼는데, 막상 사러 다니려니까 무척 귀찮았다. 나는 전차 안에서 땀을 닦으면서 남의 시간과 수고를 대수롭지 않게 여기는 시골 사람들의 사고방식을 원망했다.

　나는 이 한여름을 무의미하게 보낼 생각은 없었다. 고향에 내려가서도 어떻게 보낼 것인지 계획도 미리 세워뒀기 때문에 그것을 실행하기 위해 필요한 책도 사야 했다. 나는 마루젠*의 2층에서 반나절은 보내겠다는 각오를 하고 있었다. 내 관심 분야의 책장 앞에 서서 끝에서 끝까지 한 권씩 찬찬히 다 살펴봤다.

---

* 丸善, 1869년에 창업한 일본의 대형 서점으로, 2층에서는 외서를 취급했다.

쇼핑을 하면서 날 제일 곤란하게 만든 것은 바로 여자의 항에리*였다. 점원에게 얘기하니 여러 개를 보여줬다. 하지만 어느 것이 좋은지 몰라 막상 뭘 사야 할지 망설여졌다. 게다가 가격도 너무 제각각이었다. 쌀 거라고 생각해서 물으면 엄청 비싸거나, 비쌀 거라고 생각하고 물으면 도리어 엄청나게 싸거나 했다. 아무리 비교해도 가격 차이가 어디서 나는지 도저히 짐작할 수 없었다. 정말이지 난감했다. 그리고 마음속으로 왜 선생님의 사모님에게 부탁하지 않았는지 후회했다.

가방을 샀다. 물론 일본제의 저가품이었지만 그래도 금장식 같은 게 번쩍거려서 시골 사람들을 압도시키기에 충분했다. 이 가방은 어머니가 주문한 것이었다. 졸업하면 새 가방을 사서 그 속에 선물을 다 넣어서 돌아오라고 편지에 적혀 있었다. 나는 그 구절을 읽었을 때 그만 웃음이 터지고 말았다. 어머니의 마음을 이해 못 해서가 아니라 그 말이 일종의 해학으로 들렸기 때문이다.

나는 선생님 부부에게 작별을 고할 때 말한 대로 저녁 식사를 한 날로부터 사흘째 되는 날 기차를 타고 도쿄를 떠나 고향으로 내려갔다. 지난겨울에 집에 내려갔을 때 의사에게서 아버지의 병에 대해 여러 가지 주의를 들었던 터라 가

* 半襟, 여성 기모노 위에 덧대는 장식용 깃.

장 걱정해야 하는 입장이었지만, 무슨 이유에서인지 별로 걱정되지 않았다. 오히려 아버지가 돌아가신 후의 어머니를 생각하니 마음이 먹먹했다. 아마도 나는 이미 마음속 어딘가에서 아버지가 돌아가실 것이라고 각오하고 있었음에 틀림없다. 나는 규슈에 있는 형에게 보낸 편지에서도 아무래도 아버지가 건강해질 가망은 없다고 적었다. 일 때문에 어렵겠지만 이번 여름쯤 한번 얼굴만이라도 보러 집에 오면 어떠냐고까지 적었다. 그리고 노인네 둘이서 시골에 있으면 틀림없이 쓸쓸할 것이다, 자식이라 신경 쓰인다 등등 감상적인 말도 적었다. 당시 나는 생각나는 대로 편지를 썼다. 그런데 편지를 쓰기 전후의 기분이 달랐다.

나는 이 모순에 대해 기차 속에서 곰곰이 생각해봤다. 생각하다가 나 자신이 기분이 자주 바뀌는 경박한 인간이 아닌가 하는 생각까지 들었다. 그러자 불쾌해졌다. 나는 선생님 부부에 대해서도 생각했다. 특히 이삼 일 전 저녁 식사에 초대받았을 때의 대화를 떠올렸다.

"어느 쪽이 먼저 죽을까?"

나는 그날 밤 선생님과 사모님 사이에 오갔던 질문을 혼잣말로 반복해봤다. 그 질문에는 아무도 자신 있게 대답할 수 없다. 그러나 어느 쪽이 먼저 죽을지 확실하게 알고 있다면 선생님은 어떻게 할까? 사모님은 어떻게 할까? 선생님도 사모님도 지금 같은 태도를 취하는 것 외에는 달리 방법이 없을 것이다. (고향에서 죽음을 앞둔 아버지를 내가 어떻게 하지도 못하듯 말이다.) 나는 인간이란 덧없는 존재라는 사실을 깨달았다. 인간은 어떻게도 할 수 없는, 천성적인 경박함을 가진 덧없는 존재라는 사실을 알아차리고 말았다.

중

———

부모님과 나

1

고향 집으로 돌아와서 제일 의외였던 점은 바로 아버지의 건강이 얼마 전에 봤을 때와 크게 다르지 않다는 것이었다.

"그래, 왔느냐. 그래도 졸업했다니 좋구나. 잠깐 기다려라. 얼굴 좀 씻고 올 테니까."

아버지는 정원에서 뭔가를 하고 있었다. 낡은 밀짚모자 뒤로 햇빛을 막기 위해 동여맨 얇고 지저분한 손수건을 펄럭이며 우물이 있는 뒤뜰로 돌아갔다.

나는 학교 졸업은 보통 사람이라면 당연한 것이라고 여기던 터라 예상 밖으로 기뻐해주는 아버지를 보니 괜히 미안해졌다.

"졸업해서 좋구나."

아버지는 이 말을 몇 번이고 반복했다. 나는 마음속으로 아버지의 기뻐하는 표정과 졸업식날 밤 선생님 댁의 식탁에서 "축하하네"라고 말하던 선생님의 표정을 비교했다. 나는 입으로 축하한다고 말하면서 마음속으로 깎아내리고 있는 선생님 쪽이 더 이상 좋을 게 없다고 기뻐하는 아버지보다 도리어 고상해 보였다. 나는 결국 아버지의 무지에서 기인하는 시골스러움에 짜증이 났다.

"대학 졸업했다고 그렇게 기뻐할 일도 아닙니다. 졸업하는 사람이 매년 몇 백 명이나 되니까요."

결국 나는 속에 담아두던 말을 뱉어버리고 말았다. 그러자 아버지가 이상한 표정을 지었다.

"졸업했다고 기뻐하는 게 아니다. 졸업한 건 물론 기뻐할 일이지만, 내 말의 의미는 좀 다르다. 그걸 네가 알아준다면……."

나는 아버지로부터 그다음 말을 들으려고 했다. 하지만 아버지는 별로 얘기하고 싶어하지 않은 눈치였다.

"그러니까 내가 좋다는 거다. 너도 알다시피 난 성한 몸이 아니잖느냐. 겨울에 널 봤을 때 어쩌면 서너 달이나 살 수 있을까 싶었다. 그런데 어찌된 일인지 오늘까지 이렇게 살고 있지 않느냐. 생활하는 데 불편함도 없다. 게다가 네가 졸업도 해줬다. 그래서 기쁘다는 거다. 이렇게 잘 커준 아들이 내가 없어진 후에 졸업하는 것보다는 내가 건강할 때 학교를 졸업하는 쪽이 부모로서 기쁘지 않겠느냐. 큰 생각을 갖고 있는 네가 보기에는 겨우 대학 졸업한 정도로 기쁘다, 잘했다는 말을 듣는 게 크게 대수롭지 않겠지. 하지만 내 생각은 좀 다르다. 그러니까 졸업은 네가 아니라 내게 좋은 일이고 기쁜 일이다. 알겠느냐."

나는 한마디도 못 했다. 너무 죄송해서 그저 고개만 푹 숙였다. 아버지는 마치 당연한 듯 자신의 죽음을 각오하고 있었다. 내가 졸업하기 전에 죽을 것이라고 마음을 정하고 있었다. 그러니 내 졸업이 아버지에게 얼마나 큰 의미가 있는

지는 생각도 못 했던 내가 너무나도 어리석게 느껴졌다. 나는 가방 속에서 졸업장을 소중한 듯 꺼내 아버지와 어머니에게 보여드렸다. 졸업장은 뭔가에 눌려서 원래 형태를 잃어버린 채였다. 아버지는 그것을 조심스럽게 펼쳤다.

"이런 것은 말아서 손에 들고 오는 것이다."

"속에 심이라도 넣었더라면 좋았을 텐데." 어머니도 옆에서 거들었다.

아버지는 잠시 그것을 본 후 일어서서 도코노마*로 가서 누구의 눈에도 금방 띄게 정면에 졸업장을 놓았다. 평소라면 바로 무슨 말이라도 했을 텐데 그때의 나는 평상시와 달랐다. 아버지와 어머니를 거역할 생각은 조금도 들지 않았다. 나는 아무 말 없이 아버지가 하고 싶은 대로 하도록 그냥 맡겨뒀다. 도리노코시**로 된 졸업장은 좀처럼 아버지 마음대로 안 됐다. 적당한 위치에 놓으면 곧장 저절로 쓰러졌다.

2

나는 어머니를 구석으로 불러 아버지의 병세에 대해 물었다.

---

* 床の間, 객실인 다다미방의 정면 상좌에 바닥을 한 층 높여 만들어놓은 곳. 벽에는 족자를 걸고, 한 층 높여 만든 바닥에는 도자기, 꽃병 등으로 장식한다.

** 鳥の子紙, 닥나무가 원료이며 광택이 있고 매끄러우며 치밀한 조직을 가진 일본 전통 종이.

“아버지가 저렇게 정원에 나와 뭔가 하시는데 저래두 괜찮아요?”

“아무렇지도 않나봐. 괜찮아지신 거 아닐까?”

어머니는 의외로 담담했다. 도시에서 멀리 떨어진 숲과 밭에 둘러싸여 살고 있는 어머니는 이런 일에 대해 지식이 없었다. 나는 속으로 이전에 아버지가 졸도했을 때는 그렇게 놀라서 걱정했으면서, 하고 이상하게 생각했다.

“의사가 가망 없다고 했잖아요.”

“사람 몸만큼 불가사의한 게 없다는 생각이 드네. 의사가 그렇게 심각하게 말했는데 지금까지 멀쩡하게 있으니까 말이다. 엄마도 처음에는 걱정이 돼서 가능하면 안 움직이게 해야겠다고 생각했거든. 그런데 네 아버지 성격 잘 알잖니. 몸 걱정을 하긴 하는데 아주 똥고집이야. 당신이 괜찮다고 생각되면 내 말 따위는 들으려고도 안 해.”

나는 이전에 돌아왔을 때 무리하게 자리에서 일어나 수염을 깎던 아버지의 상태와 태도를 떠올렸다. “이제 괜찮아. 어머니가 너무 과장해서 말했구나. 아주 못 쓰겠어”라고 하던 아버지의 말을 생각해보면 아주 어머니만 탓할 일도 아니었다. 나는 “하지만 옆에서 주의는 줘야죠”라고 작게 한마디 덧붙이고는 더 이상 아무 말도 하지 않았다. 그러나 아버지의 병에 대해서 내가 아는 것을 다 이야기했다. 대부분이 선생님과 사모님에게 들은 내용이었다. 어머니는 딱히 고마워하는 것 같지도 않았다. "세상에, 똑같은 병으로? 가여워라. 몇 살에 돌아가셨다니, 그분은?"이라고 물었다.

나는 어쩔 수 없이 어머니를 두고 직접 아버지에게 갔다. 아버지는 내 얘기를 어머니보다는 진지하게 들어줬다. "그래, 그래. 네가 말한 대로다. 하지만 내 몸은 내가 잘 안다. 내 몸 관리법은 오래 경험한 내가 제일 잘 알고 있다"라고 말했다. 그것을 들은 어머니는 쓴웃음을 지으며 "거 봐라"라고 했다.

"아버지는 속으로 각오는 하고 계세요. 이번에 제가 졸업해서 돌아온 것을 기뻐하고 있는 이유도 그래서고요. 살아 계신 동안 졸업을 못 할 거라고 생각하셨는지, 아버지가 살아 계실 때 졸업장을 가지고 온 게 기쁘다고 말씀하셨어요."

"너한테는 그런 말을 했는지 몰라도, 사실은 아직 괜찮다고 생각하고 있는 거야."

"진짜 그럴까요?"

"아직 십 년, 이십 년 정도는 더 살 수 있다고 생각하고 있어. 가끔 내게도 불안한 말을 하긴 한단다. 오래 못 산다, 내가 죽으면 당신 어떻게 할 거냐, 그러면 혼자서 이 집에 있을 거냐는 둥 말이다."

나는 갑자기 아버지가 없어지고 어머니 혼자 남겨졌을 때의 낡고 넓은 시골집을 상상해봤다. 어머니는 아버지가 안 계신 이 집에서 예전처럼 생활할 수 있을까? 형은 어떻게 할까? 어머니는 뭐라고 하실까? 그런 생각을 하면서 나는 다시 이곳을 떠나서 도쿄에서 마음 편하게 살 수 있을까? 나는 어머니를 앞에 두고 선생님이 주의 주신 것, 아버지가 건강하실 때 받을 수 있는 건 다 증여받아 두라는 말이 불현듯 떠올랐다.

"어쨌든 입버릇처럼 죽는다는 사람치고 일찍 죽는 사람 없으니까 안심하거라. 아버지도 죽는다, 죽는다 하지만 앞으로 몇 년 더 사실지 모르고. 그것보다도 아무 말 없이 건강한 사람이 더 위험하다잖니."

나는 어떤 논리, 어떤 통계에서 나온 내용인지도 모르는 어머니의 진부한 말을 그저 듣고만 있었다.

3

나를 위해 세키항[*]을 지어서 손님을 초대한다는 얘기가 아버지와 어머니 사이에서 나왔다. 나는 집에 돌아온 당일부터 혹여 이런 일이 있을지 모른다고 예상하고 은근히 걱정하고 있었다. 나는 바로 말렸다.

"너무 떠들썩하게 하지 마세요."

나는 시골 손님들이 싫었다. 먹고 마시는 것을 최후의 목

---

* 赤飯, 한국의 팥밥과 비슷한 것으로, 일본에서는 축하할 일이 있을 때 먹는다.

적으로 삼고 찾아오는 손님들은 무슨 일이든 생기기만 하면 좋다는 식의 사람들이었다. 나는 어릴 때부터 그들의 자리에 끼는 것이 고통스러웠다. 그러니 그들이 나를 위해서 온다면 내 고통은 한층 심해질 것이다. 나는 저 야비한 사람들이 와서 떠들썩하게 소란 피우는 것을 막고 싶었지만 부모님 앞에서 대놓고 그런 말을 할 수는 없었다. 그래서 나는 너무 거창하다고만 주장했다.

"거창하다, 거창하다 그러는데 전혀 안 그렇다. 평생에 두 번 있는 일이 아니잖니. 손님 정도 초대하는 건 당연하지. 그렇게 꺼리지 마라."

어머니는 대학 졸업을 마치 결혼인 양 중요하게 생각하고 있는 것 같았다.

"안 불러도 되는데, 안 부르면 또 뭐라고 하니까."

아버지 말씀이다. 아버지는 그들의 뒷담화를 신경 쓰고 있었다. 실제로 그들은 이런 경우에 자신들의 예상대로 일이 돌아가지 않으면 바로 무슨 말이든 하고 싶어하는 사람들이었다.

"시골은 도쿄와 달라서 말들이 많아." 아버지가 말했다.

"아버지 얼굴도 있잖니." 어머니가 한마디 거들었다.

나는 더 이상 고집 부릴 수 없었다. 두 분이 하고 싶은 대로 놔두는 편이 좋겠다는 생각이 들었다.

"그러니까 절 위해서라면 하지 마시라는 것뿐이에요. 뒤에서 뭐라고 하는 것이 싫어서라면 그건 또 다른 문제고요.
두 분께 폐가 되는 일을 제가 왜 고집 부리겠어요."

"그렇게 말하면 곤란하지."

아버지는 쓸쓸한 표정을 지었다.

"아버지가 특별히 널 위해 하는 게 아니라고 말씀하시지
만, 너도 세상의 도리 정도는 알고 있지 않니?"

어머니는 여자만이 알아들을 수 있는 종잡을 수 없는 이
야기를 시작했다. 게다가 아버지와 나 두 사람을 합쳐도 당
할 수 없을 정도로 얘기가 길었다.

"공부를 시켜놓으면 일일이 따지기 시작하니까 문제야."

아버지는 이렇게만 말했다. 그러나 나는 이 짧은 한마디
속에 아버지가 평소 나에 대해 품고 있는 불만을 다 알 수
있었다. 당시 나는 내 말투가 못됐다는 사실을 알아차리지
못하고 아버지의 불평을 억지라고만 생각했다.

아버지는 그날 밤 기분을 바꿔서 손님을 언제 부르면 좋
겠느냐고 내게 다시 물었다. 시간이 된다, 안 된다 할 것도
없이 나는 그저 낡은 시골집에서 어슬렁거리다가 자다가
일어나다가 할 뿐인지라, 아버지가 내게 이런 걸 묻는다는
것은 먼저 굽히고 들어오는 것이나 다름없었다. 나는 온화
한 아버지 앞에서 고집 부리지 않고 머리를 숙였다. 그리고
아버지와 의논해서 초대 날짜를 정했다.

그 날이 되기도 전에 큰 사건이 터졌다. 메이지 천황이 위

독하다는 보도였다.* 신문을 통해 일본 전국 각지로 전해진 이 사건은 시골집에서 다소의 우여곡절을 겪으며 겨우 정한 졸업 축하연을 말끔히 정리해버렸다.

"조신하게 있는 게 좋겠어."

안경을 쓰고 신문을 보고 있던 아버지는 아무 말 없이 자신의 병에 대해서도 생각하고 있는 것 같았다. 나는 얼마 전 졸업식 때 예년과 같이 대학을 방문한 천황을 떠올렸다.**

4

몇 안 되는 식구에게 오래된 시골집은 너무 넓고 적적했다. 나는 짐을 풀어서 책을 꺼내 읽기 시작했다. 그러나 도저히 집중할 수가 없었다. 현기증이 날 정도로 번잡한 도쿄의 하숙집 2층에서 저 멀리 들리는 전차 소리를 들으면서 한 쪽씩 넘기는 편이 훨씬 긴장이 되어 기분 좋게 공부할 수 있었다.

나는 걸핏하면 책상에 엎드려서 졸았다. 어떤 때는 일부러 베개를 꺼내서 본격적으로 낮잠을 자기도 했다. 눈을 뜨

---

* 메이지 45년(1912) 7월 20일, 궁내성은 메이지 천황이 요독증으로 혼수상태에 빠졌다고 발표했다.

** 1899년 7월 10일부터 매년 메이지 천황은 도쿄제국대학(현재 도쿄대학) 졸업식에 참석했으며, 우등 졸업생에게는 회중시계를 수여했다. 주인공 '나'가 도쿄제국대학 출신이라는 사실을 암시한다.

면 매미 소리가 들렸다 비몽사몽간에 이어지는 매미 소리가 갑자기 요란스럽게 귓속을 휘젓고 다녔다. 나는 가만히 누워서 그 소리를 들으며 가끔 슬픔을 가슴에 품었다.

나는 펜을 들어 친구들에게 짧은 엽서 또는 긴 편지를 썼다. 어떤 친구는 도쿄에 남아 있었다. 또 어떤 친구는 먼 고향에 돌아가 있었다. 답장이 오기도 하고 오지 않기도 했다. 나는 선생님을 잊지 않고 있었다. 세 장 정도의 원고지에 잔글씨로 고향에 돌아오고 나서부터 이후의 내 이야기를 적어 보내기로 했다. 나는 편지를 봉할 때 선생님이 도쿄에 계실까 하는 생각이 들었다. 선생님이 사모님과 함께 집을 비우는 경우에는 기리사게* 스타일의 쉰 정도 되어 보이는 여자가 집을 지켰다. 내가 예전에 선생님에게 누구냐고 물었더니 선생님은 누구인 거 같으냐고 되물었다. 나는 선생님의 친척이라고 착각했다. 선생님은 "나는 친척이 없다네"라고 대답했다. 선생님은 고향 사람들과 전혀 연락을 취하고 있지 않았다. 내가 궁금했던 그 집을 봐주던 여자는 선생님과는 관련이 없었으며 사모님 쪽 친척이었다. 나는 선생님에게 편지를 보낼 때 문득 폭이 좁은 오비**를 뒤에서 편하게 묶고 있는 그 여자의 모습이 떠올랐다. 만약 선생님 내

---

* 切下髮, 에도 시대부터 메이지 시대까지 무사 가문의 미망인이 했던 헤어 스타일.

** 여성용 기모노의 허리 부분을 감싸는 띠.

외가 어디 피서라도 간 후 이 편지가 도착한다면, 그 기리사
게를 하고 있는 여자에게 선생님이 계신 곳으로 편지를 보
내는 친절함이나 임기응변의 재치가 있을까 등등을 생각했
다. 편지에는 이렇다 할 만한 내용은 적지 않았다. 나는 단
지 외로웠다. 그리고 선생님으로부터 답장이 오지 않을까
기대했다. 그러나 답장은 오지 않았다.

아버지는 겨울에 돌아왔을 때만큼 장기를 두지 않았다.
장기판은 먼지가 쌓인 채 도코노마의 한쪽에 치워져 있었
다. 특히 천황의 병세가 위독하다는 기사를 읽은 후 아버지
는 뭔가 계속 생각하고 있는 듯 보였다. 매일 신문이 오는
것을 기다렸다가 자신이 제일 먼저 읽었다. 그리고 읽고 나
서 내게 왔다.

“애야, 이것 좀 봐라. 오늘도 천자에 관한 이야기가 자세
하게 나와 있다.”

아버지는 천황을 항상 천자라고 했다.

“황송한 얘기지만 천자의 병이 내 병과 비슷한 모양이야.”

이렇게 말하는 아버지 얼굴에는 깊은 근심의 빛이 역력
했다. 그 말을 들은 나 또한 아버지가 언제 쓰러질지 모른다
는 걱정이 앞섰다.

“하지만 괜찮으시겠지. 나처럼 하찮은 자도 이렇게 살아
있으니까.”

아버지는 자신은 괜찮다고 스스로 위로하면서 한편으로

언제 닥칠지 모를 위험을 예감하고 있는 듯했다.

"아버지는 정말로 병이 두려우신가 봐요. 어머니가 말씀하시듯 십 년, 이십 년 사실 생각은 없나 봐요."

어머니는 내 말을 듣고 당혹스러워했다.

"장기라도 두자고 해봐."

나는 도코노마에서 장기판을 꺼내서 먼지를 닦았다.

5

아버지는 기력이 점점 약해졌다. 나를 놀라게 한, 그 손수건이 달린 낡은 밀짚모자는 자연히 방치되었다. 나는 거무스름하게 그을린 선반 위에 놓여 있는 그 모자를 볼 때마다 아버지가 안쓰러웠다. 아버지가 몸을 움직일 수 있는 동안에는 조심해줬으면 좋겠다고 걱정했다. 아버지가 몸을 움직일 수 없게 되자 예전처럼 몸을 움직였으면 좋겠다는 생각이 들었다. 나는 아버지의 건강에 대해서 어머니와 자주 얘기를 나눴다.

"기분 탓이야." 어머니가 말했다. 어머니는 천황의 병과 아버지의 병을 연결 지어서 생각하고 있었다. 나는 그렇게 생각하지 않았다.

"기분 탓이 아니에요. 정말로 나빠진 거 아닐까요? 아무래도 기분 탓이 아니라 건강이 나빠지신 것 같아요."

나는 이렇게 말하고 멀리 떨어진 곳에 있는 의사를 불러서 진찰을 받아보자고 말했다.

"올여름은 너도 지루하지? 졸업까지 했는데 축하연도 못 열고 아버지는 저렇고. 게다가 천황 폐하도 병으로……. 역시 돌아오자마자 손님을 불렀어야 했는데."

내가 돌아온 것은 7월 5일인가 6일로 아버지와 어머니가 내 졸업을 축하하기 위해 손님을 부르겠다고 한 것은 그로부터 일주일이 지난 후였다. 그리고 잡은 날짜가 그로부터 다시 일주일 후였다. 시간에 구애받지 않는 시골로 돌아온 나로서는 덕분에 탐탁지 않은 사교의 고통에서 구원받았지만, 나를 이해하지 못하는 어머니는 조금도 눈치채지 못하고 있는 것 같았다.

천황 서거 보도를 접했을 때 아버지는 그 신문을 손에 쥐고 "아아, 아아"라고 흐느꼈다.

"아아, 아아, 천자님도 결국 돌아가셨구나. 나도……."

아버지는 그 뒷말을 잇지 못했다.

나는 얇은 검정색 천을 사러 읍내로 나갔다. 그것으로 국기의 깃봉을 싼 다음 9센티미터 폭으로 천을 길게 잘라 깃대 끝에 매달아서 길 쪽으로 튀어나오도록 대문 옆에 비스듬하게 꽂았다. 국기도 검정색 천도 바람 한 점 없는 공기 속에서 축 처져 있었다. 우리 집의 낡은 대문 위에 있는 지붕을 이은 볏짚은 훨씬 전부터 변색되어 옅은 회색을 띠고 있었으며 곳곳이 패어 울퉁불퉁했다. 나는 혼자 문 밖으로 나와서 검정 깃발과 흰색 모슬린 천과 그 안쪽에 그려진 빨간색 원과 지저분한 지붕의 볏짚이 이루고 있는 조화를 쳐다봤다. 나는 예전에 선생님에게 "자네 집 구조는 어떤가? 우리 고향과는 꽤 다른가?"라는 질문을 받은 적이 있었다. 나는 내가 태어난 이 낡은 집을 선생님에게 보여드리고 싶었다. 한편으로 선생님에게 보여주기가 부끄럽기도 했다.

나는 집으로 들어갔다. 내 책상으로 가서 신문을 읽으면서 멀리 도쿄의 상황을 상상해봤다. 일본에서 가장 큰 도시가 어둠 속에서 어떻게 움직이고 있을까 상상했다. 나는 그 어둠 속에서 움직여야 하는 어수선한 도시, 불안하고 뒤숭숭한 분위기 속에서 한 점의 등불처럼 선생님 댁을 봤다. 나는 그때 이 등불이 소리 없는 소용돌이 속으로 자연스럽게 휩쓸려가고 있다는 사실을 눈치채지 못했다. 잠시 후 그 등불도 갑자기 꺼져버리고 말 운명에 처해져 있다는 것을 결코 몰랐다.

나는 이번 사건에 대해서 선생님에게 편지를 쓰려고 펜을 들었다. 열 줄 정도 쓰다가 그만두었다. 쓰다 만 편지를 갈가리 찢어서 쓰레기통에 던져버렸다. (선생님에게 그런 내용을 써도 소용없다는 생각도 들었고, 지난번 경험상 아무래도 답장이 올 것 같지 않아서였다.) 나는 외로웠다. 그래서 편지를 쓴 것이다. 답장이 오면 좋겠다고 생각한 것도 그 때문이었다.

6

8월 중순경에 한 친구로부터 편지를 받았다. 편지에는 지방 중학교에 교원 자리가 났는데 가보지 않겠냐고 적혀 있었다. 이 친구는 경제적 필요 때문에 적극적으로 취직 자리를 찾아다니고 있었다. 이 자리도 처음에는 자신에게 들어왔지만 더 좋은 자리가 나서 내게 양보한다며 일부러 알려준 것이었다. 나는 당장 답장을 보내서 거절했다. 지인 중에는 교사직을 무척 얻고 싶어하는 친구도 있으니까 그쪽에 얘기해보면 좋을 거라고 썼다.

나는 답장을 보낸 후 부모님에게 얘기를 했다. 두 분 모두 내가 거절한 것에 대해서는 반대하지 않는 듯했다.

"그런 곳에 가지 않더라도 더 좋은 자리가 있을 게다."

나는 이 말을 듣는 순간 두 분이 내게 과분한 기대와 희망을 가지고 있다는 사실을 알게 되었다. 세상 물정에 어두운 아버지와 어머니는 막 졸업한 내게 어울리지 않는 자리와 수입을 기대하고 있는 듯했다.

"좋은 자리요? 요즘에는 없어요. 형이랑 나는 전공도 다르고 시대도 달라서 형이랑 같다고 생각하시면 곤란해요."

"하지만 졸업했으니까 독립하지 않으면 우리도 곤란하다. 남들한테 당신네 두 아들은 대학까지 졸업했는데 뭐하고 있냐는 말을 들었을 때 제대로 답을 못 하면 나도 창피하기 않겠니."

　아버지는 불쾌한 표정을 지었다. 아버지의 생각은 낡고 오래된 고향에서 벗어날 줄 몰랐다. 고향의 누군가로부터 대학을 졸업하면 월급이 얼마 정도냐, 한 100엔* 정도 아니냐는 말을 들어온 아버지는 자신의 체면이 구겨지지 않도록 막 졸업한 나를 어떻게든 취직시키고 싶어했다. 아버지와 어머니가 보기에 넓은 도시를 근거지로 생각하는 나는 마치 허황된 것을 좇는 이상한 인간이나 다름없었다. 솔직히 나 역시 비슷한 기분이 들기도 했다. 내 생각을 명확하게 얘기하기에는 나와 너무 동떨어져 있는 아버지와 어머니 앞에서 그저 잠자코 있었다.

　"네가 선생님, 선생님 하고 따르는 분께 부탁 좀 해보지 그러냐? 이럴 때는 말이다."

　어머니가 선생님에 대해 어떻게 생각하는지 엿보이는 언급이었다. 선생님은 내게 고향으로 돌아가면 아버지가 살아 계실 동안에 빨리 재산을 나눠 받으라고 권했다. 졸업했으니까 취직 자리를 주선해줄 그런 사람은 아니었다.

　"그 선생님이란 사람은 뭐하시는 분이냐?" 아버지가 물었다.

　"아무것도 안 합니다." 내가 대답했다.

* 　요즘 돈으로 약 20만 엔 정도이다.

　나는 훨씬 전부터 선생님이 아무것도 하지 않는다는 것을 아버지와 어머니에게 얘기한 적이 있었다. 아버지는 그것을 분명 기억하고 있었다.

　"아무것도 하지 않는다니, 도대체 이유가 뭐냐? 네가 그렇게나 존경하는 사람이라면 뭔가 하고 있을 것 같은데 말이다."

　아버지는 이렇게 말하며 빈정거렸다. 아버지의 생각으로는 도움이 될 만한 사람이라면 세상에 나가서 좋은 취직 자리를 얻어 일하고 있을 터인데 분명 건달이니까 놀고 있다는 결론을 내리고 있는 듯했다.

　"나 같은 인간도 월급은 받지 않지만 그래도 놀기만 하진 않는다."

　아버지는 이렇게도 말했다. 나는 그때까지도 잠자코 있었다.

　"네가 말하듯 훌륭한 분이라면 분명 뭔가 일자리를 찾아주실 거야. 부탁해봤니?"라고 어머니가 말했다.

　"아니오." 내가 대답했다.

　"왜 부탁을 하지 않는 거냐? 편지라도 좋으니까 한번 보내봐라."

　"네."

　나는 건성으로 대답하고 자리에서 일어섰다.

7

아버지는 분명히 자신의 병을 두려워하고 있었다. 그러나 의사가 올 때마다 집요하게 질문을 해서 곤란하게 만들지는 않았다. 의사 역시 알아서 아무 말도 하지 않았다.

아버지는 자신이 죽은 후의 일을 생각하고 있는 것 같았다. 적어도 자신이 죽은 후의 집을 상상해보는 것 같았다.

"자식들을 공부시킨 게 좋은 점도 있고 아닌 점도 있구나. 힘들여서 공부를 시켜놓으면 집으로 돌아올 생각을 안 하거든. 부모 자식 사이를 떨어뜨리기 위해 공부시키는 것이나 진배없어."

형은 공부를 시켰더니 멀리 가 있다. 교육을 받은 나 또한 도쿄에서 살 생각을 하고 있다. 자식을 키운 아버지의 푸념은 불합리하지 않았다. 오랫동안 산 시골집에 홀로 남겨질 어머니를 생각하면 아버지 마음은 분명 편치 않을 것이다.

아버지는 집은 움직일 수 없다고 믿고 있었다. 그 속에 사는 어머니도 생명이 붙어 있는 한 움직일 수 없다고 믿고 있었다. 자신이 죽은 후 수행하는 절간 같은 집에 어머니가 홀로 고독하게 남겨지는 게 아닐까 몹시 불안해했다. 그런데도 내게 도쿄에서 좋은 직장을 찾으라고 강요하는 아버지의 생각은 모순적이었다. 나는 그 모순이 이상했으며, 동시에 그 덕분에 도쿄로 다시 갈 수 있게 되어서 기뻤다.

나는 아버지와 어머니 앞에서 취직을 위해 노력하고 있는 척이라도 해야 했다. 나는 선생님에게 편지를 써서 집 사정을 자세히 얘기했다. 혹여 내가 가능한 일이 있다면 뭐든지 할 테니까 주선해달라고 부탁했다. 나는 선생님이 내 부탁을 들어주지 않을 거라고 생각하면서 편지를 썼다. 또 들어주고 싶어도 아는 사람이 별로 없는 선생님이라 방법이 없을 것이라고 생각하면서 편지를 썼다. 그러나 이 편지의 답장은 분명 올 거라고 생각하면서 편지를 썼다.

나는 편지를 부치기 전에 어머니에게 이렇게 말했다.

"선생님에게 편지를 썼어요. 어머니가 말씀하신 대로요. 한번 읽어보세요."

어머니는 예상대로 읽지 않았다.

"그러니? 그럼 얼른 보내려무나. 그런 건 남이 말 안 해도 알아서 하는 거란다."

어머니는 나를 아직 어린아이처럼 대했다. 사실 나도 나 자신이 어린애처럼 느껴졌다.

"하지만 편지로는 부족하죠. 어차피 9월이 되면 도쿄에 갈 거니까 그때 제대로 부탁해야죠."

"그거야 그럴지도 모르지만 혹시 좋은 자리가 있을지도 모르지 않니. 그러니까 빨리 부탁해두는 것도 나쁘지는 않을 거야."

"네. 일단 답장은 올 테니까, 그러고 나서 다시 얘기해요."

나는 성실한 성격의 선생님을 믿고 있었다. 선생님에게서 답장이 오리라고 기대하고 있었다. 하지만 내 예상은 보기 좋게 빗나갔다. 일주일이 지나도록 선생님으로부터는 아무런 소식이 없었다.

"어딘가 피서라도 가신 거겠죠."

나는 어머니에게 변명 비슷한 말을 할 수밖에 없었다. 그 말은 어머니에 대한 변명이 아니라 나 자신에 대한 변명이기도 했다. 나는 억지로 어떤 상황을 가정해서라도 선생님의 태도를 변호하지 않으면 불안했다.

나는 가끔 아버지가 병환 중이라는 현실을 잊었다. 더 빨리 도쿄에 갈 수 없을까 하는 생각마저 했다. 아버지도 자신이 병을 앓고 있다는 사실을 잊었다. 미래를 걱정하면서도 그 미래에 대한 조치는 하나도 취하지 않았다. 나는 선생님의 충고대로 재산 분배에 대한 이야기를 아버지에게 꺼낼 기회조차 얻지 못한 채 그저 시간만 보냈다.

8

9월 초순이 되어 나는 도쿄로 돌아가려고 했다. 나는 아버지에게 당분간 지금까지와 마찬가지로 돈을 보내달라고 부탁했다.

"여기에 이렇게 있는다고 아버지 말씀대로 취직할 수 있는 게 아니니까요."

나는 아버지가 희망하는 직장을 구하기 위해 도쿄로 가겠다고 말했다.

"물론 직장을 구할 때까지만입니다"라고도 했다.

나는 마음속으로는 일자리가 하늘에서 떨어지겠냐고 생각했다. 하지만 사정을 잘 모르는 아버지는 또 나와 정반대 상황을 기대하고 있었다.

"그래, 그리 길지 않을 테니 어떻게든 한번 해보마. 그 대신 오래는 안 된다. 좋은 직장을 잡으면 바로 독립하거라. 원래 학교를 졸업한 이상 졸업한 다음 날부터 다른 사람에게 신세를 져서는 안 되는 거다. 요즘 젊은 애들은 돈 쓰는 것만 좋아하고 돈을 벌 생각은 전혀 안 하는 것 같아."

아버지의 이런저런 잔소리는 계속되었다. "옛날에는 자식이 부모를 모셨는데 요즘은 자식이 부모를 뜯어먹고 있어" 같은 말도 했다. 나는 그저 아무 말 않고 묵묵히 듣고만 있었다.

한차례 잔소리가 끝났을 즈음 나는 조용히 일어나려고 했다. 아버지는 언제 가느냐고 내게 물었다. 나로서는 빠르면 빠를수록 좋았다.

"날짜는 어머니하고 얘기하거라."

"네, 그럴게요."

그때 나는 아버지 앞에서 의외로 얌전했다. 가능한 아버

지의 기분이 상하지 않게 시골에서 벗어나고 싶었다. 아버
지는 나를 또 붙잡았다.

"네가 도쿄로 가버리면 집이 또 쓸쓸해지겠구나. 나와 어
머니만 남으니까 말이다. 내가 몸이라도 건강하면 좋겠다
만 이러니 언제 무슨 일이 생길지 모른다."

나는 가능한 아버지를 위로하고 내 책상이 있는 곳으로
돌아왔다. 나는 널브러져 있는 책들 사이에 앉아서 쓸쓸해
하는 아버지의 태도와 말을 몇 번이나 곱씹었다. 나는 그때
또 매미 소리를 들었다. 그 소리는 얼마 전에 들었던 것과
달랐다. 애매미 소리였다. 나는 여름에 고향으로 돌아와 찢
어지는 듯한 매미 소리 속에서 가만히 앉아 있자면 이상하
게 슬퍼지곤 했다. 내 비애는 언제나 이 벌레의 세찬 울음소
리와 함께 마음속을 파고들었다. 그럴 때면 나는 꼼짝도 하
지 않고 나 자신을 응시했다.

내 비애는 여름에 귀성한 이후 점점 그 성질이 변해갔다.
유지매미 소리가 애매미 소리로 바뀌듯 나를 둘러싼 사람
들의 운명이 큰 윤회 속에서 조금씩 움직이고 있는 듯했다.
나는 외로워하는 아버지의 태도와 말을 곱씹으면서도 편지
를 보내도 답장이 없는 선생님을 동시에 떠올렸다. 선생님
과 아버지는 정반대라서 종종 두 사람을 비교하거나 연상
될 때 함께 내 머릿속에 떠오르곤 했다.

나는 아버지의 거의 모든 것을 잘 알고 있었다. 혹시 아버

지 곁을 떠난다면 부모 자식 간의 정이라는 점에서 미련이 남을 뿐이었다. 나는 선생님에 대해서는 아직 몰랐다. 이야기를 하겠다고 약속은 받았지만 아직 들을 기회가 없었다. 선생님은 내게 어둠이었다. 나는 꼭 그곳을 통과해서 밝은 곳까지 가지 않으면 만족할 수 없었다. 선생님과의 관계를 끊는 것은 내게 큰 고통이었다. 나는 어머니와 얘기해서 도쿄로 돌아갈 날짜를 정했다.

9

드디어 도쿄로 돌아갈 날이 다가왔을 즈음(분명 이틀 전 저녁이었다) 아버지가 갑자기 쓰러졌다. 나는 그때 책과 옷을 넣은 고리짝을 끈으로 묶고 있었다. 아버지는 목욕을 하고 있었다. 아버지의 등을 씻겨드리러 목욕탕으로 들어갔던 어머니가 큰소리로 나를 불렀다. 벌거벗은 아버지를 어머니가 등 뒤에서 안고 있었다. 방으로 옮겼을 때 아버지는 이제 괜찮다고 말했다. 혹시나 해서 머리맡에 앉아서 젖은 수건으로 아버지의 머리를 식히고 있던 나는 9시경이 되어서야 대충 저녁을 때웠다.

다음 날 아버지는 생각보다 기운을 많이 회복했다. 말리는 것도 듣지 않고 걸어서 변소에 가기도 했다.

"이제 괜찮다."

아버지는 작년 말에 나를 향해 하던 말을 다시 반복했다. 그때는 말 그대로 괜찮았다. 나는 이번에도 혹시 그럴지도 모른다고 생각했다. 의사는 조심해야 한다는 말만 할 뿐 속 시원한 얘기는 해주지 않았다. 도쿄로 갈 날이 왔지만 나는 불안해서 끝내 도쿄로 갈 생각이 일지 않았다.

"아버지 상태를 좀 더 보고 나서 갈까요?" 나는 어머니에게 의논했다.

"그렇게 해주렴." 어머니가 부탁했다.

어머니는 아버지가 정원으로 나가거나 뒷문으로 내려가거나 할 정도로 건강해 보일 때는 아무렇지도 않았는데, 이런 일이 생기니 필요 이상으로 걱정하고 가슴을 졸였다.

"오늘 도쿄 가는 날 아니냐?" 아버지가 물었다.

"네, 연기했어요." 내가 대답했다.

"나 때문이냐?" 아버지가 되물었다.

나는 잠시 주저했다. 그렇다고 말하면 아버지의 병이 무겁다는 증거가 되었기 때문이다. 나는 아버지가 신경 쓰는 걸 원치 않았다. 그러나 아버지는 내 마음을 꿰뚫어 보는 것 같았다. "미안하구나"라고 말하고는 정원 쪽으로 눈길을 돌렸다.

나는 내 방으로 들어가서 바닥에 던져져 있는 고리짝을 쳐다봤다. 고리짝은 언제 들고 나가도 되도록 꽉 묶인 채였다. 나는 멍하게 그 앞에 서서 끈을 풀까 말까 잠시 망설였다.

나는 앉아 있다가 엉거주춤 일어났을 때처럼 불안정한 상태로 또 사나흘을 보냈다. 아버지가 또 쓰러졌다. 의사는 절대로 안정을 취해야 한다고 말했다.

"왜 저러실까?" 어머니가 아버지에게 들리지 않도록 작은 목소리로 내게 말했다. 어머니 얼굴은 걱정으로 가득했다. 나는 형과 여동생에게 전보를 칠 준비를 했다. 자고 있는 아버지는 고통스러워 보이지 않았다. 이야기를 하는 모양새는 감기 걸렸을 때와 비슷했다. 게다가 식욕은 왕성해서 끊임없이 먹었다. 옆 사람이 주의를 줘도 말을 듣지 않았다.

"어차피 죽을 건데 맛있는 거라도 먹고 죽으련다."

'맛있는 거라도'라는 아버지의 말이 해학적으로도 슬프게도 들렸다. 아버지는 맛있는 것을 먹을 수 있는 도시에 살고 있지 않았다. 저녁이 되어 가키모치*를 구워서 우두둑우두둑 씹어 먹었다.

"왜 저렇게 걸근거리나 몰라. 건강해지려나."

어머니는 낙담할 만한 상황에서 도리어 희망을 가졌다. 그러면서도 병일 때만 사용하는 걸근거린다는 옛말을, 식탐이 있다는 의미로 사용했다.

백부가 병문안을 왔을 때 아버지는 백부를 붙들고서 돌려보내지 않았다. 외로우니까 더 있어달라는 이유였지만,

---

* かき餅, 떡을 얇게 썰어서 말린 것으로 구워서 먹는다. 센베이와 비슷하다.

어머니와 내가 먹고 싶은 만큼 먹게 해주지 않는다는 불평을 하는 것도 목적 중 하나였던 것 같았다.

10

아버지의 병은 차도 없이 일주일 이상 이어졌다. 나는 그사이 규슈에 있는 형에게 긴 편지를 보냈다. 여동생에게는 어머니가 편지를 보냈다. 나는 속으로 아마 아버지의 건강에 관해서 두 사람에게 보내는 마지막 편지일 거라고 생각했다. 그래서 양쪽 모두에게 만일의 경우가 발생하면 전보를 칠 테니까 오라는 말도 적었다.

형은 바빴다. 여동생은 임신 중이었다. 그래서 아버지의 위험이 눈앞에 다가오기 전에 부를 수도 없었다. 하지만 애써 시간을 내서 왔는데 때를 맞추지 못했다면 그 또한 괴로운 일이다. 나는 전보를 칠 시기에 대해서 남모르는 책임감을 느꼈다.

"확실히 언제라고는 저도 말씀드릴 수 없습니다. 하지만 언제 위험이 닥칠지 모른다는 점만은 알아두십시오."

역이 있는 읍내에서 온 의사는 내게 이렇게 말했다. 나는 어머니와 얘기해서 그 의사의 알선으로 읍내 병원의 간호사를 한 명 부탁하기로 했다. 아버지는 머리맡으로 와서 인사하는 하얀 옷을 입은 여자를 보고 이상한 표정을 지었다.

아버지는 자신이 죽을병에 걸렸다는 사실을 자각하고 있었다. 그러나 눈앞으로 다가오고 있는 죽음 그 자체는 알아차리지 못했다.

"이번에 나으면 도쿄에 한번 놀러가마. 사람은 언제 죽을지 모르니까 뭐든 하고 싶은 건 살아 있을 때 해둬야 해."

어머니는 어쩔 수 없이 "그때 나도 같이 데려가줘요"라고 맞장구를 쳤다.

가끔은 너무 외로워했다.

"내가 죽으면 부디 어머니를 잘 모셔라."

나는 '내가 죽으면'이라는 말에 대한 또 다른 기억을 가지고 있었다. 도쿄를 떠날 때 선생님이 사모님에게 몇 번이나 그렇게 말했다. 내가 졸업하던 날의 밤이었다. 나는 웃음을 띤 선생님의 얼굴과 불길한 소리를 한다며 귀를 막던 사모님의 모습을 떠올렸다. 그때의 '내가 죽으면'은 단순한 가정이었지만, 지금 내가 듣고 있는 '내가 죽으면'은 언제 일어날지 모르는 현실이었다. 나는 선생님에 대한 사모님의 태도를 흉내 낼 수 없었다. 그러나 입으로는 어떻게든 아버지를 달래야만 했다.

"그런 약한 말씀 하지 마세요. 이번에 나으면 도쿄에 놀러 오셔야 하잖아요. 어머니도 같이요. 이번에 오시면 깜짝 놀라실 겁니다. 많이 변했거든요. 전차에 새 노선이 꽤 많이 늘었어요. 전차가 생기면 거리 모습도 변하고, 게다가 시나 구의 구역도 달라져요. 도쿄는 한시두 가만히 있지 않아요.”

나는 어쩔 수 없이 안 해도 되는 말까지 했다. 아버지는 그것을 만족스러운 표정으로 듣고 있었다.

병자가 있어서 집에 찾아오는 사람도 자연히 많아졌다. 동네에 사는 친척들은 이틀에 한 명 꼴로 교대로 병문안을 왔다. 그중에는 멀리 살아서 평생 소원하던 사람도 있었다. “어떨까 싶었는데 이 정도면 괜찮다. 얘기도 잘하고 게다가 얼굴이 조금도 안 말랐으니까”라며 돌아가는 사람도 있었다. 내가 돌아온 당시에는 너무 조용하던 집이 점점 부산스러워지기 시작했다.

그 와중에도 아버지는 움직이지 못하고 지냈으며 병은 안 좋은 방향으로 나아갔다. 나는 어머니, 백부와 상의해서 형과 여동생에게 전보를 쳤다. 형에게서는 바로 오겠다는 연락이 왔다. 매제에게서도 오겠다는 연락이 왔다. 여동생은 이전에 임신했을 때 유산을 했기 때문에 이번에는 습관성이 되지 않도록 몸조심을 해야 한다고 매제가 말했던 터라 아마도 매제가 여동생 대신 올 가능성이 컸다.

<h1 style="text-align:center">11</h1>

어수선한 가운데서도 나는 조용히 앉아 있을 여유는 있었다. 가끔 책을 펼쳐서 열 쪽 정도 읽을 시간도 있었다. 단단

히 묶어놓은 내 고리짝은 어느새 풀어져 헤쳐져 있었다. 나는 필요할 때마다 그 안에서 이것저것을 꺼냈다. 나는 귀성할 때 세운 이번 여름의 계획표를 보았다. 계획한 일의 삼분의 일도 달성하지 못했다. 지금까지 이런 불쾌감을 몇 번이나 경험했다. 하지만 이번 여름만큼 생각대로 일이 안 풀린 적도 없었다. 세상을 살다보면 늘 있는 일일 거라고 머리로는 알고 있으면서도 불쾌감을 지울 수는 없었다.

나는 불쾌감을 느끼면서 아버지의 병에 대해서 생각했다. 아버지가 돌아가신 후의 상황을 그려봤다. 그리고 동시에 선생님에 대해서도 생각했다. 나는 이 불쾌감의 양 끝에 있는 지위, 교육, 성격이 전혀 다른 두 사람을 떠올렸다.

내가 아버지의 머리맡에서 잠시 떠나 혼자 널브러진 책들 속에서 팔짱을 끼고 앉아 있는데 어머니가 얼굴을 내밀었다.

"낮잠이라도 좀 자거라. 그러다 너까지 병나겠다."

어머니는 내 기분을 이해하지 못했다. 어머니에게 그런 것을 기대할 정도로 나 역시 어리지 않았다. 나는 괜찮다고 했다. 어머니는 그래도 방문 앞에 계속 서 있었다.

"아버지는요?" 내가 물었다.

"지금 막 잠드셨어." 어머니가 대답했다. 그러더니 갑자기 방으로 들어와 내 옆에 앉으며 "선생님이라는 분한테서는 아직 연락이 없니?" 하고 물었다.

어머니는 그때의 내 말을 믿고 있었다. 나는 선생님에게서 틀림없이 답장이 올 거라고 어머니에게 장담했다. 그러나 나는 아버지나 어머니가 희망하는 답장이 올 거라고는 기대하지 않았다. 나는 알면서 어머니를 속인 셈이었다.

"편지 한번 더 보내보려무나"라고 어머니가 말했다.

어머니께 위안이 된다면 설령 도움이 되지 않는 편지라도 얼마든지 쓸 수 있다. 그런 수고쯤이야 얼마든지 할 수 있다. 하지만 이런 용건으로 선생님에게 편지를 보내는 것이 고통스러웠다. 나는 아버지에게 혼나거나 어머니의 마음을 불편하게 하는 것보다도 선생님에게 경멸당하는 것이 훨씬 두려웠다. 내 부탁에 대해서 지금까지 답이 없는 것도 혹여 그런 이유가 아닐까 추측해보기도 했다.

"편지를 쓰는 건 귀찮지 않지만 이런 부탁은 편지로는 진척이 잘 안 되요. 제가 도쿄로 가서 직접 부탁해야죠."

"아버지가 저러시니 네가 언제 도쿄에 갈 수 있을지……."

"당분간은 안 가요. 아버지께서 낫든 안 낫든 일단 정리될 때까지는 여기 있을 거예요."

"그래, 알겠다. 내일 모레 하는 병자를 두고 어떻게 도쿄에 가겠니."

나는 처음으로 아무것도 모르는 어머니에게 미안했다. 그러나 어머니가 왜 내 취직 문제를 이렇게 어수선한 상황 속에서 꺼내는지 알 수 없었다. 내가 병든 아버지를 옆에 두고 조용히 앉아 있거나 책을 보거나 할 여유가 있는 것처럼 어머니도 눈앞에 있는 병자를 잊고 바깥일을 생각할 만큼 마음에 여유가 있는 듯 보였다. 그때 "실은 말이다"라고 어머니가 말을 꺼냈다.

"실은 아버지가 살아 계실 때 네 취직이 결정되면 안심하시지 않을까 하고. 이 상태로는 진짜 때를 못 맞출지도 모르지만, 그렇다고 해도 아직 저렇게 말도 잘하시고, 정신도 멀쩡하니까 취직돼서 기쁘게 해드리면 효도도 되고 좋잖니."

불쌍하게도 나는 효도할 수 없는 처지에 있었다. 나는 끝내 선생님에게 단 한 줄의 편지도 쓰지 않았다.

12

형이 집에 왔을 때 아버지는 누워서 신문을 읽고 있었다. 아버지는 평소 무슨 일이 있어도 신문만은 꼭 읽는 습관이 있었지만 몸져 누운 후부터는 무료해서 더욱 신문을 읽고 싶어했다. 어머니도 나도 억지로 말리지 않고 가능한 아픈 사람이 하고 싶은 대로 내버려두었다.

"이 정도시면 됐습니다. 심각하지 않을까 해서 왔는데 아주 좋지 않습니까?"

형은 이런 말을 하면서 아버지와 이야기를 나눴다. 쾌활하게 떠드는 모습이 내게는 도리어 이상하게 보였다. 형은 아버지 옆을 떠나서 나와 마주 앉는 순간 침울해졌다.

"신문 같은 거 읽으면 안 되는 거 아니냐?"

"나도 그렇게 생각하지만 아버지 고집에 어쩔 수가 없어."

형은 잠자코 내 변명을 듣고 있었다. 그리고 "이해는 하는 걸까?"라고 말했다. 형은 병 때문에 아버지의 이해력이 평소보다 많이 떨어져 있는 듯 보인 모양이었다.

"그건 괜찮은 거 같아. 내가 좀 전에 한 이십 분 정도 옆에 앉아서 이런저런 이야기를 해봤는데 딱히 이상한 점은 없었어. 저 상태라면 아직은 괜찮을지도 몰라."

형이 오고 나서 뒤따라 도착한 매제는 우리보다도 훨씬 더 낙관적이었다. 아버지는 매제에게 여동생에 대해 이런저런 것을 물었다.

"몸이 몸이니까 함부로 기차 같은 거 타서 흔들리면 안 되지. 무리해서 병문안 오거나 하면 도리어 내가 걱정이야"라고 말했다. "이번에 나으면 아기 얼굴이라도 보러 오랜만에 내가 가면 되지"라고도 했다.

노기 대장*이 죽었을 때도 아버지는 누구보다도 먼저 신문을 보고 알았다.

"큰일 났다, 큰일 났어"라고 말했다.

<hr>

* 乃木希典, 1849~1912, 육군 대장 노기 마레스케로, 메이지 천황이 서거한 후 뒤를 따라 순사했다.

아무것도 모르는 우리는 이 갑작스런 말에 놀랐다.

"그때는 진짜 머리가 이상해진 거 아닌가 싶어서 식은땀이 흘렀어"라고 나중에 형이 내게 말했다. "실은 저도 놀랐습니다"라고 매제도 맞장구쳤다.

그즈음 신문에는 매일 시골 사람들을 기다리게 만드는 기사가 많았다. 나는 아버지 머리맡에 앉아서 그것을 꼼꼼하게 읽었다. 읽을 시간이 없을 때는 가만히 내 방에 가지고 가서 남김없이 다 읽었다. 군복을 입은 노기 대장과 궁녀 같은 복장을 한 그 부인의 사진을 나는 한동안 지그시 바라봤다. 그 모습을 나는 오래도록 잊을 수 없었다.

비통한 바람이 시골 구석구석까지 불어와서 졸린 듯한 나무나 풀을 흔들고 있을 무렵 나는 돌연 한 통의 전보를 받았다. 선생님에게서였다. 양복을 입은 사람을 보면 개가 짖어대는 이곳에서 전보는 큰 사건이었다. 그것을 받은 어머니는 꽤 놀란 표정을 지으며 일부러 나를 사람이 없는 곳으로 불러냈다.

"뭐냐?"라고 궁금해하며 내가 봉투를 여는 것을 옆에 서서 기다렸다.

전보에는 좀 만나고 싶은데 올 수 있느냐고 간단하게 적혀 있었다. 나는 고개를 갸우뚱거렸다.

"분명 부탁한 취직 자리 때문일 게다"라고 어머니는 추측했다.

나 역시 그럴지도 모른다고 생각했다. 그러나 좀 이상히기도 했다. 하지만 형과 매제까지 부른 내가 병든 아버지를 내팽개쳐두고 도쿄로 갈 수는 없는 노릇이었다. 나는 어머니와 의논해서 갈 수 없다는 내용의 답장을 전보로 보내기로 했다. 가능한 간략한 말로 아버지의 병세가 위독하다는 말도 적기는 했지만 그래도 마음이 편치 않아 자세한 사정을 편지로 써서 그날 다시 우편으로 보냈다. 부탁한 취직 자리에 관한 것이라고 믿고 있던 어머니는 "상황이 안 좋아서 어쩔 수가 없네"라고 말하며 안타까워했다.

13

내가 쓴 편지는 꽤 길었다. 어머니도 나도 이번에야말로 선생님에게서 답장이 올 것이라고 믿었다. 편지를 보내고 이틀째 되는 날 또 전보가 왔다. 거기에는 안 와도 된다고만 적혀 있었다. 나는 그것을 어머니에게 보여주었다.

"대략적인 내용은 편지로 보내실 생각이신 게야."

어머니는 선생님이 나를 위해 의식주를 해결해줄 직장을 소개해주려고 그러는 것이라고 해석하고 있는 듯했다. 나도 혹시 그렇지 않을까 하는 생각이 들었다. 그러나 평소 선생님을 아는 나로서는 추측해보건데 도저히 그건 아닌 것 같았다. '선생님이 취직 자리를 알아봐준다'는 건 말도 안 되는 일이었다.

"어쨌든 제 편지는 아직 저쪽에 도착하지 않았을 테니까 이 전보는 그 전에 보낸 걸 거예요."

나는 어머니에게 뻔한 거짓말을 했다. 그러나 어머니는 그럴싸하다고 생각했는지 "그렇겠지"라고 대답했다. 내 편지를 읽기 전에 선생님이 이 전보를 쳤다는 말이 선생님의 행동을 이해하는 데 전혀 도움이 되지 않는다는 것을 알 만도 한데 말이다.

그날 마침 주치의가 읍내에서 원장을 데리고 오기로 되어 있어서 어머니와 나는 더 이상 이 일에 대해서는 이야기할 기회가 없었다. 두 사람의 의사가 입회해서 병자에게 관장 등을 하고 돌아갔다.

아버지는 의사에게 가만히 누워 있으라는 말을 들은 이후 대소변도 누운 채 남의 손으로 뒤처리를 받고 있었다. 아버지는 결벽증이 있어서 처음에는 상당히 꺼렸지만 몸이 말을 안 들어 어쩔 수 없이 누워서 용변을 봤다. 그러다 병세가 악화되면서 점점 신경이 둔해진 건지 날이 갈수록 자신도 모르게 그냥 배설하게 됐다. 가끔은 이불이나 요를 더럽혀 옆에 있는 사람은 얼굴을 찡그리는데도 본인은 오히려 아무렇지 않아 했다. 오줌의 양은 병의 특징상 아주 적었다. 의사는 그것을 염려했다. 식욕도 점차 줄어들었다. 가끔 무언가 먹고 싶다고 말은 하지만 삼키지를 못했다. 그저 입

146

이 원할 뿐이었다. 그렇게 좋아하는 신문도 이제 손으로 쥘 기력이 없어서 읽을 수 없게 되었다. 그래서 베개 옆에 있는 노안경은 늘 검정색 안경집에 들어가 있었다. 어릴 때부터 사이가 좋았지만 지금은 한 4킬로미터 떨어진 곳에 사는 사쿠 씨가 병문안을 오자 아버지는 "아, 사쿠구나"라며 생기를 잃은 눈으로 사쿠 씨를 바라봤다.

"사쿠가 왔구나. 사쿠는 건강해서 좋겠다. 나는 이제 끝이야."

"그런 말 하지 마라. 넌 아들 둘이 다 대학을 졸업했고, 몸이 좀 아프다고 해도 할 말 없어. 나 좀 보라고. 마누라는 죽었지, 애는 없지. 그냥 숨만 붙어 있어. 건강해도 뭐 하나 좋을 게 없어."

관장을 한 것은 사쿠 씨가 오고 나서 이삼 일이 지난 후였다. 아버지는 의사 덕분에 꽤 편해졌다며 기뻐했다. 자신의 수명에 대해서도 어느 정도 두려움이 사라진 듯 기분도 좋아 보였다. 옆에 있는 어머니는 그런 아버지를 보고 희망을 가지게 된 것인지, 병자에게 기력을 붙여주려는 건지 선생님에게 전보가 온 것을 마치 아버지의 희망대로 내가 도쿄에서 취직이라도 된 듯 말했다. 옆에 있는 나는 안절부절못했지만 어머니의 말을 막을 이유를 딱히 찾지 못해서 그냥 잠자코 듣고만 있었다. 아버지는 기뻐했다.

"그거 잘됐네요"라고 매제도 말했다.

"어디인지는 아직 모르냐?"라고 형이 물었다.

나는 이제 와서 부정할 용기가 나지 않았다. 그래서 나 자신도 이해할 수 없는 애매모호한 대답만 남기고 일부러 자리를 떴다.

14

아버지의 병은 최후의 일격을 맞이하는 순간까지 숨 가쁘게 달려오더니 잠시 숨고르기를 하는 듯 보였다. 식구들은 운명의 선고를 오늘 내일 기다리며 매일 저녁 아버지의 병상을 지켰다.

아버지는 옆에 있는 사람이 괴로울 정도의 고통은 느끼지 않는 듯했다. 그런 점에서 간병은 편한 편이었다. 만일의 경우를 대비해 한 명씩 교대로 일어나 있었지만, 나머지 사람들은 각자 이부자리에서 꽤 긴 시간 동안을 잘 수 있었다. 나는 어떤 소리에 잠이 깨서 혹시 아버지의 신음소리가 아닌가 싶어 한밤중에 아버지에게 가본 적도 있었다. 그날 밤은 어머니가 병상을 지킬 차례였다. 그런데 어머니는 아버지 옆에서 팔베개를 하고 꽤 깊이 잠들어 있었다. 아버지도 깊이 잠들어 있었다. 나는 소리를 내지 않고 다시 내 이부자리로 돌아왔다.

나는 형과 같이 한 모기장 속에서 잤다. 매제만 손님 대접을 받아 혼자 떨어진 방에서 잤다.

"세키한테 미안하네. 저렇게 며칠씩 돌아가지도 못하고."

세키는 매제의 성이다.

"그렇게 바쁜 게 아니니까 여기 머물러 있는 거겠지. 매제보다도 형이 곤란할 것 같은데. 이렇게 길어져서 말이야."

"곤란해도 어쩔 수 없지. 다른 일도 아니고."

형과 나란히 누워서 이런 얘기를 했다. 형의 머릿속에도, 내 마음속에도 아버지는 어차피 가망이 없다는 생각이 자리 잡고 있었다. 어차피 살지 못한다면, 하는 생각도 들었다. 우리는 자식으로서 부모가 죽는 것을 기다리고 있는 처지였다. 그러나 자식인 우리는 그것을 차마 입 밖에 낼 수 없었다. 입 밖에 내는 것을 두려워했다. 서로 무엇을 생각하고 있는지 잘 알고 있었다.

"아버지는 당신이 나을 수 있다고 생각하는 것 같아." 형이 내게 말했다.

실제로 그런 면이 없지는 않았다. 동네 사람들이 병문안을 오면 아버지는 꼭 만나겠다며 고집을 부렸다. 만나면 꼭 내 졸업 축하연을 못 했다며 안타까워했다. '병이 나으면'이라는 말도 가끔 덧붙였다.

"네 졸업 축하연 말인데 안 했다니 다행이다. 난 진짜 난처했었거든." 형은 내 기억을 자극했다. 나는 술에 취해 법

석을 떨었던 난잡한 상황을 떠올리며 쓴웃음을 지었다. 먹거리와 마실거리를 강요하며 돌아다니던 아버지의 태도도 내 눈에는 대단히 불쾌하게 비쳤다.

형과 나는 그렇게 사이 좋은 형제가 아니었다. 어릴 때는 싸움도 자주 했는데, 어린 나는 언제나 울었다. 대학에 들어간 후 전공이 달라진 것도 성격이 완전히 다른 데서 비롯되었다. 대학에 다닐 때의 나는, 특히 선생님을 알고 지내게 된 이후의 나는 멀리서 형을 바라보며 언제나 동물적이라고 생각했다. 나는 오랫동안 형을 만나지 않았고, 또 멀리 떨어져 있었다. 시간적으로든 물리적 거리로든 형은 언제나 내게서 멀리 떨어져 있었다. 그래도 오랜만에 이렇게 만나보니 형제의 다정한 우애가 자연스럽게 샘솟았다. 상황도 크게 작용했다. 두 사람의 공통점인 아버지, 그 아버지가 곧 돌아가시려고 하는 머리맡에서 나는 형과 악수를 나눴다.

"너 이제부터 어떻게 할 거야?" 형이 물었다. 나는 뜬금없는 질문을 형에게 던졌다.

"도대체 집 재산은 어떻게 되어 있어?"

"나도 몰라. 아버지가 아무 말씀도 안 하시니까. 재산이라고는 해도 현금이야 뻔하지 않겠어?"

어머니는 또 어머니대로 선생님의 답장을 초조하게 기다리고 있었다.

"아직 편지 안 왔니?"라며 나를 볶아댔다.

"선생님, 선생님 그러는데 도대체 누구냐?" 형이 물었다.

"얼마 전에 내가 얘기했잖아." 내가 대답했다. 나는 자기가 물어놓고서 잊어버리는 형에게 불쾌했다.

"들은 적이 있긴 한데."

형은 들었는데도 모른다고 했다. 나로서는 억지로 형에게 선생님을 이해시킬 필요가 없었다. 하지만 화가 났다. 또 예의 형다운 구석이 나왔다고 생각했다.

선생님, 선생님 하고 존경하는 이상 그 사람은 반드시 저명한 인사여야 한다고 형은 생각하고 있었다. 그래서 적어도 대학 교수 정도는 될 것이라고 추측하고 있는 것 같았다. 이름도 없는 사람, 아무것도 안 하는 사람, 그런 사람에게 무슨 가치가 있을까. 이런 점은 아버지를 닮았다. 아버지가 아무것도 할 수 없어서 놀고 있다고 속단한 데 비해 형은 능력이 있으면서도 빈둥거리고 있는 것 자체가 쓸모없는 인간이라는 식으로 말했다.

"이기주의자는 안 돼. 아무것도 안 하고 산다는 것은 교활한 거야. 사람이라면 자신의 재능을 최대한 발휘해야지."

나는 형에게 자신이 사용한 이기주의자라는 말의 의미를 모르고 있는 거 아니냐고 되묻고 싶었다.

"그래도 그 사람 덕분에 직장을 잡을 수 있게 됐다니 잘됐네. 아버지도 기뻐하시고."

형은 나중에 이렇게 말했다. 선생님으로부터 확실한 편지가 오지 않는 이상 그렇게 믿을 수도 없다고, 또 아직은 모른다고 말할 용기도 없었다. 어머니의 지레짐작으로 다들 그렇게 믿어버리고 만 지금에 와서 나는 도저히 부정할 수 없었다. 어머니가 재촉하지 않더라도 나 역시 선생님의 답장을 기다리고 있는 처지였다. 그리고 그 답장에 모두가 믿고 있는 취직에 관한 내용이 적혀 있으면 좋겠다고 생각했다. 나는 죽음에 직면한 아버지 앞에서, 아버지를 다소라도 안심시켜드리고 싶어하는 어머니 앞에서, 일하지 않으면 인간이 아니라고 말하는 형 앞에서, 그 외 매제, 백부, 숙모 앞에서, 내가 지금껏 조금도 개의치 않던 것에 신경을 써야만 했다.

아버지가 이상한 노란색의 뭔가를 토했을 때 나는 예전에 선생님과 사모님에게 들은 위험을 떠올렸다. "저렇게 오래 누워 있으니까 위도 나빠진 게야"라고 말하는 어머니를 보며, 아무것도 모르는 어머니 앞에서 나는 눈물만 글썽였다.

형과 내가 거실에서 만났을 때 형은 "들었나?"라고 말했다. 의사가 돌아갈 때 형에게 한 말을 들었냐는 뜻이었다. 나는 설명을 들을 필요도 없었다. 그 의미를 잘 알고 있었다.

"너 여기 돌아와서 집 관리할 생각 없냐?" 형이 나를 돌아보며 물었다. 나는 아무 대답도 할 수 없었다.

"어머니 혼자서는 아무것도 못 하잖아." 형이 다시 말했다. 형은 내가 흙냄새로 쇠퇴해가는 것이 아깝지 않은 듯했다.

"책만 읽을 거면 시골에서도 충분히 할 수 있잖아. 게다가 일할 필요도 없고 딱 좋네."

"형이 돌아오는 게 맞을 거 같은데?" 내가 말했다.

"내가 그런 걸 할 수 있겠냐?" 형은 딱 잘라 거절했다. 형의 머리는 앞으로 세상에 나가 일할 생각으로 가득 차 있었다.

"네가 싫으면 백부님께라도 부탁할 거지만, 그래도 어머니는 너나 내가 모셔야지."

"어머니가 이곳을 떠나려고 할까?"

형제는 아버지가 돌아가시기 전부터 아버지가 돌아가신 후의 일에 대해서 이런 식으로 이야기를 나눴다.

16

아버지가 가끔 헛소리를 하게 되었다.

"노기 대장께 죄송하구나. 실로 면목이 없다. 아니 저도 곧 뒤쫓아갈 테니까."

이런 말을 이따금 했다. 어머니는 기분이 안 좋았다. 되도록 모두가 머리맡을 지켰으면 했다. 정신이 멀쩡할 때면 외로움을 잘 타는 병자에게도 그것이 희망처럼 보였다. 특히 방 안을 둘러보고 어머니가 안 보이면 아버지는 꼭 "오미쓰는?” 하고 물었다. 입 밖으로 내지 않더라도 눈으로 어머니를 찾을 때도 있었다. 그러면 나는 얼른 일어나 어머니를 부르러 갔다. “무슨 일이에요?”라고 어머니가 하던 일도 팽개치고 방으로 오면 아버지는 그저 어머니 얼굴을 지그시 바라만 볼 뿐 아무 말도 하지 않았다. 또 어떨 때는 전혀 상관없는 이야기를 하기도 했다. 갑자기 “오미쓰가 나한테는 참 잘했어” 등 다정스런 말을 할 때도 있었다. 어머니는 그런 말을 들을 때면 늘 눈물을 글썽였다. 건강했던 옛날의 아버지를 떠올리는 것 같았다.

“지금은 약한 말씀을 하시지만 예전에는 대단했단다.”

어머니는 아버지에게 빗자루로 등을 두들겨 맞았을 때 일을 얘기했다. 나와 형은 그 얘기를 지금까지 몇 번이나 들었지만 아버지가 몸져 누워 있는 상황에서 그 얘기를 들으니 마치 아버지의 유산같이 마음에 남았다.

아버지는 자신의 눈앞에 죽음의 그림자가 어둡게 드리우고 있지만 아직 유언다운 말을 하지 않았다.

“지금 물어둬야 하지 않을까?” 형이 내 얼굴을 봤다.

“그래야 할 것 같은데.” 나는 대답했다. 나는 우리가 먼저 그런 것을 말하는 것이 병자에게 좋은지 어떤지 고민하고 있었다. 우리는 결정을 못 하고 백부와 의논했다. 백부도 고개를 갸우뚱거렸다.

“말하고 싶은 게 있는데 말하지 않고 가면 마음에 남을 거

같고. 그렇다고 해서 이쪽에서 재촉하자니 몹쓸 짓 하는 거
같고."

이야기는 제자리걸음이었다. 그러는 사이에 아버지는 혼
수상태에 빠졌다. 아무것도 모르는 어머니는 잠자고 있다
며 도리어 기뻐했다. "그래, 저렇게 편하게 잠들면 옆에 있
는 사람들도 편하지"라고 말했다.

아버지는 가끔 눈을 떠서 누구는 어떠냐며 갑자기 묻곤
했다. 누구라는 건 좀 전까지 거기에 앉아 있던 사람을 가리
켰다. 아버지의 의식은 어두운 부분과 밝은 부분으로 분열
되었고, 밝은 부분만이 어둠을 누비는 하얀색 실처럼 일정
거리를 두고 연속되어 있는 듯 보였다. 그러니 어머니가 혼
수상태를 보통의 수면이라고 착각한 것도 무리는 아니었다.

아버지는 혀가 점점 안 돌아갔다. 말을 하는데도 끝이 불
명확하게 끝나서 무슨 말인지 알아듣지 못하는 경우가 많
았다. 그런데도 이야기를 시작할 때는 위독한 병자라고는
여겨지지 않을 정도로 목소리가 저렁저렁했다. 우리는 평
상시보다 더 큰소리로 귓가에 입을 대고 말해야 했다.

"머리를 식히면 기분이 좋으세요?"

"응."

나는 간호사와 함께 아버지의 물베개를 바꾸고 새 얼음
을 넣은 얼음주머니를 이마 위에 올렸다. 거칠게 깨진 뾰족
한 얼음 조각들이 주머니 속에서 녹는 동안 나는 아버지의

벗겨진 이마의 바깥쪽을 주머니로 지그시 누르고 있었다. 그때 형이 복도를 따라 들어와 한 통의 편지를 말없이 내게 내밀었다. 놀고 있던 왼손으로 편지를 받아 든 나는 위화감을 느꼈다.

편지라고 하기에는 너무 묵직했다. 봉투도 일반적인 봉투가 아니었다. 보통 종이봉투에 들어갈 분량도 아니었다. 얇은 종이로 싸여 있었고, 입구 부분도 꼼꼼하게 풀로 봉해져 있었다. 나는 그것을 형에게 받았을 때 등기로 왔다는 것을 알아차렸다. 뒤집어 보니 거기에는 선생님의 이름이 단정하게 적혀 있었다. 손을 뗄 수 없었던 나는 바로 봉투를 뜯을 수 없어서 잠시 그것을 품에 넣었다.

17

그날은 아버지의 상태가 더 안 좋아 보였다. 내가 변소에 가려고 자리에서 일어섰을 때 복도에서 마주친 형이 "어디 가냐?"고 마치 감시자 같은 말투로 물었다.

형은 "아무래도 아버지 상태가 심상치 않으니까 가능한 옆에 있어야 해"라고 잔소리를 했다.

나도 그렇게 생각은 하고 있었다. 편지를 품속에 둔 채 다시 아버지가 있는 방으로 돌아갔다. 아버지는 눈을 뜨고서 거기에 나란히 앉아 있는 사람들의 이름을 어머니에게 물었다 어머니가 저 사람은 누구, 이 사람은 누구, 하고 일일이 설명하자 아버지는 그때마다 고개를 끄덕였다. 아버지가 고개를 끄덕이지 않으면 어머니는 큰소리로 "누구누구예요, 알겠어요?"라고 몇 번이나 확인했다.

"여러모로 신세 많이 졌습니다."

아버지가 말했다. 그리고 또다시 혼수상태에 빠졌다. 머리맡에 앉아 있던 사람들은 아무 말 없이 잠시 병자를 바라보고 있었다. 그중 한 명이 일어서서 건넌방으로 갔다. 그러자 또 한 명이 일어섰다. 나도 세 번째로 자리에서 일어나 내 방으로 갔다. 나는 품속에 넣어둔 편지를 읽기 위해서였다. 편지를 읽는 거야 아버지 머리맡에서도 가능하지만 분량이 너무 많아서 단번에 그것을 다 읽을 수는 없었다. 나는 어렵사리 시간을 내서 편지를 읽었다.

봉투가 잘 찢어지지 않아 잡아 뜯듯이 찢었다. 안에서 나온 것은 가로 세로 줄로 이루어진 칸 안에 글자들이 정갈하게 적혀 있는 원고지였다. 잘 봉해지도록 두 번 접혀 있었다. 나는 접힌 자국이 나 있는 서양 종이를 반대로 펼쳐서 읽기 쉽도록 편평하게 만들었다. 나는 많은 종이와 잉크가 내게 무엇을 이야기하려는 걸까 생각하며 내심 놀랐다. 동시에 아버지의 병세가 신경 쓰였다. 내가 이 편지를 읽기 시작해서 다 읽기 전에 아버지에게 어떤 변화가 분명 일어날 것이다, 적어도 형이든 어머니든 아니면 백부가 나를 부를 것이라는 예감이 들었다. 침착하게 선생님이 쓴 편지를 읽을 기분이 아니었다. 나는 안절부절못한 채 첫 장을 읽었다. 거기에는 다음과 같은 내용이 적혀 있었다.

자네에게 과거에 대한 질문을 받았을 때 대답할 용기가 없었던 내게, 이제야 그것을 명백하게 이야기할 수 있는 자유가 찾아왔네. 그러나 그 자유란 자네가 상경할 때까지 기다리다가는 도중에 잃어버릴 것 같은 세속적인 자유에 지나지 않는 듯하네. 그래서 그것을 이용할 수 있을 때 이용해야지, 그렇지 않으면 내 과거를 자네에게 간접 경험으로써 전달할 기회를 영원히 잃어버릴 것만 같네. 그러면 그때 굳게 약속한 말들은 모두 거짓이 되고 말지. 그래서 나는 입으로 해야 할 이야기를 글로 전하기로 했네.

나는 거기까지 읽고 처음으로 이 긴 편지가 무엇을 위해서인지 이유를 알 수 있었다. 내 취직 자리 따위에 대해서 편지를 쓸 정도로 선생님은 배려가 있는 사람이 아니다. 나는 처음부터 그렇게 믿고 있었다. 그러나 쓰는 것을 싫어하는 선생님이 왜 그 일에 대해 이렇게 길게 써 내게 보낼 생각을 했을까? 선생님은 왜 내가 상경할 때까지 기다릴 수 없었을까?

"자유가 찾아왔기에 말한다. 그러나 그 자유는 또 영원히 사라져버리는 것이다."

나는 마음속에서 이 말을 반복하면서 그 의미를 이해하기 위해 노력했다. 갑자기 불안해졌다. 나는 그다음을 계속 읽어보려고 했다. 그때 아버지 방 쪽에서 나를 부르는 형의 목소리가 크게 들렸다. 나는 놀라서 일어섰다. 복도를 뛰어서 모두가 있는 곳으로 갔다. 나는 드디어 아버지에게 마지막 순간이 찾아왔다고 각오했다.

18

아버지가 계신 방에는 어느새 의사가 와 있었다. 가능한 병자를 편하게 해주라는 말을 하고 막 관장을 하려던 참이었다. 간호사는 어제 저녁의 피곤함을 풀기 위해 다른 곳에서 자고 있었다. 익숙하지 않은 형은 일어서서 어쩔 줄 몰라하며 우물쭈물하고 있었다. 형은 날 보더니 "좀 도와라" 하고 말하고 자신은 자리에 앉았다. 나는 형 대신에 기름종이를 아버지 엉덩이 쪽에 바짝 갖다 댔다.

아버지는 좀 편안해진 것처럼 보였다. 의사는 한 삼십 분 정도 옆에 앉아 있으면서 관장 결과를 확인한 후 다시 오겠다는 말을 남기고 돌아갔다. 돌아갈 때 만약 무슨 일이 생기면 언제든지 부르라는 말도 잊지 않았다.

나는 지금 당장이라도 변고가 일어날 것 같은 아버지를 뒤로 하고 다시 내 방으로 가서 선생님의 편지를 읽으려고 했다. 그러나 마음은 가시방석이었다. 책상에 앉자마자 형이 큰소리로 부를 것만 같았다. 지금 부르면 마지막이라는 두려움으로 손이 떨렸다. 나는 선생님의 편지를 무의미하게 장수만 넘겼다. 내 눈은 틀 안에 꼼꼼하게 적힌 글자를 봤다. 하지만 읽을 여유는 없었다. 군데군데 골라서 읽을 여유조차 없을 정도로 불안했다. 제일 마지막 장까지 순서대로 넘겨서 보고 그것을 원래대로 접어서 책상에 둘 생각이었다. 그때 갑자기 마지막 부분에서 한 문장이 내 눈에 들어왔다.

이 편지가 자네 손에 도착할 즈음 나는 이미 이 세상에 없을 것이네. 벌써 죽었을 테지.

나는 심장이 멎는 것 같았다. 지금까지 술렁이던 내 가슴이 얼어붙는 느낌이었다. 거꾸로 페이지를 넘겼다. 그리고 한 장에 한 문장씩 거꾸로 읽어갔다. 나는 눈 깜짝할 새에 내가 알아야 하는 것을 알고자 아물거리는 글자를 눈으로 꿰뚫으려고 했다. 내가 알고 싶은 것은 선생님의 안부밖에 없었다. 선생님의 과거, 예전에 선생님이 내게 말하겠다고 약속한 어두운 과거, 그런 것은 내게 전혀 쓸모없는 것이었다. 나는 거꾸로 페이지를 넘기면서 내가 알고 싶어하는 것을 좀처럼 주지 않는 긴 편지를 난폭하게 접었다.

나는 다시 아버지 상태를 보러 아버지의 방으로 갔다. 그리고 방문 앞에 섰다. 의외로 조용했다. 믿음직스럽지 못하게 피곤한 얼굴을 하고 앉아 있는 어머니를 손짓으로 불러서 "어때요, 아버지는?"이라고 물었다. 어머니는 "지금은 그럭저럭 버티고 계셔"라고 대답했다. 나는 아버지 눈앞으로 얼굴을 내밀고 "어떠세요? 관장해서 기분 좋으시죠?"라고 물었다. 아버지는 고개를 끄덕였다. 아버지는 분명하게 "고맙다"라고 말했다. 아버지의 정신은 의외로 몽롱하지 않았다.

나는 다시 그 방에서 나와 내 방으로 돌아왔다. 시계를 보면서 기차 시간표를 알아봤다. 벌떡 일어나 허리띠를 다시 조여 매고 소매 속에 선생님 편지를 넣었다. 그리고 부엌 쪽 문을 통해 밖으로 나왔다. 나는 정신없이 의사에게 달려갔다. 나는 의사에게 아버지가 한 이삼 일은 버틸 것 같냐고 물으려고 했다. 주사든 뭐든 처치를 해서 버티게만 해달라고 부탁하려고 했다. 공교롭게도 의사는 부재중이었다. 그러나 내게는 의사가 돌아올 때까지 기다릴 시간이 없었다. 마음을 진정시킬 수가 없었다. 나는 바로 인력거를 타고 역으로 갔다.

나는 역의 벽에 종이를 대고 연필로 어머니와 형에게 편지를 썼다. 내용은 아주 간단했지만 말하지 않고 가는 것보

다는 나을 거라고 생각하고 그것을 서둘러서 집에 전해달
라고 인력거꾼에게 부탁했다. 그리고 바로 도쿄행 기차를
타고 말았다. 나는 요란스러운 소리를 내며 달리는 삼등열
차 속에서 소매에 넣어둔 선생님의 편지를 꺼내 드디어 처
음부터 끝까지 읽었다.

하

선생님과 유서

1

……나는 이번 여름에 자네로부터 편지를 두세 통 받았네. 도쿄에서 좋은 취직 자리를 얻고 싶으니까 부탁한다는 편지가 두 번째 편지였던 것으로 기억하고 있네. 나는 그것을 읽었을 때 뭐든지 해주고 싶다는 마음이 들었네. 적어도 답장을 해야 한다고 생각했지. 하지만 고백하건대 나는 자네가 부탁한 일을 위해서 전혀 노력하지 않았네. 자네가 알고 있는 바대로 교제 범위가 좁다기보다도 세상 속에서 나 홀로 살고 있다고 보는 편이 더 적절한 나로서는 그런 노력을 할 여유가 전혀 없었다네. 그러나 그것이 문제가 아니었네. 사실을 말하면 나는 이런 나 자신을 어떻게 하면 좋을까 고민하고 있던 중이었네. 이대로 인간 속에 남겨진 미라처럼 존재할 것인가, 아니면……. 그때의 나는 '아니면'이라는 말을 마음속에서 반복할 때마다 소름이 돋곤 했네. 마구 뛰어서 절벽 끝에 도달해 갑자기 바닥이 보이지 않을 정도로 깊은 계곡을 슬쩍 내려다본 사람처럼 나는 비겁했네. 그리고 대부분의 비겁한 사람들과 마찬가지로 번민했지. 유감스럽지만 그때의 내게 자네라는 사람은 거의 존재하지 않았다고 해도 과언이 아닐세. 좀 더 말하면 자네의 취직 자리, 자네 입에 풀칠할 재산 그런 건 내게 완전히 무의미했다네. 아무래도 상관이 없었지. 나는 그걸 신경 쓸 여유가 없

없거든. 나는 편지꽂이에 자네 편지를 꽂고 팔짱을 낀 채 한동안 생각에 잠겨 있었지. 집에 상당한 재산이 있는 자가 무엇이 그리 힘들어서 졸업하자마자 취직 취직하며 아등바등하는 걸까. 나는 오히려 씁쓸한 기분으로 멀리 있는 자네에게 그런 말을 던졌네. 나는 답장을 줘야 하는 자네에게 변명을 하기 위해 일부러 이런 사실을 밝히고 있는 걸세. 자네를 화나게 만들기 위해 일부러 무례한 말을 하는 것은 아니네. 내 본의는 읽다보면 잘 알 수 있을 거라고 믿고 있지만, 어쨌든 나는 어떻게든 답장을 보내야 할 시점에 침묵만 하고 있었으니까. 이 태만의 죄를 자네에게 사죄하네.

그후 나는 자네에게 전보를 쳤지. 솔직히 말하면 그때 나는 자네를 만나고 싶었다네. 그리고 자네 희망대로 내 과거를 자네를 위해 말하고 싶었지. 자네는 전보를 쳐서 지금은 도쿄로 갈 수 없다고 했지. 나는 실망해서 한동안 그 전보를 쳐다보았다네. 자네도 전보만으로는 안 되겠다 싶어서 나중에 긴 편지를 보내주었지. 그래서 자네가 도쿄에 오지 못하는 사정은 잘 이해했네. 내가 자네를 무례한 남자라고 생각할 이유는 전혀 없어. 자네의 소중한 아버님이 병환 중이신데 집을 비울 수야 없지 않겠나. 자네 아버지의 생사를 잊고 있는 듯한 내 태도야말로 말도 안 되는 거지. ……사실 나는 그 전보를 칠 때 자네 아버지에 대해 잊고 있었네. 그런 주제에 자네가 도쿄에 있을 때는 낫기 힘든 병이니까 조심해야 한다고 그렇게나 충고해댔지. 그런 내가 말이네. 나는 이렇게 모순적인 인간일세. 혹은 내 머리보다도 내 과거가 나를 더 압박한 결과 이렇게 모순적인 인간으로 변했을지도 모르지. 이 점에서도 나는 내가 자기중심적이라는 걸 인정하네. 용서해주게.

자네 편지…… 자네에게서 온 마지막 편지를 읽었을 때 나는 잘못했다고 생각했네. 그래서 그런 의미를 담은 답장을 쓸까 생각하고 펜을 잡았지만 한 줄도 쓰지 못한 채 그만두고 말았네. 어차피 쓸 거라면 이 편지를 쓰고 싶었기 때문이고, 이 편지를 쓰기에는 시기가 너무 빨랐기 때문에 그만두었던 거지. 굳이 올 필요가 없다는 간략한 전보를 다시 보낸 것은 그래서이네.

2

나는 그후 이 편지를 쓰기 시작했네. 평소에 펜을 잡지 않는 나로서는 생각한 대로 사건이든, 생각이든 쓰는 것이 무척이나 무거운 고통이었네. 자칫하면 자네에 대한 내 의무를 내던질 뻔했지. 그러나 아무리 그만두자고 펜을 멈추어도 소용이 없었다네. 한 시간도 되지 않아 다시 쓰고 싶어졌으니까. 자네 입장에서 보면 의무 수행을 중요시하는 내 성격인 것처럼 생각될지도 모르겠군. 나도 그것은 부정하지 않겠네. 자네가 알고 있는 대로 나는 거의 세상과의 교섭이 없는 고독한 인간이기 때문에 의무라고 할 정도의 의무는 전후좌우를 둘러봐도 어디에도 뿌리를 내리고 있지 않거든. 고의든 자연스러운 일이든 나는 가능한 의무를 최소화하는 생활을 해왔지. 내가 의무에 냉담하기 때문에 이렇게 된 것은 아니네. 오히려 너무 예민해서 자극에 견딜 기력이 없어서 자네가 본 대로 소극적인 세월을 보내게 된 것이지. 그래서 일단 약속한 이상 그것을 지키지 않으면 마음이 상당히 불편하다네. 나는 자네에게 이런 불편한 마음을 갖지 않기 위해서라도 놓은 펜을 다시 들어야 했다네.

게다가 나는 쓰고 싶었네. 의무는 차치해 두고 내 과거를 쓰고 싶었네. 내 과거는 나만의 경험이니까 나만의 소유라고 해도 무방하겠지. 사람들은 자신의 과거를 남에게 전하지 않고 죽는 것을 아깝다고 생각하지. 내게도 그런 감정이 다소 남아 있네. 단 받아들일 수 없는 사람에게 줄 거라면 차라리 내 생명과 함께 묻어버리는 편이 낫다고 생각하네. 실제로 여기에 자네라는 한 남자가 존재하지 않았다면 내 과거는 그냥 내 과거로만 남아서 간접적으로도 타인의 지식이 되지는 않았을 거야. 나는 몇 천만 명이나 되는 일본인 중에서 오로지 자네에게만 내 과거를 이야기하고 싶네. 자네는 진실한 사람이니까. 자네는 진지하게 내 인생 그 자체에서 산 교훈을 얻고 싶다고 했으니까.

나는 어두운 인간 세상의 그림자를 사정없이 자네에게 던지겠네. 그러나 두려워하지는 말게. 어둠을 가만히 지켜보고, 그 속에서 자네에게 참고가 될 만한 것을 붙잡게. 내 어둠은 윤리적인 어둠일세. 나는 윤리적으로 태어난 남자이고, 또한 윤리적으로 성장한 남자일세. 내 윤리적인 사고방식은 요즘 시대의 젊은이와 꽤 다를지도 모르지. 그러나 아무리 다르다고 해도 그것이 바로 나 자신이네. 임시변통으로 빌린 옷 같은 건 아니야. 이제부터 성장하려는 자네에게는 다소 참고가 될 것이라고 생각하네.

자네는 현대의 사상 문제에 대해서 자주 내게 논쟁을 걸어왔다고 기억하네. 나는 자네의 의견을 경멸까지는 하지 않았지만 결코 존중하지도 않았어. 자네의 생각에는 배경도 없었고, 자네는 과거를 가지기에는 너무 젊기 때문이지. 나는 가끔 웃었어. 자네는 이따금 부족한 듯한 얼굴을 보여주었지. 결국에 자네는 내 과거를 두루마리처럼 자네 앞에 펼치라고 압박했네. 나는 그때 속으로 자네를 존중했네. 자네가 처음으로 먼저 내 속에 살아 있는 어떤 것을 잡고자 하는 결심을 보였기 때문이지. 내 심장을 쪼개서 따뜻하게 흐르는 피를 마시려고 했기 때문이야. 그때 나는 아직 살아 있었어. 죽는 것이 싫었지. 그래서 훗날을 기약하고 자네의 요구를 물리쳤네. 나는 지금 직접 내 심장을 갈라서 그 피를 자네의 얼굴에 쏟아부으려고 하고 있네. 내 심장 박동이 정지했을 때 자네의 가슴에 새 생명이 깃들 수 있다면, 그것이 가능하다면, 그것으로 나는 만족하네.

3

내가 부모님을 잃은 것은 아직 스무 살이 되지 않았을 때였네. 언젠가 아내가 자네에게 이야기한 것을 기억하고 있네만. 두 분은 같은 병으로 돌아가셨네. 게다가 아내가 자네에게 의심을 불러일으킨 말대로 거의 동시라고 할 정도로 잇달아 돌아가셨지. 사실을 말하면 아버지의 병은 지독한 장티푸스였네. 옆에서 간호하던 어머니에게 전염되었지.

나는 두 분 사이에 태어난 유일한 자식이었네. 집에는 상당한 재산이 있어서 유복하게 자랐지. 내 과거를 되돌아볼 때 만약 부모님이 모두 돌아가시지 않았다면, 적어도 아버지나 어머니 중 한 분만이라도 살아 계셨더라면 나는 지금도 너그러운 마음으로 살아갈 수 있었을 것 같아.

나는 두 분이 돌아가신 뒤에 망연자실하게 남겨졌지. 내게는 지식도 없고 경험도 없고, 또 분별도 없었다네. 아버지가 돌아가실 때 어머니는 곁을 지킬 수 없었네. 그래서 어머니가 돌아가실 때 어머니께 아버지가 돌아가셨다는 것조차 알릴 수 없었다네. 어머니는 그 사실을 알고 계셨는지, 아니면 간병하던 사람이 말한 대로 아버지가 회복기에 접어들었다는 얘기를 믿었는지 그것은 모르겠지만, 어머니는 그저 숙부에게 모든 것을 부탁하셨네. 거기에 같이 있던 나를 가리키며 "이 아이를 부탁합니다"라고 말씀하셨지. 나는 그전부터 부모님의 허락을 얻어 도쿄로 갈 예정이었으므로 어머니는 그것에 대해서도 말해둘 생각이었던 것 같아. 그래서 "도쿄로"라고만 덧붙이자 숙부는 바로 "알겠습니다. 걱정하지 마십시오"라고 대답했지. 어머니는 강한 열에 견딜 수 있는 체질이었는지 숙부는 "아주 강한 분이야"라고 내 어머니를 칭찬하더군. 그러나 그것이 과연 어머니의 유언이었는지 지금 생각해보면 잘 모르겠네. 어머니는 물론 아버지가 걸린 병의 두려운 이름을 알고 있었지. 그리고 본인도 감염되었다는 사실도 알고 계셨어. 하지만 자신이 그 병으로 생명을 잃을 거라는 것까지 믿고 있었는지 어떤지 의심할 여지는 얼마든지 있다고 생각해. 고열일 때 어머니가 한 말이 얼마나 사리분별이 있는지 모르지만, 어떨 때는 기억하고 또 어떨 때는 그 그림자조차 남아 있지 않은 경우도 종종 있었다네. 그래서…… 그러나 그런 일은 문제가 아니었지. 그저 이런 식으로 어떤 일을 해결해보거나 또 이런 저런 측면으로 쳐다보는 버릇은 그때부터 있었네. 처음부터 자네에게 알려줘야겠다고 생각했네만, 그 실례로 당면 문제와 큰 관계가 없는 이런 내용이 오히려 도움이 되지는 않을까 생각했다네. 자네도 그런 마음으로 읽어주길 바라네. 이런 성격이 윤리적으로 개인의 행동에 영향을 미치고 나중에 타인의 도덕적 의무를 의심하게 된 것이라고 생각하네. 그것이 내 번민과 고뇌에 적극적으로 큰 영향을 미쳤다는 점도 확실하기 때문에 기억해두기 바라네.

이야기가 본론에서 너무 벗어나면 이해하기 어렵기 때문에 다시 되돌아가겠네. 이래 봬도 나는 이 긴 편지를 쓰면서 같은 처지에 있는 사람에 비해 다소 안정되어 있는 편이 아닐까 생각하고 있네. 세상이 잠들고 나니 전차 소리도 들리지 않는군. 덧문 밖에는 가련한 벌레 소리가 희미하게 들려와 서리가 내리는 가을을 은근히 떠올리게 만들고 있네. 아무것도 모르는 아내는 옆방에서 천진하게 곤히 자고 있고. 펜을 들고 글을 쓰기 시작하니 한 자가 완성될 때마다 펜 끝에서 소리가 나네. 나는 오히려 차분한 기분으로 종이를 향해 앉아 있지. 익숙하지 않아 펜이 옆으로 삐져나올지도 모르지만, 머리가 고뇌로 복잡해져서 펜이 너저분하게 달리는 일은 없을 거라고 생각하네.

4

홀로 남겨진 나는 어머니의 말씀대로 숙부를 의지하는 것 외에 달리 길이 없었네. 숙부는 또 모든 것을 물려받아서 나와 관련된 모든 것을 돌봐주었지. 그리고 내 희망대로 도쿄에 갈 수 있도록 처리해주었네.

나는 도쿄에 있는 고등학교에 들어갔네. 그때 고등학교 학생은 지금보다도 더 살벌하고 거칠었다네. 내가 아는 사람 중에는 한밤중에 직공과 싸우다가 상대방 머리를 신발로 때려 상처를 입힌 자도 있었지. 술을 마시고 서로 정신없이 치고받고 싸우던 중에 학교 모자를 상대방에게 빼앗기고 말았지. 모자 속에는 삼각형의 흰색 천쪼가리 위에 본인의 이름이 똑똑하게 적혀 있었다네. 그래서 일이 귀찮아졌지. 얼마 후 경찰이 학교로 조회를 요청했는데, 다른 친구가 조용히 해결될 수 있도록 해주었네. 이런 난폭한 행위를 고상한 분위기 속에서 성장한 자네에게 들려주면 분명 바보스럽다고 생각하겠지. 나도 솔직히 바보스럽다고 생각하네. 하지만 그들에게는 지금 학생들에게는 없는, 일종의 순박함이 있었지. 당시 내가 숙부로부터 매달 받았던 돈은 자네가 지금 아버지에게 받는 돈에 비하면 훨씬 적은 것이었네. (물론 물가도 달랐지만.) 그래도 전혀 부족함을 느끼지 않았어. 여럿 되는 동급생 중에서 경제적으로 남을 부러워할 만큼 딱한 처지는 아니었으니까. 지금 되돌아보면 오히려 남에게 부러움을 사는 쪽이었지. 나는 매달 정해진 송금 외에도 책값(나는 그때부터 책 사는 것을 좋아했다네)도 받고 있었고, 필요할 때마다 자주 숙부에게 돈을 보내달라고 해서 구애받지 않고 돈을 쓸 수 있었으니까.

아무것도 모르는 나는 숙부를 믿을 뿐만 아니라 늘 감사하는 마음을 가지고 은인으로 존경했다네. 숙부는 사업가였어. 지방의회 의원이 되기도 했고. 그런 관계로 정당과 인연도 있었다고 기억하고 있네. 아버지의 친동생이지만 성격은 아버지와 전혀 달랐던 것 같아. 아버지는 선조에게 물려받은 유산을 소중하게 지키며 성실하게 사는 정 많은 남자였지. 취미로 다도와 꽃꽂이를 했고 시집을 읽는 것도 좋아하던 분이셨지. 서화나 골동품 취미도 있었던 모양이야. 집은 시골이었지만 한 8킬로미터 정도 떨어진 시내에서 가끔 골동품상이 족자나 향로를 가지고 아버지께 보여주려고 일부러 찾아왔으니까. 그 시내에 숙부가 살고 있었지. 아버지는 한마디로 재산가라고 할 수 있었지. 비교적 고상한 취미를 가진 시골 신사였어. 활달한 성격의 숙부와는 많이 달랐지. 하지만 묘하게도 두 사람은 우애가 좋았다네. 아버지는 숙부에 대해서 자신보다도 훨씬 일 잘하고 믿음직스럽다고 자주 말하곤 했어. 자신처럼 부모에게 재산을 물려받은 사람은 아무래도 타고난 재능을 발휘하지 못한다, 세상에 나가서 싸울 필요가 없으니 안 된다고도 말했지. 이 말은 어머니도 들었고, 나도 들었다네. 아버지는 내가 명심했으면 하는 마음으로 말씀하신 게 아닐까 생각한다네. "너도 명심해둬라"는 듯 아버지는 일부러 내 얼굴을 쳐다보며 말씀하셨지. 그래서 나는 아직도 잊지 않고 있다네. 아버지가 이렇게나 믿고 칭찬하던 숙부를 내가 어떻게 의심할 수 있었겠나. 내게는 그저 자랑스러운 숙부였다네. 아버지와 어머니가 돌아가시고 모든 것을 그 사람에게 의존해야 하는 내게 그 사람은 단순한 자랑거리가 아니었지. 내가 존재하기 위해 꼭 필요한 사람이 된 거네.

5

여름방학이 되어 부모님이 돌아가신 후 처음으로 고향에 내려갔을 때 우리 집에는 새 주인인 숙부 가족이 들어와 살고 있었네. 내가 도쿄로 가기 전에 한 약속이었지. 홀로 남겨진 내가 집에 없으니 그렇게 하는 수밖에 달리 방법이 없었으니까.

숙부는 그즈음 시에 있는 다양한 회사와 거래를 하고 있었던 모양이네. 숙부는 업무상 지금까지 살던 집에서 생활하는 편이 시에서 8킬로미터나 떨어진 우리 집보다 훨씬 편하다며 웃었지. 부모님이 돌아가신 후 내가 집을 어떻게 처리하고 도쿄로 나갈 것인지에 대해서 숙부와 의논을 했을 때 숙부는 그렇게 말했다네. 우리 집은 오랜 역사를 가지고 있어서 고향 일대에서는 꽤 알려져 있었다네. 자네 고향도 마찬가지일 거라고 생각하네만, 시골의 유서 깊은 집을 상속인이 있는데도 부수거나 파는 것은 큰 사건이지. 지금의 나라면 대수롭지 않은 일이지만 당시에는 아직 어렸기 때문에 도쿄로 나온 후 고향 집을 어떻게 처리해야 할지 아주 곤란해하고 있었다네.

숙부는 어쩔 수 없이 비어 있는 우리 집으로 들어오겠다고 승낙해주었다네. 그러나 시에 있는 집도 그대로 두고 양쪽을 왕래하지 않으면 곤란하다고 말했어. 나는 반대할 이유가 없었지. 어떤 조건이라도 도쿄로 나갈 수만 있다면 된다고 생각하고 있었거든.

어렸던 나는 고향을 떠나 살면서도 여전히 그리운 고향의 집을 마음속으로 그려보곤 했네. 그곳은 내가 돌아갈 곳이라는 여행자의 마음이 들어 있었지. 아무리 도쿄를 좋아하는 나라도 방학이 되면 고향으로 돌아간다는 마음은 늘 갖고 있을 정도였지. 나는 열심히 공부하고 유쾌하게 논 다음 방학에는 돌아갈 수 있는 고향집을 자주 꿈 속에서 보았지.

내가 없는 동안 숙부가 어떤 식으로 우리 집과 시의 집을 왕래하고 있었는지 나는 모르겠네. 내가 고향에 내려가 보니 숙부네 가족이 우리 집에 살고 있었네. 학교에 다니는 사촌들도 평소에는 시에 있었겠지만 방학 때 시골에 놀러오는 기분이 들었을 것이네.

다들 날 반겨주었네. 나는 아버지와 어머니가 계실 때보다 도리어 북적거리고 밝아진 집 분위기가 좋았다네. 숙부는 내 방을 사용하고 있던 장남을 방에서 내보내고 내게 그곳을 쓰라고 했네. 방이 적지 않아서 나는 다른 방이라도 괜찮다고 거절했지만 숙부는 네 집이니까, 하면서 내 말을 들어주지 않더군.

나는 가끔 돌아가신 아버지와 어머니가 떠오르는 것 말고는 그 어떤 불쾌감도 느끼지 않고 여름을 숙부네 가족과 함께 보낸 후 다시 도쿄로 돌아왔다네. 그러나 단 한 가지, 그 여름에 있었던 어떤 일이 내 마음에 어두운 그림자를 드리우고 있었지. 숙부 내외가 입을 모아 이제 막 고등학교에 입학한 내게 결혼을 권한 일이었네. 그 권유는 그후로도 한 서너 번 계속되었다네. 처음에는 그저 갑작스러워서 놀랐을 뿐이었네. 두 번째는 분명히 거절했지. 세 번째는 내가 이유를 물었지. 그들의 생각은 단순했네. 빨리 결혼해서 집으로 돌아와 돌아가신 아버지의 뒤를 이으라는 것이었네. 나는 고향집은 방학 때 돌아오기만 하면 되는 거라고 생각하고 있었지. 아버지의 뒤를 잇는다, 그러려면 아내가 필요하니까 결혼한다. 수긍이 갈 정도로 합리적인 말이지. 특히 시골 사정을 잘 아는 나는 충분히 이해했다네. 나도 아주 싫지는 않았어. 그러나 도쿄로 유학간 지 얼마 되지 않은 당시의 내 입장에서는 결혼이란 망원경으로 봐야 할 만큼 먼 거리에 있는 훨씬 나중에나 있을 일이었지. 나는 숙부의 바람을 물리치고 결국 다시 집을 떠났네.

6

나는 그 뒤로 결혼 이야기를 잊고 살았네. 내 주변에 있는 젊은이들 중 단 한 명도 가정을 가지고 있지 않았거든. 다들 자유로웠지. 모두 독신인 듯 보였네. 무사태평한 사람이라도 보이지 않는 뒤쪽에서는 가정 사정상 부득이하게 이미 아내를 맞이한 사람이 있을지도 모르겠지만, 어린애 같았던 나는 그런 기미를 전혀 알아차리지 못했다네. 그런 특별한 경우에 처한 사람일지라도 학생답지 않은 속사정이라 얘기를 삼갔겠지. 나중에 생각해보니 나 자신이 이미 거기에 해당되었지만 그런 것조차 깨닫지 못하고 그저 어린애처럼 즐겁게 공부만 하고 있었네.

학년이 끝날 즈음 나는 다시 짐을 챙겨서 부모님 묘가 있는 고향으로 내려갔네. 그리고 작년과 마찬가지로 부모님이 사셨던 우리 집에서 숙부네 가족의 변함없는 얼굴을 보았지. 나는 다시 그곳에서 고향의 냄새를 맡았네. 내게 그 냄새는 여전히 그리움이었지. 일 년간의 단조로운 학교생활에서 벗어나는 변화로도 무척 고마운 것이었지.

나를 키워준 고향의 냄새 속에서 숙부는 또다시 결혼 문제를 코앞에 들이밀더군. 숙부는 작년의 권유를 반복할 뿐이었어. 이유도 작년과 같았지. 지난번에는 상대방이 없었는데 이번에는 아예 결혼 상대자를 같이 들이대는 바람에 나는 무척 곤란했다네. 바로 숙부의 딸, 즉 내 사촌누이가 결혼 상대자였네. 사촌누이와 결혼하면 서로 편하다, 아버지도 살아 계실 때 그런 말씀을 하셨다, 하고 숙부가 말하더군. 나도 편할 것 같았다네. 아버지가 숙부에게 그런 말을 했을 수도 있겠다는 생각도 들었다네. 그러나 그것은 내가 숙부의 말을 듣고 처음으로 그런 생각이 든 것이지, 미리 알고 있던 사실은 아니었네. 그래서 나는 놀랐지. 놀라기는 했지만 숙부의 바람이 무리한 요구가 아니라는 점도 이해할 수 있었다네. 내가 세상 물정에 어두웠던 것일까? 그럴지도 모르겠지만 무엇보다도 사촌누이에게 관심이 없었다는 것이 가장 큰 이유였겠지.

나는 어릴 때부터 시에 있는 숙부네 집에 자주 놀러 갔다네. 놀러 갔을 뿐만 아니라 거기서 묵는 일도 많았지. 사촌누이와는 그때부터 친했고. 자네도 알고 있겠지? 남매 간의 사랑이 결실을 맺은 예가 없다는 것을 말이야. 내가 너무나 잘 아는 사실에 대해 부연 설명을 하고 있는지도 모르지만, 솔직히 자주 접해서 너무 친한 남녀 사이에는 사랑에 필요한 자극이 일어나는 참신함이 없지. 향냄새를 맡을 수 있는 것은 향을 피운 순간뿐이듯, 술의 맛이 느껴지는 것은 술을 마시기 시작한 찰나이듯, 사랑의 충동에도 그런 절체절명의 전광석화와 같은 시간이 존재한다고 생각하네. 일단별 감정 없이 그곳을 통과하면 그 사람이 익숙해지면서 친숙함만 늘어갈 뿐 사랑의 감정은 점점 마비되어 가지. 나는 아무리 곱씹어 생각해도 사촌누이를 아내로 맞이할 마음이 생기지 않았다네.

숙부는 내가 원한다면 졸업할 때까지 결혼을 연기해도 된다고 말했네. 하지만 쇠뿔도 단김에 빼라는 속담이 있으니까 식만이라도 일단 올려두자는 말도 했지. 사촌누이를 결혼 상대자로 생각하지 않는 내게는 별 의미가 없는 제안이었지. 나는 또 거절했네. 숙부는 언짢은 표정을 지었고 사촌누이는 울더군. 나와 부부가 될 수 없어서 슬픈 게 아니었어. 결혼을 거절당한 것이 여자로서 견디기 힘들었기 때문이었지. 내가 사촌누이를 사랑하지 않듯이 사촌누이도 나를 사랑하지 않는다는 것을 나는 너무나 잘 알고 있었네. 나는 다시 도쿄로 돌아왔지.

7

내 세 번째 귀향은 그로부터 일 년이 지난 초여름 무렵이었네. 매년 그렇듯 나는 학년말 시험이 끝나자마자 기다렸다는 듯 도쿄에서 도망쳤네. 그만큼 고향이 그리웠지. 자네에게도 그런 기억이 있겠지. 태어난 곳은 공기의 색부터 다른 것을. 토지의 냄새도 특별하지. 아버지와 어머니의 기억도 짙게 떠다니고 있고. 일 년 중 7, 8월 두 달간 그 속에 감싸여서 구멍 속으로 들어간 뱀처럼 가만히 있는 그 시간은 무엇보다도 따스하고 기분 좋은 시간들이었네.

단순한 나는 사촌누이와의 결혼 문제에 대해 머리 아프게 고민하지 않았다네. 싫은 것을 거절한다, 거절하면 그것으로 끝이다, 나는 그렇게 믿고 있었지. 그래서 숙부의 바람대로 따르지 않았지만 나는 아무렇지도 않았어. 일 년 동안 그것에 신경 쓴 적도 없었고, 변함없이 건강하게 고향으로 돌아왔지.

그런데 숙부의 태도가 다르더군. 전처럼 반가운 표정을 지으며 나를 안아주지 않았네. 그래도 구김살 없이 자란 나는 돌아와서 사오 일간은 전혀 눈치채지 못했네. 그런데 어떤 기회로 문득 이상한 생각이 들었다네. 묘한 것은 숙부만이 아니었어. 숙모도 이상했어. 사촌누이도 이상했고. 중학교를 졸업하고 이제 도쿄의 고등상업학교에 들어간다며 학교 분위기에 대해 서로 편지를 교환하던 사촌동생까지 이상했네.

내 성격상 고민하지 않을 수 없었지. 내 기분이 변했나? 아니 왜 숙부네 가족이 변했을까? 아버지와 어머니가 둔감했던 내 눈을 씻어줘서 갑자기 세상이 또렷하게 보이기 시작한 게 아닐까 하는 생각이 들었다네. 나는 아버지와 어머니가 이 세상을 뜬 후에도 살아 계실 때와 마찬가지로 나를 사랑으로 보살펴주는 거라고 마음속 어딘가에서 믿고 있었다네 그즈음 나는 세상의 과학적 이치에 어둡지 않았지만 조상에게 물려받은 미신적 경향도 내 핏속에 강한 힘을 숨기며 흐르고 있었지. 지금도 숨어 있을 거네.

나는 홀로 산으로 가서 부모님 묘 앞에 무릎을 꿇었네. 반은 애도의 뜻으로, 반은 감사의 마음으로 무릎을 꿇은 거지. 그리고 내 미래의 행복이 차가운 돌 아래에 누워 계신 부모님의 손 안에 있는 듯한 기분이 들어 내 운명을 지켜주는 두 분께 기도했네. 자네는 웃을지도 모르겠군. 비웃음을 당해도 어쩔 수 없지. 하지만 나는 그런 인간이었네.

내 세상은 손바닥을 뒤집듯 백팔십도로 바뀌어버렸지. 사실 첫 경험은 아니었다네. 내가 열예닐곱 살 때였을 거야. 처음으로 이 세상에 아름다운 것이 있다는 사실을 깨달았을 때 깜짝 놀랐다네. 몇 번이고 내 눈을 의심하며 눈을 비볐지. 그리고 속으로 '아, 아름답다!'고 외쳤다네. 열예닐곱 살이라면 남자든 여자든 속된 말로 이성에 눈뜨는 나이지. 이성에 눈을 뜬 나는 여자를 세상에 존재하는 아름다움의 대표자로 보게 되었지. 지금까지 존재조차 몰랐던 이성에 대해, 마치 장님이 갑자기 눈을 뜬 것 같은 기분이 들었다네. 그후 내 세상은 전혀 새로운 것이 되었네.

내가 숙부의 태도를 알아차린 것도 이와 같은 것이겠지. 갑자기 깨닫게 되었다네. 어떤 예감도 준비도 없이 갑자기 찾아온 거지. 숙부와 그의 가족이 지금까지와는 전혀 다른

모습으로 내 눈에 비쳤다네. 나는 깜짝 놀랐지. 그리고 이대
로 두면 내 인생이 어떻게 될지도 모르겠다는 생각이 들었
다네.

8

나는 숙부에게 맡겨둔 집의 재산에 대해서 자세하게 알지
못하면 돌아가신 부모님에 대해 죄송하다는 생각이 들었다
네. 숙부는 바쁘다는 것을 대놓고 증명이라도 하듯 매일 밤
같은 곳에 자지 않았네. 이틀은 집에서 사흘은 시내에서, 그
런 식으로 지내며 양쪽을 왕래했지. 매일 정신없는 얼굴로
지내며 바쁘다는 말을 입에 달고 살았어. 아무런 의심도 하
지 않던 때에는 진짜로 바쁜가 보다 생각했다네. 요즘은 바
빠야 하는 것인가 보다, 하고 삐딱하게 해석했지. 그런데 재
산에 대해서 시간을 갖고 이야기하고 싶다는 목적이 생긴
상황이 되자 내 눈에는 그 모습이 단순히 나를 피하는 구실
로밖에 보이지 않았다네. 숙부를 만날 기회를 좀처럼 얻을
수 없었지.
　나는 숙부가 시내에 첩을 두고 있다는 소문을 들었다네.
그 소문을 옛 중학교 동창생에게 들었지. 첩을 두는 거야 조
금도 이상할 게 없지만, 아버지가 살아 계실 동안에는 그런
소문을 들은 적이 없었던 터라 놀랐다네. 친구는 그 외에도

숙부에 대한 여러 가지 소문을 전해주었네. 한때 사업에 실패할 뻔했는데 최근 이삼 년 사이에 갑자기 잘 풀렸다고도 했어. 내 의혹을 더 깊게 만든 얘기 중 하나였지.

나는 결국 숙부와 담판을 벌였네. 담판이라고까지 할 수 없을지도 모르지만 이야기의 흐름상 이렇게밖에 표현할 길이 없는 분위기였지. 숙부는 계속 나를 어린애 취급하려고 들었어. 나는 처음부터 의심의 눈초리로 숙부를 대했고. 그러니 평화로운 해결이 가능할 리가 없었지.

유감스럽게도 나는 지금 그 담판의 전말을 자세히 쓸 수 없을 정도로 서두르고 있네. 사실 더 중요한 이야기를 해야 하니까. 내 펜은 일찍부터 빨리 그곳에 도착하고 싶어 몸이 달아 있는데 겨우 참고 있을 정도라네. 자네를 만나서 조용히 이야기할 기회를 영원히 잃어버린 나는 펜을 잡는 것에 익숙하지 않는 데다가 귀중한 시간을 아껴야 해서 쓰고 싶은 내용도 줄여야만 하는군.

자네는 기억하고 있는가? 내가 언젠가 자네에게 악인은 정해져 있지 않다고 한 말을. 수많은 선인들이 어느 순간 갑자기 악인이 되는 것이니 방심해서는 안 된다고 한 것을. 그때 자네는 내게 흥분하고 있다며 주의를 주었지. 그리고 어떤 경우에 선인이 악인으로 변하는지 물었지. 내가 한마디로 돈이라고 대답했을 때 자네는 만족스럽지 못한 표정을 지었네. 자네의 불만스러운 표정을 지금도 생생히 기억하

고 있다네. 지금 자네에게 밝히지만 나는 그때 숙부에 대해
생각하고 있었다네. 보통 사람이 돈을 보고 갑자기 악인이
되는 예로, 세상에 진심으로 신용할 수 있는 자는 존재하지
않는다는 예로, 증오의 감정과 더불어 숙부를 떠올리고 있
었다네. 내 대답은 사상적으로 더 깊이 들어가려는 자네에
게 부족했을지도 모르네. 진부했을지도 모르지. 하지만 나
에게는 살아 숨 쉬는 대답이었네. 실제로 나는 흥분하고 있
지 않았나. 나는 차가운 머리로 새로운 것을 입에 담기보다
뜨거운 혀로 평범한 말을 하는 편이 살아 있다고 믿고 있네.
피의 힘으로 몸이 움직이기 때문이지. 말은 공기에 파동을
전달할 뿐만 아니라 좀 더 강한 것에 더욱 강하게 작용할 수
있기 때문이야.

9

한마디로 말하면 숙부는 내 재산을 빼돌렸네. 내가 도쿄에
있던 삼 년간 쉽게 이루어졌지. 모든 것을 숙부에게 맡기고
만사태평하게 지내던 나는, 세상의 말로 표현하자면 정말
바보였네. 속세를 떠난 경지에서 말하자면 순수하고 고귀
한 남자라고나 할까? 나는 그때를 되돌아보면 왜 더 나쁘게
살지 못했나 하는 생각이 들고, 정직했던 나 자신에게 화가
나서 참을 수 없네. 그러나 다시 한번 그때의, 태어났을 때

의 모습을 그대로 가지고 있던 그때의 나로 살아보고 싶은
마음도 있네. 기억하게. 자네가 알고 있는 나는 세상의 때가
묻은 후의 나라는 것을. 때가 묻은 햇수가 오래된 자를 선배
라고 부른다면 나는 확실히 자네보다 선배일세.

만약 내가 숙부의 바람대로 사촌누이와 결혼했다면 물질
적으로 내게 유리했을까? 이것은 생각해볼 필요도 없는 일
이라고 생각하네. 숙부는 책략의 일환으로 자신의 딸을 내
게 억지로 보내려고 했던 것일세. 호의를 가지고 양가의 편
의를 꾀한다는 의미가 아니라, 천박한 이해관계를 따지고
주판알을 튕겨보고서 내게 결혼을 강요한 것이지. 나는 사
촌누이를 사랑하지 않았을 뿐 싫어한 건 아니었네. 나중에
생각해보니 혼담을 거절한 일이 나로서는 유쾌한 일이 되
었지. 숙부가 나를 속였다는 점만은 변함없지만, 사촌누이
와의 혼담을 거절해서 숙부의 생각대로 되지 않았으니 숙
부 입장에서 보면 내가 이겼다고 여겼을 테니까. 그러나 그
것은 거의 문제가 되지 않는 하찮은 일이었지. 특히 관계없
는 자네 입장에서는 필시 바보스러운 고집으로 보일 수도
있겠지.

나와 숙부 사이에 다른 친척이 끼어들었네. 그 친척이라
는 자도 나는 전혀 신뢰하지 않았네. 신뢰를 안 할 뿐만 아
니라 오히려 적대시했지. 나는 숙부가 나를 속였다고 깨달
음과 동시에 다른 사람도 반드시 나를 속일 거라고 굳게 믿

고 있었으니까. 아버지가 그렇게 칭찬하던 숙부조차 날 속였으니 다른 사람도 마찬가지라는 것이 내 논리였지.

그래도 그들은 나를 위해 내 소유에 해당하는 모든 것을 정리해주었다네. 돈으로 환산해보니 내 생각보다 훨씬 적었지만. 당시 내 입장에서는 군소리 않고 그것을 받든지, 아니면 숙부를 상대로 재판을 하든지 두 가지 방법밖에 없었네. 나는 분개했지. 또 고민했고. 재판을 하면 결론이 날 때까지 시간이 많이 걸릴 텐데, 그것이 두려웠네. 또 공부를 하는 학생이기에 중요한 공부 시간을 빼앗기는 것도 너무 고통스러웠지. 고민한 끝에 중학교 때 친구에게 내가 받은 것을 모두 현금화해달라고 부탁했다네. 옛 친구는 안 하는 게 득이라고 충고했지만 나는 그 충고를 듣지 않았다네. 그때 나는 고향을 영원히 떠나기로 결심했거든. 숙부의 얼굴을 보지 않겠다고 진심으로 맹세했지.

나는 고향을 뜨기 전에 아버지와 어머니의 묘를 찾았네. 그날 이후 나는 단 한 번도 부모님의 묘를 찾지 않았네. 앞으로도 영원히 찾아뵐 기회가 없겠지.

내 옛 친구는 내가 원하는 대로 해주었네. 내가 도쿄로 돌아오고 나서 꽤 시간이 흐른 후였지. 시골 농지는 팔고 싶다고 해서 그리 쉽게 팔리지 않는다네. 그리고 자칫 잘못하면 약점이 잡혀서 오히려 손해를 볼 우려도 있어서 내가 받은 금액은 시가에 비해 훨씬 적었지. 솔직히 말하면 내 재산은

내가 가지고 나온 약간의 공채*와 나중에 친구가 보내준 돈
뿐이었다네. 부모님이 남기신 유산에 비하면 많이 줄어든
셈이었지. 내 탓으로 줄어든 게 아니라 기분이 더 나빴다네.
하지만 학생이 생활하기에는 충분하다 못해 그 이상이었
지. 실제로 나는 거기서 나오는 이자의 절반도 사용할 수 없
었으니까. 그렇게 여유로운 생활이 나를 뜻하지 않은 상황
으로 몰고 갔다네.

10

돈에 궁하지 않은 나는 번잡한 하숙집에서 나와 새로 집을
얻어볼까 생각했다네. 그러나 세간살이 사는 것도 귀찮고,
집안일 해줄 할멈도 구해야 했고, 또 그 할멈이 정직하지 않
으면 집을 비워도 괜히 걱정이 될 거라는 이유로 쉽사리 실
행에 옮기지 못하고 있었지. 그러던 어느 날, 나는 집이라도
한번 물색해보자는 생각이 들어 약간 들뜬 마음으로 산책
겸 해서 혼고다이에서 서쪽으로 내려가서 고이시카와 언덕
을 따라 곧장 걸어 덴즈인 쪽으로 올라갔네. 지금은 전차 철
로가 생기고 나서 거리 모습이 많이 변했지만, 그때는 왼쪽
은 포병 군수품 제조공장의 흙벽이었고 오른쪽은 평지도

언덕도 아닌 공터로 풀이 무성했지. 나는 그 수풀에 서서 별생각 없이 반대쪽의 언덕을 바라보았지. 지금 경치도 나쁘지 않지만 그즈음의 서쪽 경치는 지금과 많이 달랐다네. 눈길이 닿는 곳이 전부 녹음으로 무성해서 보기만 해도 마음이 편안해졌다네. 나는 문득 이곳에 적당한 집이 없을까 하는 생각이 들었어. 그래서 바로 풀밭을 가로질러 좁은 도로를 따라 북쪽으로 갔지. 여전히 깔끔한 마을이 아니지만 그때도 삐걱거리는 집들이 많고 꽤 지저분했다네. 나는 골목을 빠져나가거나 뒷골목을 돌면서 여기저기 돌아다녔네. 마지막으로 구멍가게에 들러 여주인에게 이 부근에 작은 월셋집이 있냐고 물어봤지. 여주인은 "글쎄요"라며 고개를 갸우뚱거리더니 "월셋집은……" 하며 별 정보가 없다는 표정을 지었어. 나는 그냥 포기하고 돌아가려고 했지. 그러자 여주인은 다시 "여염집 하숙은 어떠세요?"라고 묻더군. 나는 약간 마음이 바뀌었다네. 조용한 여염집에 혼자서 하숙하는 것이 오히려 집을 얻어서 이런저런 귀찮은 일을 신경쓰는 것보다 낫겠다는 생각이 들더군. 그래서 구멍가게 여주인에게 자세하게 물어보았다네.

그 여염집이라는 곳은 군인 가족, 아니 유족의 집이었네. 남편은 청일전쟁 때인가 언젠가 죽었다고 했어. 일 년 전까지는 이치가야의 사관학교 옆에 살았는데, 마구간 등이 있는 저택이라 너무 넓어서 그곳을 팔고 이곳으로 이사를 왔다고 하더군. 식구가 없어서 외롭다며 괜찮은 사람이 있으면 소개해달라는 부탁을 받았다고 여주인이 말했어. 그 집에는 미망인과 외동딸과 하녀밖에 없다는 것도 알았지. 나는 조용해서 아주 좋겠다고 생각했다네. 하지만 그런 집에 내가 불쑥 찾아가면 정체를 알 수 없는 학생이라며 바로 거절당할지도 모른다는 걱정도 되더군. 그래서 그만둘까 하는 생각도 들었지. 그러나 나는 학생치고는 그렇게 볼꼴 사나운 차림새는 아니었고, 대학 모자도 쓰고 있었다네. 자네는 웃겠지. 대학 모자가 뭐 그리 대단하냐고. 하지만 그즈음의 대학생은 지금과 달리 사람들에게 신용을 받고 있었다네. 나는 이 사각 모자에서 일종의 자신감을 발견했을 정도이니까. 그래서 구멍가게 여주인에게 얘기를 들은 후 소개고 뭐고 없이 무작정 그 군인 유족 집을 찾아갔다네.

나는 미망인을 만나서 찾아온 이유를 말했네. 미망인은 내 신분이나 학교, 전공 등에 대해서 다양한 질문을 하고는 이사 와도 된다고 그 자리에서 승낙을 해주었다네. 미망인은 단정한 사람이었어. 또 똑 부러지는 사람이었고. 나는 '군인의 아내는 다들 이런가?' 하고 속으로 감탄했지. 감탄도 했지만 놀라기도 했다네. 이런 성격인데 왜 외로울까 하는 의구심도 들었지.

나는 당장 그 집으로 이사를 했네. 나는 처음 찾아갔을 때 미망인과 이야기를 나눈 방을 빌렸어. 그곳은 집에서 가장 좋은 방이었지. 혼고 주변에 아파트식 하숙집이 하나 둘 생기기 시작하던 무렵이라 하숙집에서 제일 좋은 방이 어느 정도 수준인지 대충 알고 있었다네. 내가 새로운 주인이 된 방은 그런 하숙집 방들보다도 훨씬 훌륭했다네. 이사하고 당분간은 학생인 내가 너무 사치를 부리는 게 아닌가 하는 생각을 지울 수 없을 정도였지.

방은 한 네 평 정도였네. 도코노마 옆에 선반이 있고, 툇마루 반대쪽에는 한 칸짜리 벽장이 있었어. 창문은 하나도 없었지만, 그 대신 남쪽에 툇마루가 있어서 그곳으로 볕이 잘 들었네.

내가 이사한 날 방의 도코노마에 꽃과 고토*가 장식되어 있었다네. 내 취향이 아니었지. 나는 시, 책, 차를 좋아하는 아버지 밑에서 자라서 운치 있는 취미를 어릴 때부터 가지고 있었다네. 그래서인지 이런 요염하고 미추룸한 장식을 업신여기는 성격이 있었네.

아버지가 살아 계실 때 모은 가재도구는 예의 숙부가 엉

---

* 거문고와 비슷한 일본 전통 악기.

망지창으로 마득어버렸지만 그래두 다수 남아 있었는데, 나는 고향을 떠날 때 그것을 중학교 친구에게 맡겼다네. 그리고 그중에서 마음에 드는 네댓 폭 정도를 고리짝에 넣어서 왔지. 나는 이사하자마자 그것을 꺼내서 도코노마에 걸어서 즐길 생각이었는데, 지금 말한 고토와 꽃꽂이 때문에 갑자기 그럴 마음이 싹 사라졌다네. 나중에 들은 얘기지만 꽃은 나를 환영한다는 마음을 담았다고 하더군. 그 얘기를 들었을 때 나는 속으로 쓴웃음을 지었다네. 하지만 고토는 전부터 거기에 있었다니까 아마 놓을 곳이 없어서 어쩔 수 없이 그대로 세워둔 것이겠지.

이 이야기를 들으니까 자연스럽게 젊은 여자의 그림자가 자네 머리에 스쳐 지나가지 않는가? 나는 이사하기 전부터 이미 호기심이 발동하고 있었네. 이런 몹쓸 기운이 미리 내 본성을 손상시켰기 때문인지, 아니면 내가 낯가림이 있어서인지 나는 처음으로 하숙집 따님을 만났을 때 어쩔 줄 몰라하며 인사를 했지. 따님도 얼굴이 붉어졌다네.

나는 그때까지 미망인의 풍채와 태도로 미루어 따님의 모든 것을 추측하고 상상했네. 그러나 그 상상은 따님에게 결코 이익이 될 게 없었다네. 군인의 아내는 그럴 것이고, 그 부인의 딸이니까 이럴 것이라는 순서로 내 상상은 점점 확장되어 갔지. 그런데 그 상상은 따님의 얼굴을 본 순간에 연기처럼 사라져버렸다네. 그리고 내 머릿속으로 지금까지 상상도 못 했던 이성의 향기가 새롭게 파고들었다네. 그 이후 도코노마의 정면에 장식된 꽃이 싫지 않았다네. 도코노마에 세워져 있는 고토도 전혀 눈에 거슬리지 않게 되었지.

꽃이 시들면 어김없이 새 꽃으로 바뀌었네. 고토도 가끔 직각으로 구부러진 곳에 위치한 건넌방으로 옮겨졌지. 나는 내 방 책상에 턱을 괴고 앉아 고토 소리를 듣곤 했네. 그 고토 연주가 잘하는 건지 아닌지는 잘 몰랐지만, 복잡한 가락을 연주하지 않아서 잘하는 편은 아니라고 추측만 했네. 꽃꽂이 정도의 실력일 거라고 생각했지. 꽃꽂이는 나도 좀 아는 편인데 솔직히 따님은 결코 잘하는 편이 아니었거든.

그런데도 다양한 꽃으로 내 도코노마를 장식해주었지. 하지만 꽃꽂이의 기법은 언제나 똑같았네. 화병도 늘 변함없었고. 음악은 꽃보다도 더 이상했지. 뚝뚝 현을 튕길 뿐 목소리는 잘 들리지 않았는데, 노래를 안 하는 것은 아니었지만 마치 비밀 얘기라도 하듯 작은 목소리였네. 선생님에게 야단이라도 맞을 때면 아예 들리지 않았지.

나는 즐거운 마음으로 서투른 꽃꽂이를 바라봤고, 서툰 고토 연주에 귀를 기울였네.

<h2 style="text-align:center">12</h2>

나는 고향을 떠날 때 이미 염세적이 되어 있었네. 타인은 믿

을 수 없다는 생각이 그 당시에 이미 뼛속까지 파고들어 있었지. 나는 적대시하는 숙부나 숙모, 그 외 친척들을 마치 인간의 대표자처럼 여기고 있었지. 기차를 탈 때조차 옆에 앉은 사람을 경계하기 시작했다네. 가끔 상대방이 말이라도 걸어오면 더욱 경계했지. 내 마음은 침울해졌다네. 납을 먹은 듯 가라앉는 일도 종종 있었지. 그런데도 내 신경은 지금 말한 것처럼 날카롭고 예민해졌네.

내가 도쿄로 돌아와서 전에 있던 하숙집에서 나오려고 한 것 역시 이 때문이었어. 돈에 여유가 있어서 집이라도 얻을까 생각한 게 아니냐고 할 수도 있지만, 예전의 나라면 돈이 있다고 해도 일부러 귀찮은 일은 하지 않았을 거야.

나는 고이시카와로 이사하고 나서도 당분간 긴장감을 풀지 않았다네. 나 자신이 부끄러울 정도로 주위를 두리번거렸지. 이상하게도 머리와 눈은 잘 움직이는데 입은 그와 반대로 점점 움직이지 않게 되더군. 고양이처럼 집 사람들에게서 눈을 떼지 않고 관찰하면서 말없이 책상 앞에 앉아 있었다네. 나는 가끔 미안할 정도로 그들에게 온 신경을 집중하면서 조금의 여지도 허락하지 않았다네. 마치 물건을 훔치지 않는 소매치기 같아 자기혐오에 빠지기도 했었네.

자네는 분명 이상하다고 생각할 것이네. 내가 따님을 어떻게 좋아할 여유를 가졌을까 하고 말이야. 따님의 서투른 꽃꽂이를 어떻게 즐거운 마음으로 바라볼 여유를 가졌을까. 서툰 고토 연주를 어떻게 감상할 여유를 가졌을까. 이런 질문을 받으면 나는 그저 모두 사실이니까 사실로서 자네에게 전할 뿐이라고만 대답하겠네. 해석은 자네 머리에 맡기기로 하고 한 마디만 더 추가하지. 나는 돈에 대해서는 인간을 의심하지만 사랑에 대해서는 인간을 의심하고 있지 않았네. 그래서 남이 보면 이상해도, 또 내가 생각해도 모순이라 여겨지더라도 내 마음속에서는 태연하게 양립하고 있었다네.

나는 군인의 미망인을 늘 부인이라고 불렀기 때문에 이제부터 미망인이라고 하지 않고 부인이라고 하겠네. 부인은 나를 조용한 사람, 어른스러운 남자라고 평가했네. 그리고 공부를 열심히 하는 사람이라고 칭찬했지. 그러나 내 불안한 눈빛과 두리번거리는 행동에 대해서는 아무 말도 하지 않았다네. 눈치를 채지 못했는지, 아니면 말하기를 꺼리는 것인지, 어느 쪽인지 판단이 서지 않았지만, 어쨌든 그 부분에 대해서는 거의 신경을 쓰고 있지 않은 듯 보였다네. 그뿐만이 아니라 어떨 때는 나를 누긋한 분이라며 존경하는 듯한 말투를 보이기도 했다네. 그때 솔직한 나는 얼굴을 붉히며 부인의 말을 부정했어. 그러자 부인은 "학생은 스스로 자각을 못 하니까 그렇게 말하는 거예요"라고 진지하게 설명해주었네. 부인은 나 같은 학생을 집에 들일 생각이 없었던 것 같아. 어딘가 관청에서 일하는 사람에게 방을 빌려

줄 생각으로 동네 사람들에게 알선을 부탁했다고 하네. 자신의 집에 들어오는 사람은 봉급이 많지 않아 어쩔 수 없이 여염집에 하숙하는 사람이라고 부인은 선입견을 가지고 있었던 것 같네. 부인은 자신이 상상하던 하숙생과 나를 비교하며 내가 여유가 있다며 칭찬하곤 했지. 절약 생활을 하는 봉급자에 비하면 나는 금전적으로 여유가 있었을지도 모르지만, 그것은 기질의 문제는 아니기 때문에 내 사생활과는 관련이 없는 거나 다름없지. 하지만 부인은 여자인지라 금전적 여유를 내 모든 부분으로 확대 해석한 것 같았네.

13

부인의 이런 태도는 자연스럽게 내 마음에도 영향을 미쳤다네. 얼마 후 나는 전보다 두리번거리지 않게 되었지. 마음이 내가 머무는 곳에 뿌리를 내린 기분이 들었네. 부인을 비롯해 집안사람들이 비뚤어진 내 눈과 의심 많은 내 태도를 처음부터 무시했던 것이 내게 행복을 가져다주었던 것이지. 내 예민했던 신경들은 상대방으로부터 반사되어 되돌아오는 것이 없어서 점점 잦아들었네.

부인은 소양이 있는 사람이어서 일부러 나를 그렇게 대한 게 아닌가 싶네. 아니면 부인이 공언하듯 나를 누긋하고 품위가 있다고 생각하고 있었을지도 모르지. 내가 사소한

것에 얽매이는 것은 머릿속에 한정된 것으로 밖으로 드러
나지 않았기 때문일 수도 있어. 아니면 부인이 내게 속고 있
었던 것일지도 모르지.

내 마음이 안정되자 동시에 나는 점점 하숙집 가족과 가
까워졌네. 부인과도 따님과도 담소를 나누게 되었지. 차를
준비했다며 건넌방으로 부르는 일도 있었고, 또 내가 과자
를 사와서 둘을 내 방으로 초대하는 저녁도 있었네. 나는 갑
자기 교제 범위가 늘어난 듯한 기분이 들었어. 그래서 중요
한 공부 시간을 빼앗기는 일도 몇 번이나 있었지만, 신기하
게도 그 방해가 내게는 전혀 방해처럼 느껴지지 않았다네.
부인은 시간적으로 여유가 있는 사람이었다네. 따님은 학
교도 다니는 데다가 꽃꽂이나 고토를 배우고 있어서 바쁠
줄 알았는데 의외로 여유가 있어 보였어. 우리는 얼굴만 보
면 같이 모여서 세상 돌아가는 이야기를 하며 놀았지.

나를 부르러 오는 사람은 대체로 따님이었네. 따님은 툇
마루를 직각으로 돌아서 내 방 앞에 오기도 하고, 거실을 지
나서 옆방의 장지문 뒤에서 그림자로 모습을 드러내는 경
우도 있었어. 따님은 내 방 앞에 오면 잠시 멈추고 내 이름
을 부르며 "공부?" 하고 물었지. 나는 거의 대부분 어려운
책을 책상 앞에 펼쳐놓고 보고 있었기 때문에 옆에서 보면
공부를 열심히 하는 듯 보였을 거야. 솔직히 말하면 그렇게
열심히 책을 보고 있지는 않았는데. 책에 눈을 두고 있으면

서 따님이 부르러 오기만 기다리고 있었지. 기다려도 안 오면 어쩔 수 없이 내가 일어나 건넌방 앞으로 가서 "공부하십니까?"라고 물었다네.

따님의 방은 거실과 이어진 세 평 남짓 되는 공간이었네. 부인은 거실에 있기도 하고 따님 방에 있기도 했어. 거실과 따님 방은 칸막이가 되어 있어도 없는 것이나 마찬가지여서 모녀는 왔다 갔다 하며 지내고 있었지. 내가 밖에서 말을 걸면 "들어오세요"라는 대답이 들린다네. 분명 부인의 목소리지. 따님은 그곳에 있어도 대답을 한 적이 거의 없었네.

가끔 따님 혼자서 볼일이 있어서 내 방으로 들어온 김에 그대로 앉아서 이야기를 하는 경우도 생겼지. 그럴 때면 내 마음은 묘하게 불안해졌다네. 젊은 여자와 마주 앉아 있어서 불안한 것 같지는 않았네. 나는 왠지 모르게 안절부절못했지. 나 자신을 배신하는 듯한 부자연스러운 태도가 나를 괴롭혔네. 하지만 상대방은 아무렇지도 않았다네. 고토를 연주할 때 목소리조차 제대로 못 내는 그 여자인가 하고 의구심이 들 정도로 전혀 부끄러워하지 않았지. 따님이 내 방에 있는 시간이 너무 길어지면 거실에서 부인이 불렀다네. 그러면 "예" 하고 대답만 할 뿐 좀처럼 일어나려고 하지 않았네. 따님은 결코 어린애가 아니었어. 내 눈에는 그것이 보였다네. 잘 알 수 있도록 일부러 행동하는 흔적조차 분명했지.

<h1 style="text-align:center">14</h1>

나는 따님이 나가면 큰 숨을 토하곤 했네. 그와 동시에 부족한 듯, 또 미안한 듯한 그런 기분이 들었네. 나는 여성스러웠을지도 모르네. 요즘 청년인 자네 입장에서 보면 더욱 그럴지도 모르겠군. 그러나 그즈음의 젊은이들은 대체로 그랬다네.

부인은 거의 외출하지 않았네. 가끔 집을 비울 때라도 따님과 나 둘만 놔두고 나가는 일은 거의 없었지. 그것이 우연인지 고의인지 나는 모르겠네. 내가 말하기는 뭣하지만 부인의 행동을 잘 관찰해보면 왠지 나와 딸을 붙여주고 싶어 하는 듯했어. 그러나 어떨 때는 나를 경계하기도 했지. 그래서 처음에는 기분이 좋지 않았다네.

나는 부인이 어느 쪽인지 태도를 확실히 정해줬으면 했지. 생각하면 그것은 틀림없이 모순이었으니까. 그러나 숙부에게 사기당한 기억이 여전히 남아 있던 나는 한 걸음 더 나아가 의심을 품지 않을 수 없었다네. 나는 부인의 태도 중 어느 쪽이 진심이고, 어느 쪽이 거짓인지 따져보았네. 하지만 판단이 서지 않았어. 혼란스럽기만 할 뿐, 왜 그렇게 묘한 행동을 하는지 의미를 알 수 없었지. 이유를 끄집어내려고 해도 끄집어낼 수 없었던 나는 그 죄를 여자라는 두 글자에 전가하고 견딘 적도 있었지. 그래 여자니까 저렇다, 여자라 어차피 어리석은 존재다, 생각이 부딪히면 언제든지 이런 결론에 도달하곤 했다네.

그 정도로 여자를 업신여기고 있던 내가 따님만은 도저히 업신여길 수 없었네. 내 논리는 그 사람 앞에서는 무용지물이었지. 나는 그 사람에 대해 거의 신앙에 가까운 사랑을 품고 있었다네. 내가 종교에서만 사용하는 이 말을 젊은 여자에게 응용하는 것을 보고 자네는 이상하다고 생각할지도 모르겠지만 나는 지금도 확실히 믿고 있다네. 진정한 사랑은 종교에 대한 신앙심과 그리 다르지 않다는 것을. 나는 따님의 얼굴을 볼 때마다 나 자신이 아름다워지는 기분이 들었네. 따님에 대해서 생각하면 고상한 기분이 금방이라도 내게 옮겨올 것 같은 생각이 들었지. 만약 사랑이라는 불가사의한 것에 양 끝이 있고, 그 높은 끝에는 신성함이 움직이고 낮은 끝에는 성욕이 움직이고 있다면 내 사랑은 분명 그 높은 끝에 있었을 것이네. 나는 물론 인간으로서 육체를 떠날 수 없는 몸이지. 하지만 따님을 보는 내 눈과 따님을 생각하는 내 마음은 전혀 육체의 냄새를 띠고 있지 않았네.

나는 어머니에 대해서는 반감을 가지면서 그 자식에 대해서는 연애의 감정이 점점 짙어져갔기 때문에 우리의 관계는 하숙을 시작했을 때보다 더욱 복잡해졌다네. 그 변화는 내면의 것으로 밖으로는 거의 드러나지 않았지만. 그러던 중 나는 어떤 기회에 지금까지 부인을 오해하고 있었던 건 아닐까 하는 생각이 불현듯 들었네. 부인의 나에 대한 모순된 태도가 어느 쪽도 거짓이 아닐 수 있다는 생각을 다시 하게 된 것이지. 두 생각이 서로 다르게 부인의 마음을 지배하고 있는 게 아니라 늘 동시에 부인의 마음속에 존재하고 있다고 생각하게 되었다네. 부인은 따님을 나와 친하게 만들려고 하면서 동시에 나에 대한 경계도 늦추지 않고 있다는 것은 모순된 것 같지만, 경계를 할 때도 그 다른 쪽의 자세를 잊지도 번복하지도 않고, 여전히 둘의 거리를 가깝게 만들고 싶어하고 있다고 관찰한 결과 깨달은 것이지. 그러나 자신이 인정하는 것보다 두 사람이 더 밀착되는 것은 싫다고 해석한 거야. 따님에 대해서 육체적으로 가까워지고 싶은 마음은 조금도 싹틀 징조를 보이지 않았던 나는 당시에는 쓸데없는 걱정이라고 생각했네. 그러나 그후 부인을 나쁘게 생각하는 마음은 사라졌다네.

15

나는 부인의 태도를 다각도로 종합해본 결과, 내가 이 집에서 충분히 신뢰받고 있다는 점을 확인할 수 있었다네. 게다가 그 신뢰가 첫 대면 때부터 싹트고 있었다는 증거도 발견되었네. 타인을 의심하기 시작한 내 가슴에서 이러한 발견은 기이할 정도로 크게 다가왔지. 그런 걸 보면 남자에 비해 여

자가 훨씬 직감이 뛰어나 듯싶네. 동시에 여자가 남자에게
속는 이유도 이 때문이 아닌가 생각도 들었지. 부인을 그렇
게 관찰하던 내가 따님에 대해서 그 직감을 강하게 작동시키
고 있었으니 지금 생각하면 참 우스운 일이지. 나는 남을 믿
지 않겠다고 맹세했지만 따님을 굳게 믿고 있었으니까. 그러
면서도 나를 믿고 있는 부인을 이상하게 여겼으니까.

나는 고향에 대해서는 별로 말하지 않았다네. 특히 그 사
건에 대해서는 아무 말도 하지 않았네. 나는 그 일을 떠올
리는 것만으로 불쾌한 기분에 사로잡혔거든. 그래서 가능
한 부인의 이야기만 들으려고 했지. 그런데 그렇게 해서는
상대방이 납득하지 못하더군. 무슨 이유를 들어서든 내 고
향에 대해 알고 싶어했다네. 나는 결국 다 얘기해버리고 말
았네. 두 번 다시 고향에 돌아가지 않는다, 돌아가도 아무것
도 없다, 있는 것은 단지 아버지와 어머니의 묘뿐이라고 말
했을 때 부인은 무척 감동하는 듯했어. 따님은 울었지. 나는
이야기하길 잘했다는 생각이 들더군. 나는 기뻤네.

나에 관해 모든 것을 들은 부인은 자신의 직감이 적중했
다는 표정을 지었다네. 그러고는 나를 자신의 친척 청년처
럼 대해주더군. 나는 싫지 않았네. 오히려 유쾌하게 느껴질
정도였지. 그런데 또다시 내 의심병이 도진 거야.

내가 부인을 의심하기 시작한 것은 아주 사사로운 일 때
문이었네. 사사로운 일이 거듭되다 보니 의심이 뿌리를 내

리기 시작했다네. 나는 어떤 계기로 부인이 숙부와 마찬가
지로 따님을 내게 접근시키려고 애쓰는 게 아닌가 하는 생
각이 들기 시작했다네. 그러자 지금까지 친절해 보이던 사
람이 갑자기 교활한 책략가로 내 눈에 비치기 시작하더군.
나는 괴로워서 입술을 깨물었지.

　부인은 처음에는 식구가 없어서 외롭기 때문에 하숙생을
둔다고 공언했네. 나도 그것이 거짓이라고 생각하지 않았
어. 친해진 후 이런저런 이야기를 들은 후에도 내 생각은 변
함이 없었네. 그러나 경제 상황이 일반적으로 봤을 때 넉넉
하다고 할 정도는 아니었다네. 이해관계를 따져보면 나와
특별한 관계를 맺는 것이 그들에게도 결코 손해 보는 일은
아니었겠지.

　나는 또다시 경계하기 시작했네. 하지만 앞에서 말했듯
따님에게 강한 애정을 느끼고 있는 내가 그 어머니에 대해
서는 경계를 한다니 뭐가 되겠는가. 나는 나 자신을 비웃었
네. 바보라며 나 자신을 욕한 적도 있어. 그러나 모순이 그것
뿐이라면 바보라도 나는 별 고통을 느끼지 않고 지냈을 것
이네. 내 번민은 부인과 마찬가지로 따님도 책략가가 아닐
까 하는 의구심이 고개를 들면서 시작되었네. 두 사람이 내
등 뒤에서 모의를 한 뒤 행동하고 있지 않을까 하는 생각에
미치자 나는 갑자기 숨이 막히며 참을 수 없게 되었지. 불쾌
감이 아니었네. 절체절명의 막다른 골목에 갇힌 심정이었

지. 그러면서도 또 한편으로 따님을 굳게 믿고 의심하지 않았다네. 나는 신념과 혼돈의 사이에 서서 꼼짝도 할 수가 없었지. 내게는 모든 것이 허구였고, 또 모든 것이 진실이었네.

16

나는 변함없이 학교에 다니고 있었네. 그러나 교단에 선 교수의 강의가 저 멀리서 들려오는 기분이었어. 공부도 마찬가지였지. 눈에 들어오는 활자는 마음 깊이 들어오기도 전에 연기처럼 사라져갔지. 게다가 말수도 줄어들었네. 그것을 두세 명의 친구들이 오해해서 내가 명상에라도 잠겨 있다는 식으로 다른 친구들에게 떠들어댔다네. 나는 그 오해를 풀려고 노력하지 않았네. 내가 편할 수 있도록 친구들이 가면을 씌워줘서 도리어 고맙더군. 그런데 그것만으로는 부족했나 보네. 발작적으로 소란을 떨어 친구들을 놀라게 한 적도 있었으니까.

하숙집에는 찾아오는 사람이 별로 없었네. 친척들도 많지 않아 보였고. 따님의 학교 친구들이 가끔 놀러오곤 했지만 아주 작은 목소리로 얘기해서 있는지 없는지 모를 정도였다네. 그것이 나에 대한 배려인 줄 전혀 알아채지 못했네. 내 방에 찾아오는 사람은 난폭한 자도 없었지만 하숙집 사람들을 어려워할 남자도 없었으니까. 그래서 하숙생인 내가 주인이고, 주인인 따님이 객식구 같았지.

　이것은 단지 떠오른 일을 적었을 뿐 별로 중요한 일이 아니네. 그런데 간과할 수 없는 일이 벌어졌다네. 거실인지 따님 방인지 구분이 안 되지만 그쪽에서 어느 날 남자 목소리가 들렸네. 그 목소리는 내 손님과 달리 상당히 저음이었네. 그래서 무슨 말인지 전혀 알아들을 수가 없었지. 내용을 모를수록 나는 더욱 안달이 났다네. 가만히 앉아 있는데 이상하게 짜증이 밀려오기 시작하더군. 저 남자는 친척일까, 아니면 그냥 아는 사람일까 하고 일단 생각해보았지. 젊은 남자일까, 아니면 나이든 사람일까 하고 고민도 해봤네. 앉아서 그런 것을 알 턱이 없지. 그렇다고 일어서서 그 방으로 가서 방문을 열어볼 수도 없으니 내 신경은 떨리는 정도가 아니라 크게 파동 치며 나를 괴롭혔다네. 나는 손님이 돌아가자마자 잊지 않고 그 사람의 이름을 물어보았네. 따님과 부인의 대답은 너무나 간단했네. 나는 불만족스러운 표정을 지으며 만족할 때까지 그 둘을 추궁할 용기도 없었어. 물론 그럴 권리도 없었지. 나는 품격을 중시해야 한다는 교육을 받은 덕분에 얻은 자존심과 그 자존심을 배신하려는 탐욕을 동시에 드러냈지. 그들은 웃었네. 그 웃음이 조소의 의미가 아니라 호의에서 온 것인지, 호의 비슷한 것을 보여줄 생각인지 나는 분석할 여유를 찾을 수 없을 정도로 침착함을 잃고 있었네. 그 일이 있은 후 바보 취급을 당했다, 아니다를 몇 번이나 마음속으로 되뇌며 언제까지고 얽매여 있었다네.

　나는 자유로운 몸이었네. 학교를 도중에 그만두든, 또 어디로 가서 뭘 하든, 혹은 어디의 누구와 결혼하든 누구와도 상의할 필요가 없었지. 나는 큰맘 먹고 부인에게 따님을 달라고 말하자고 몇 번이나 결심하곤 했다네. 하지만 매번 주저하다가 입 밖에 내지 못했다네. 거절당할까봐 두려워서가 아니었네. 만약 거절당한다면 내 운명이 어떻게 변할지 모르지만 그 대신 지금까지와는 다른 방향에서 새로운 세상을 바라볼 수도 있어서 그 정도 용기는 내려면 낼 수 있었다네. 그러나 나는 꾐에 빠지는 게 싫었네. 남의 손에 놀아나는 것이 제일 부아가 치미는 일이었지. 숙부에게 당했던 나는 앞으로 무슨 일이 있어도 절대로 남에게 휘둘리지 않겠다고 다짐을 했기 때문이지.

17

내가 책만 사는 걸 보고 부인은 옷도 좀 사라고 했네. 사실 나는 시골에서 만든 무명옷만 입었네. 그 당시 학생들은 실크가 들어간 옷을 입지 않았다네. 내 친구 중에 집안이 요코하마에서 장사를 하고 있어서 꽤 잘사는 이가 있었는데, 어느 날 그 친구에게 윤이 나는 얇고 매끄러운 순백색의 비단으로 만든 방한용 속옷이 배달된 적이 있었네. 그걸 보고 다들 웃었다네. 그 친구는 부끄러워하며 이런저런 변명을 늘어놓더니 집에서 생각해서 보낸 방한용 속옷을 고리짝 바닥에 처박아 두고 입지 않았지. 그런데 친구들이 우르르 몰려와 그 속옷을 친구에게 일부러 입혔다네. 운 나쁘게 그 옷에는 이가 있었어. 그런데 친구는 아주 운이 좋다고 생각했나 보네. 구설수에 올라와 있는 속옷을 둘둘 말아서 산책 나갔을 때 네즈의 큰 하수구에 버렸다네. 그때 함께 산책을 하던 나는 다리 위에 서서 웃으며 친구의 행동을 보고 있었지만 조금도 아깝다는 생각이 들지 않았네.

그즈음에 비하면 나도 꽤 어른이 되어 있었지. 하지만 스스로 여분의 옷을 장만할 정도의 분별은 없었다네. 졸업해서 수염을 기르는 시기가 오면 옷에 신경 쓸지도 모르겠다는 근거 없는 예상만 하고 있었지. 그래서 부인에게 책은 필요하지만 옷은 필요 없다고 말했네. 부인은 내가 사는 책이 얼마나 되는지 알고 있었다네. 구입한 책을 다 읽느냐고 내게 물었지. 내가 산 책 중에는 사전도 있지만, 꼭 읽어야 하면서도 아직 포장도 뜯지 않는 책도 꽤 있었기 때문에 나는 대답이 궁했다네. 어차피 필요 없는 것을 산다면 책이든 옷이든 마찬가지라는 사실을 깨달았지. 그리고 여러모로 신세를 지고 있다는 구실로 따님 마음에 드는 오비라든지 옷감을 사주고 싶었네. 그래서 부인에게 부탁했지.

부인은 혼자서는 가지 않겠다고 했네. 내게도 같이 가자고 명령 비슷하게 말하더군. 따님도 가야 한다는 거였어. 지금과 다른 분위기 속에서 성장한 나는 학생 신분으로 젊은 여자와 같이 걷거나 한 적이 없었다네. 그즈음의 나는 지금보다도 훨씬 관습의 노예였기 때문에 다소 주저했지만 용기를 내서 따라갔네.

따님은 무척 멋을 부렸지. 본래 피부가 하얗기도 했지만 흰색 분을 많이 발라서 더 눈에 띄었다네. 길 가는 사람들이 흘깃흘깃 쳐다보았지. 따님을 본 사람은 그 시선을 돌려 내 얼굴을 봤기 때문에 이상한 기분이 들었다네.

우리는 니혼바시로 가서 물건을 샀네. 사는 동안에도 이렇게 저렇게 마음이 변해서 생각보다 시간이 많이 걸렸지. 부인은 일부러 날 불러서 어떠냐고 의견을 물었네. 가끔 옷감을 따님 어깨에서 가슴으로 대보고 내게 두세 걸음 떨어져서 봐달라고 하더군. 나는 그때마다 그것은 별로입니다, 그것은 잘 어울립니다, 하고 어쨌든 내 몫을 했네.

그러느라 시간이 많이 걸려서 돌아올 때는 벌써 저녁 시간이 되어 있었다네. 부인은 내게 감사의 인사로 식사를 대접한다며 기하라다나라고 만담 등을 즐길 수 있는 공연장이 있는 골목으로 나를 데리고 갔다네. 골목도 좁았지만 밥 먹을 집도 좁더군. 그 부근의 지리를 전혀 몰랐던 나는 부인의 지식에 놀랐다네.

우리는 어두워져서 집에 돌아왔네. 그다음 날이 일요일

이었기 때문에 나는 하루 종일 방에 틀어박혀 있었지. 월요일이 되어 학교에 갔더니 아침 댓바람부터 나는 한 친구에게 놀림을 당했다네. 친구는 언제 아내를 맞이했느냐며 장난스럽게 물었지. 그리고 내 아내가 상당히 미인이라고 칭찬했네. 니혼바시로 외출한 우리 세 사람을 그 친구가 본 것 같았어. 나는 들켰구나 하는 생각이 들었지.

<h1 style="text-align:center">18</h1>

나는 하숙집으로 돌아와 부인과 따님에게 그 이야기를 했네. 부인은 웃더군. 그러나 폐를 끼쳤다고 말하며 내 얼굴을 쳐다봤지. 그때 나는 속으로 여자는 이런 식으로 남자의 마음을 떠보는 건가 하는 생각이 들었네. 부인의 눈빛은 내가 그런 생각을 하기에 충분했다네. 나는 그때 내 생각을 있는 그대로 다 밝혔더라면 좋았을지도 모르네. 그러나 내게는 이미 의심이라는 개운치 않은 응어리가 마음속에 들러붙어 있었다네. 나는 터놓고 얘기하려다가 문득 그만두었네. 그리고 화제를 일부러 약간 바꿨지.

　나는 정작 중요한 자신은 빼고 얘기했네. 그리고 따님의 결혼에 대해서 부인의 의중을 살폈지. 부인은 두세 번 그런 얘기가 있었다고 말하더군. 그러나 아직 학교를 다니고 있고, 나이도 어려서 그렇게 급하지 않다고 말했다네. 말은 하지 않았지만 부인은 따님의 용모를 꽤 중요하게 여기고 있는 듯 보였네. 정하려고만 들면 언제든지 정할 수 있다는 말도 했지. 그리고 따님 외에는 자식이 없어서 쉽게 보낼 수 없다고도 했다네. 시집을 보낼까, 데릴사위를 들일까 그것을 고민하고 있는 게 아닐까 하는 생각이 엿보였네.

이야기를 하면서 나는 다양한 정보를 부인에게 얻을 수 있었네. 하지만 동시에 나는 말할 기회를 잃어버리는 결과를 초래하고 말았다네. 나 자신에 대해서는 단 한 마디도 못했다네. 나는 적당한 기회를 봐서 이야기를 끊고 방으로 돌아가려고 했지.

조금 전까지 옆에서 별로다 어떻다 하며 웃고 있던 따님은 어느새 방 반대쪽으로 가서 등을 돌리고 앉아 있었네. 일어서면서 뒤돌아보았을 때 따님의 뒷모습을 보았지. 뒷모습만으로 인간의 마음을 읽을 수가 있겠나. 따님이 이 문제에 대해서 어떻게 생각하고 있는지 나는 짐작도 할 수 없었다네. 따님은 옷장 앞에 앉아 있었네. 그 옷장의 한 30센티미터 정도 벌어진 틈을 통해 따님은 뭔가를 꺼내서 무릎 위에 올려놓고 보고 있는 듯했어. 그 틈 사이에서 그저께 밤에 산 옷감이 보였다네. 내 옷이 따님의 옷과 함께 같은 옷장에 겹쳐져 놓여 있었네.

내가 아무 말도 하지 않고 자리를 뜨려고 하자 부인이 갑자기 정색을 하며 내게 어떻게 생각하느냐고 물었네. "무엇을 말입니까?" 하고 반문하지 않으면 의미를 알 수 없을 정도로 뜬금없는 물음이었다네. 따님을 빨리 시집보내는 편이 좋으냐는 의미로 판단하고 나는 가능한 천천히 보내는 게 좋지 않겠냐고 대답했네. 부인은 자신도 그렇게 생각한다고 말하더군.

부인과 따님과 나 사이에 한 명의 남자가 끼어드는 일이 벌어졌네. 그 남자가 이 집의 일원이 된 결과는 내 운명에 엄청난 변화를 가져왔네. 만약 그 남자가 내 삶의 길을 가로막지 않았다면 아마 내가 이렇게 긴 편지를 자네에게 남길 필요도 없었을 것이네. 지나가는 악마 앞에 어이없이 서 있는 바람에 그 순간의 그림자가 내 인생을 어둡게 만들었다는 것을 알아차리지 못한 것이나 마찬가지지. 이렇게 자네에게 고백하는 나 자신이 그 남자를 집으로 끌어들였네. 물론 부인의 허락이 필요했기 때문에 나는 모든 것을 숨김없이 부인에게 얘기한 후 부탁했지. 부인은 그만두라고 했네. 그를 데리고 와야 할 사정이 내게는 충분했지만 그만두라는 부인에게는 명확한 이유가 없었다네. 그래서 나는 내가 원하는 쪽으로 강행해버리고 말았다네.

19

여기서는 그 친구를 K라고 하겠네. K와 나는 어릴 때부터 친했다네. 어릴 때부터라고 하면 굳이 말하지 않아두 알겠지? 우리는 고향이 같네. K는 불교 종파인 정토진종 승려의 아들이었네. 하지만 장남은 아니고 차남이었네. 그래서 모 의사 집에 양자로 보내졌지. 내가 태어난 지방은 혼간지파* 세력이 강한 곳이어서 정토진종의 승려는 다른 곳에 비해 물질적으로 풍요로웠네. 예를 들어 승려에게 딸이 있고, 그 딸이 혼기가 차면 단가**의 사람과 의논해서 어딘가 적당한 혼처를 찾아 결혼을 시켰다네. 물론 비용은 승려가 부담하지 않았지. 그런 이유로 정토진종의 절은 늘 유복했다네.

K가 태어난 집안도 꽤 넉넉했네. 그러나 차남을 도쿄로 유학 보낼 수 있을 정도로 여력이 있었는지 어떤지는 모르겠네. 또 공부를 시키기 위해서 양자로 보냈는지 어떤지도 나는 모르지. 어쨌든 K는 의사 집안에 양자로 갔다네. 우리가 아직 중학생일 때의 일이었지. 나는 학교에서 선생님이 이름을 부를 때 K의 성이 달라져서 놀랐던 것을 지금도 기억하고 있다네.

K가 양자로 간 집은 꽤 부자였네. K는 그 집에서 학비를 원조 받아 도쿄로 왔지. 나와 같은 시기에 도쿄로 오지는 않았지만 도쿄에 와서는 바로 같은 하숙집에 들어갔지. 당시

---

*　정토진종의 열 개 종파 중 하나이다.

**　檀家, 절을 원조하는 집안.

에는 방 하나에 둘 또는 셋이 책상을 나란히 두고 생활하기도 했다네. K와 나도 둘이서 같은 방을 썼다네. 아마도 산에서 생포당한 동물이 우리에 갇혀 서로 부둥켜안고서 밖을 노려보는 것 같았을 것이네. 우리는 도쿄와 도쿄 사람들을 두려워했어. 그래서 세 평 남짓한 방에서 세상에 대해 위세를 떠는 말을 하곤 했지.

그러나 우리는 진지했네. 우리는 진심으로 훌륭한 사람이 될 생각이었어. 특히 K는 그런 생각이 강했다네. 절에서 태어난 그는 늘 정진이라는 말을 사용했다네. 그의 모든 행동은 이 정진이라는 한마디로 형용되는 것처럼 보였다네. 나는 마음속으로 늘 K를 경외하고 있었네.

K는 중학교 때부터 종교라든지 철학이라든지 하는 어려운 문제로 나를 곤란하게 만들곤 했네. 그의 친아버지에게 감화되어서인지, 아니면 태어난 곳, 즉 절이라는 일종의 특별한 공간을 둘러싼 분위기의 영향인지는 잘 모르겠네. 어찌됐든 간에 그는 보통 승려보다 훨씬 승려 같은 성격이었다네. K가 양자로 간 집에서는 그를 의사로 만들기 위해 도쿄로 보낸 것이었네. 그런데 완고한 그는 의사가 되지 않겠다는 결심을 하고 도쿄로 온 것이었네. 나는 그에게 양부모를 속이는 일이라고 힐책했지. 대담한 그는 그렇다고 대답하더군. '길'을 가기 위해서라면 그 정도 일은 신경 쓰지 않는다고 말했어. 당시 그가 사용한 '길'이라는 단어의 의미

를 아마 그 자신조차 잘 몰랐을 거야. 물론 나도 알았다고는 할 수 없고. 그러나 이 막연한 단어가 고귀한 여운을 남기며 어린 우리의 가슴에 자욱하게 퍼졌다네. 잘 모른다고 해도 고귀한 기분에 지배당해 그쪽으로 향해 가려는 패기에 비루한 점이라고는 단 한 점도 찾아볼 수 없었지. 나는 K의 의견에 찬성했네. 내 동의가 K에게 얼마나 힘이 되었는지 나는 모르겠네. 외골수인 그는 내가 반대했더라도 자신이 생각한 대로 갔을 게 틀림없을 것이네. 만일의 경우 찬성하며 동의한 내게 다소 책임이 돌아올 수 있다는 것 정도는 어리지만 나도 잘 알고 있었다네. 설사 그런 각오가 없었다고 하더라도 성인의 눈으로 과거를 되돌아볼 필요가 생겼을 때 내게도 응분의 책임은 지는 것이 지당하다고 할 수 있을 정도의 말투로 나는 찬성한 거였네.

20

K와 나는 같은 과에 입학했네. K는 태연한 얼굴로 양부모가 보내오는 돈으로 자신이 원하는 길을 걷기 시작했네. 알지 못할 거라는 낙관과 알았다 해도 상관없다는 배짱, 이 두 마음이 K에게 공존하고 있었다고 보는 것 외에 달리 해석할 방법이 없었네. K는 나보다도 더 태연했네.

첫 여름방학 때 K는 고향으로 돌아가지 않았네. 고마고

메에 있는 절에 방 하나를 빌려 공부한다고 말했네. 내가 고향에서 돌아온 것은 9월 초순이었는데, 그때까지도 그는 대관음상* 옆의 누추한 절에 틀어박혀 있었네. 그의 방은 본당 바로 옆에 딸린 작은 방이었네. 그는 그곳에서 원하는 만큼 공부할 수 있었다며 좋아했지. 그의 생활은 점점 승려를 닮아갔다네. 손목에는 염주를 차고 있었지. 내가 무엇을 위한 것이냐고 물었더니 그는 엄지손가락으로 하나 둘 세는 동작을 해보였네. 그는 이렇게 매일 몇 번이고 염주 알을 세는 것 같았어. 하지만 그 의미를 나는 이해하지 못했지. 동그란 알이 꿰어져 있는 염주는 아무리 세도 끝이 없었으니까. K는 어떤 곳에서 어떤 기분으로 염주 알을 굴리는 손을 멈췄을까. 재미없지만 나는 그런 생각을 자주 했다네.

그의 방에서 성서를 보았네. 그때까지 불경은 가끔 입에 올리곤 했지만 기독교에 대해서는 물은 적도 대답한 적도 없었기 때문에 약간 놀랐다네. 그래서 그 이유를 묻지 않고서는 배길 수가 없었지. K는 이유는 없다고 했어. 사람들이 감사하게 여기는 책이라면 읽어보는 게 당연하다고 하더군. 기회가 되면 『코란』도 읽어보고 싶다고 말했다네. 그는 마호메트와 검이라는 말에 꽤 흥미를 가지고 있는 듯했네.

* 고마고메에 있는 정토종 사원 고겐지(光源寺)를 말한다. 관음당에 있는 커다란 대관음상이 유명하다.

이 년째 되는 여름, 그는 고향에서 재촉을 받고서야 결국 내려갔다네. 내려가서도 전공에 대해서는 별 말을 안 한 듯했네. 집에서도 눈치채지 못한 듯싶었고. 자네는 학교 교육을 받은 사람이라서 잘 알겠지만 세상 사람들은 학교생활이나 교칙에 대해서 우리가 놀랄 정도로 잘 모른다네. 우리에게는 아무것도 아닌 일이 외부에는 전혀 알려져 있지 않지. 우리는 학교에만 있어서 학교에 관한 자세한 내용을 세상 사람들도 알 거라고 착각한다네. K는 나보다 세상에 대해 잘 알고 있었나 보네. 아무렇지도 않은 얼굴을 하고 도쿄로 돌아왔더군. 고향을 떠날 때는 나도 같이 있었기 때문에 기차에 타자마자 바로 어땠냐고 물었더니 K는 아무 일도 없었다고 대답했다네.

세 번째 여름은 내가 부모님의 묘가가 있는 땅을 영원히 뜨겠다고 결심한 해였다네. 나는 그때 K에게 고향에 가자고 했지만 K는 내 말을 듣지 않았네. 그러고는 매년 집에 가서 뭐하냐고 하더군. 그는 도쿄에 남아서 공부할 생각이었네. 나는 어쩔 수 없이 혼자 고향으로 내려갔지. 내가 고향에 있었던 2개월 동안 내 운명이 얼마나 파란만장했는지는 앞에서 언급했기 때문에 더 이상 말하지 않겠네. 나는 불평과 우울과 고독한 외로움을 가슴에 품고 9월이 되어 K를 만났지. 그런데 그의 운명도 나와 마찬가지로 변해 있었다네. 내가 모르는 사이에 양부모 집으로 편지를 보내 자신이 그

동안 양부모를 속이고 있었다고 고백했던 모양이야. 그는
처음부터 그럴 각오였던 것 같았네. 이제 와서 어쩔 수 없으
니 네가 원하는 것을 하는 것 말고는 방법이 없다는 말을 하
게 만들 생각이었을까? 어쨌든 대학에 들어가서까지 양부
모를 속일 생각은 없었던 모양이네. 아니면 속인다고 해도
오래 갈 수 없다는 것을 깨달았을지도 모르지.

21

K의 편지를 받은 양부는 불같이 화를 냈다네. 부모를 속이
는 불효자에게 학비를 보낼 수 없다는 혹독한 답장이 바로
왔지. K는 그 편지를 내게 보여주더군. K는 친부모에게서 온
편지도 잇따라 내게 보여주었네. 거기에도 양부의 편지에
필적할 만큼 심한 질책의 말들이 나열되어 있었지. 양부모
집에 대해 송구한 마음이 든다, 자신들은 전혀 상관하지 않
겠다고 적혀 있었다네. K가 이 일로 파양이 되든, 아니면 타
협의 길을 찾아 그대로 있을 건지는 이제부터 일어날 문제
로 두고, 당장 해결해야 하는 것은 매달 필요한 학비였네.
  나는 그 문제에 대해서 K에게 무슨 생각이 있냐고 물었
지. K는 야학교 교사라도 할 생각이라고 말했네. 당시는 지
금에 비해 의외로 세상이 평화로웠기 때문에 자네가 생각
하는 만큼 일자리가 없었던 것은 아니었거든. K가 충분히

잘 해나갈 수 있을 거라고 나는 생각했네. 그러나 내게도 책임은 있었지. K가 양부모의 희망을 저버리고 자신이 가고 싶은 길을 가려고 했을 때 나도 찬성했기 때문이지. 나는 남 일처럼 팔짱만 끼고 있을 수는 없었다네. 그래서 나는 그 자리에서 물질적인 지원에 대한 말을 꺼냈지. 그러자 K는 단칼에 거절하더군. 그의 성격상 자립하는 편이 친구에게 지원을 받는 편보다 훨씬 낫다고 생각했을 것이네. 그는 대학에 들어간 이상 내 한몫 건사하지 못한다면 남자가 아니라고 생각하고 있었네. 나는 내 책임을 완수하기 위해 K의 감정에 상처 내는 일은 결코 할 수 없었지. 그가 하고자 하는 대로 내버려두고 나는 손을 뗐다네.

K는 곧 일자리를 찾기 시작했네. 그러나 공부하느라 일 분도 아까워하는 그에게 일이 얼마나 힘든지는 쉽게 상상할 수 있었지. 그는 지금까지와 마찬가지로 공부도 허투루 하지 않으면서 새로운 짐을 짊어지고 열심히 매진했다네. 나는 그의 건강이 걱정되었지. 그러나 고집이 센 그는 그저 미소만 지을 뿐 내 충고를 조금도 듣지 않았다네.

동시에 그와 양부모의 관계는 점점 복잡해졌지. 시간적 여유가 없어진 그는 전처럼 나와 이야기를 나눌 기회조차 없어서 나는 그 전말을 자세히 듣지 못했지만 점점 해결하기 곤란해져가고 있다는 사실만은 알고 있었다네. 제삼자가 중간에 들어가서 조정을 하고 있다는 사실도 알고 있었고. 그 사람은 편지로 K에게 고향으로 내려오라고 재촉했지만 K는 도저히 안 된다며 응하고 있지 않았네. K는 학기 중이라 돌아갈 수 없다고 말했지만 양부모 입장에서 보면 고집으로 보일 뿐이었겠지. 그것이 사태를 점점 험악하게 만들고 있는 듯 보였네. 그는 양부모의 감정을 상하게 했고, 동시에 친부모의 분노도 사버렸지. 나는 걱정이 되어 양쪽을 진정시키기 위해 편지를 썼지만 전혀 효과가 없었네. 내 편지는 단 한 마디의 답장도 받지 못하고 묻히고 말았지. 나도 화가 나더군. 그때까지 형편상 K를 동정했던 나는 그후로는 이치에 맞든 안 맞든 K의 편에 서기로 했다네.

결국 K는 파양되었네. 양부모가 지금까지 보낸 학비는 친부모가 갚기로 했지. 친부모도 더 이상 상관하지 않을 테니 앞으로는 알아서 살라고 했다더군. 말하자면 의절한 셈이지. 어쩌면 그 정도로 심각한 것이 아니었을지도 모르지만 K 본인은 그렇게 이해하고 있었네. K는 어머니가 안 계셨네. 그래서 성격의 일부분은 분명 양어머니의 영향을 받았겠지. 만약 친어머니가 살아 계셨더라면 그와 친부모의 관계가 이 정도까지 멀어지지 않고 해결됐을지도 모르지. 그의 아버지는 승려였기에 의리를 중요하게 여기는 점은 오히려 무사를 닮지 않았나 싶네.

22

K의 사건이 일단락된 후 나는 그의 매형에게 긴 편지를 받았다네. K가 양자로 간 집안은 매형의 친척이어서 입양을 할 때도 파양을 할 때도 매형의 의견이 중시되었다고 K가 내게 말한 적이 있었네.

편지에는 그후 K가 어떻게 지내는지 알려달라고 적혀 있었네. 누나가 걱정하고 있어서 가능한 빨리 답장을 받고 싶다는 부탁도 있었네. K는 절을 물려받은 형보다도 다른 집으로 시집간 누나를 좋아했지. 삼남매는 같은 어머니에게서 태어났지만 누나와 K는 꽤 나이 차이가 있어서 K가 어릴 때는 양어머니보다도 누나가 더 엄마처럼 보였다네.

나는 K에게 편지를 보여주었네. K는 처음에는 아무 말도 하지 않았지만 자기도 똑같은 내용의 편지를 두세 번 받았다고 털어놓더군. K는 그때마다 걱정하지 말라고 답장을 보냈다고 하네. 안타깝게도 누나는 경제적으로 여유가 없는 집에 시집을 갔기 때문에 아무리 K가 가여워도 물질적으로 동생을 도와줄 수 없었던 모양이야.

나는 K가 보낸 답장과 같은 내용으로 매형에게 답장을 보냈네. 만일의 경우에는 내가 어떻게 할 테니까 안심하라는 말도 보탰지. 그건 물론 나 혼자만의 생각이었네. K를 걱정하는 누나를 안심시키기 위한 호의도 있었지만, 나를 경멸하는 듯한 태도를 보인 그의 친부모와 양부모에 대한 오기도 있었다네.

K가 파양된 것은 대학 1학년 때였네. 그리고 2학년 중반이 될 때까지 약 일 년 반 동안 그는 혼자서 자립적인 생활을 했다네. 과도한 노동이 그의 건강과 정신에 점차적으로 영향을 끼치는 듯 보였네. 물론 파양 여부로 시끄러웠던 상황도 한몫 했을 테지. 그는 점점 감상적으로 변해갔네. 가끔 세상 속 불행 전부를 혼자 짊어지고 서 있는 것 같다는 말도 했네. 아니라고 하면 불같이 화를 냈지. 자신의 미래에 놓여 있던 광명이 점점 눈에서 멀어지는 것 같아서 짜증스러워진 것 같았네. 학문을 시작할 때는 누구나 원대한 포부를 가지고 새로운 여행을 떠나는 것이 일반적이지. 하지만 과반수는 일 년이 지나 이 년째에 접어들고 졸업이 다가오면 갑자기 발걸음이 둔해지는 것을 깨닫고 실망한다네. K도 마찬가지였지만 그의 초조함은 다른 사람들보다 훨씬 심했다네. 나는 그의 마음을 진정시키는 것이 가장 중요하다고 생각했네.

나는 그에게 쓸데없는 일은 그만두라고 했네. 그리고 당분간 편히 쉬는 게 장래를 위해 좋다고 충고했지. 워낙 고집이 센 K라서 쉽사리 내 말을 듣지 않을 거라는 건 예상하고 있었지만, 막상 말을 꺼내고 보니 생각보다 설득하기가 어려웠네. K는 단지 학문이 자신의 목적이 아니라고 주장했

네, 의지력을 키워 강한 사람이 될 거라고 하더군. 그러려면
가능한 힘든 상황에 처해 있어야 한다고도 했네. 보통 사람
입장에서 보면 미친 짓으로 보였을 것이네. 게다가 어려운
상황에 처해 있는 그의 의지는 조금도 강해져 있지 않았다
네. 오히려 신경쇠약에 걸려 있었지. 나는 어쩔 수 없이 그
에게 동감한다는 태도를 보이고는, 나도 그런 마음가짐으
로 인생을 살 거라고 확실히 말했지. (나로서는 전혀 공허한
말도 아니었네. K의 말을 듣고 있으면 점점 그쪽으로 빨려 들어갈
정도로 그의 말에는 힘이 있었으니까.) 결국 나는 K와 같이 살
면서 함께 성장해가고 싶다고 말하고 말았네. 나는 그의 고
집을 꺾기 위해 그 앞에 무릎을 꿇기도 했다네. 그렇게 해서
간신히 그를 내 하숙집으로 데리고 올 수 있었지.

23

내 방에는 곁방이라고 해서 한두 평 정도 되는 공간이 딸려
있었네. 현관을 올라가서 내 방까지 가려면 반드시 이 두 평
짜리 공간을 가로질러야 했지. 실용적인 면에서 보면 꽤 불
편한 구조였네. 나는 이곳에 K를 들였다네. 처음에는 내 방
에 책상을 두 개 나란히 두고 곁방까지 공유할 생각이었지
만, K가 좁아도 혼자 있는 게 좋다며 곁방을 자신이 쓰겠다
고 하더군.

앞에서 얘기한 대로 부인은 내 행동을 처음부터 반대했네. 하숙집이라면 한 명보다 두 명이 좋고, 두 명보다 세 명이 득이 되겠지만 장사가 아니라서 싫다고 하더군. 내가 결코 폐를 끼칠 사람이 아니니까 괜찮다고 했지만, 그런 건 상관없다며 모르는 사람이라서 싫다고 했네. 그래서 이렇게 신세를 지고 있는 나 역시 그렇지 않느냐고 하자 내 성격은 처음부터 잘 알고 있었다고 변명하더군. 나는 쓴웃음을 지었네. 그러자 부인은 또 다른 이유를 들었네. 그런 사람을 데리고 오는 것은 나를 위해서 안 좋으니까 그만두라고 말이야. 왜 내게 나쁜 일이냐고 묻자 이번에는 부인이 멋쩍은 웃음을 지었네.

솔직히 말하면 나 역시 억지로 K와 같이 있을 필요는 없었네. 하지만 매달 그 앞에 돈을 들이밀면 분명 받지 않을 거라고 생각했네. 그만큼 독립심이 강한 남자였으니까. 그래서 나는 그를 내 방에 두고 두 사람분의 밥값을 몰래 부인에게 건넬 생각이었네. 나는 K의 경제 사정에 대해서 단 한마디도 부인에게 말하지 않았다네.

K의 건강에 대해서만 말했네. 혼자 두면 성격이 점점 비뚤어질 뿐이라고 말이야. 추가로 K가 양부모와 사이가 틀어진 것, 친부모와도 의절한 것 등 이런저런 이야기를 해두었지. 나는 물에 빠져 죽어가는 사람을 안고서 내 열로 상대방을 살리겠다는 각오로 K를 떠맡았다고 고백했네. 그러니

따뜻하게 대해달라고 부인에게도 따님에게도 부탁했지. 나는 부인을 설득해서 내 의도대로 이끌었네. 나한테 아무 말도 듣지 못한 K는 이러한 뒷얘기를 전혀 몰랐고, 나는 내가 한 행동에 만족했지. 그리고 꾸무적대며 이사 온 K를 반갑게 맞았네.

부인과 따님은 친절하게 그가 짐 정리 하는 걸 도와주었네. 그 모든 것을 나에 대한 호의라고 생각하며 나는 속으로 기뻤지. K가 변함없이 무뚝뚝한 태도인데도 말이지.

내가 K에게 새 방이 어떠냐고 물었을 때 그는 딱 한마디, 나쁘지 않다고만 말했을 뿐이네. 내가 보기에는 나쁘지 않은 정도가 아니었네. 그가 지금까지 지내던 곳은 북향에다 습기가 차서 곰팡이 냄새까지 나는 지저분한 곳이었거든. 먹는 것도 있을 곳도 모두 변변치 않았지. 내 방으로 이사 온 그는 '출어유곡, 천우교목(出於幽谷, 遷于喬木)',* 말 그대로 출세한 셈이었지. 그런데 그렇게 생각하고 있지 않은 척하는 것은 그의 고집 때문이기도 하지만, 그의 사상과도 관련이 있었지. 불교 교리 속에서 성장한 그는 의식주에 대해서 사치를 부리는 것을 부도덕하다고 생각했다네. 어설프

---

* 맹자의 '吾聞出於幽谷遷於喬木者, 未聞下喬木而入於幽谷者(나는 깊은 골짜기에서 나와 높은 나무로 옮겨간다는 말은 들었으나, 높은 나무에서 내려와 깊은 골짜기로 들어간다는 말은 듣지 못하였다)'이다. '出於幽谷, 遷于喬木'은 『시경』 「소아(小雅)」 「벌목(伐木)」편의 구절을 인용한 것이다. 맹자는 학문의 진전을 비유했으나 승진, 영전 등의 의미로 사용되며 출세하려는 의지를 '천목지(遷木志)'라고 한다.

게 옛 고승이나 성자의 이야기를 읽은 그는 정신과 육체를 별개의 것으로 생각하는 경향이 있었지. 육체에 채찍질을 가하면 영혼이 더욱 빛난다고까지 했을지도 모르네.

나는 가능한 그의 기분이 상하지 않도록 노력했네. 얼음을 볕이 잘 드는 곳에 두고 녹이는 방법을 택한 것이지. 녹아서 따뜻한 물이 되면 스스로 자신에 대해 깨닫는 날이 찾아올 것이라고, 틀림없이 그럴 거라고 생각했다네.

24

나는 부인이 그런 식으로 대해서 점점 쾌활해졌네. 그것을 자각하고 있었기 때문에 이번에는 K에게 같은 방법을 응용하려고 시도한 거였지. 나는 K의 성격이 나와 꽤 다르다는 점은 오래 알아왔기 때문에 잘 알고 있었네. 그러나 내가 하숙집에 들어오고 나서 다소 부드러워진 것처럼 K도 여기 있으면 언젠가 안정이 될 것이라고 생각했다네.

K는 나보다 의지가 강했네. 공부도 나보다 몇 배나 더 많이 했고. 게다가 타고난 두뇌도 나보다 훨씬 좋았지. 전공이 달라서 뭐라고 딱 부러지게 말할 수는 없지만, 같은 반이었던 중학교와 고등학교 때도 K는 늘 상위권이었네. 나는 언제나 무슨 수를 써도 K를 따라잡을 수 없다고 자각하고 있을 정도였네. 하지만 내가 억지로 K를 내 방으로 끌고 왔을 때

는 내가 훨씬 더 사리 분별이 있는 사람이라고 믿었다네. 내가 보기에 그는 자제와 인내를 구별하지 못하고 있었거든. 이것은 특히 자네를 위해 덧붙이는 것이니 꼭 들어주게. 육체든 정신이든 우리의 모든 능력은 외부의 자극에 의해 발달하기도 하고 파괴되기도 한다네. 어느 쪽이든 자극을 점점 세게 할 필요가 있다는 것은 당연하지. 그렇기 때문에 조심하지 않으면 상당히 험악한 방향으로 진행되어 자신은 물론이며 주위 사람들도 인지하지 못하는 위험한 상황이 발생한다네. 의사의 설명을 들어보면 인간의 위만큼 교활한 것도 없다고 하네. 죽만 먹으면 더 이상 딱딱한 것을 소화할 힘을 잃어버리게 된다는 거야. 그래서 뭐든지 먹는 습관을 들여야 한다고 의사는 말하네. 이 말은 단순히 익숙해진다는 의미는 아니라고 생각하네. 점차 자극을 늘려갈수록 영양 기능의 저항력도 점차 강해진다는 의미겠지. 만약 반대로 위의 힘이 조금씩 약해진다면 그 결과는 어떻게 되겠는가? 상상해보면 바로 알 수 있지. K는 나보다 위대한 남자였지만 이 점에 대해서는 전혀 깨닫고 있지 못했네. 그저 곤란에 익숙해지면 결국 그 곤란은 별 게 아닌게 된다고 하더군. 가난과 고생이 반복될수록 그만큼 익숙해져 더 이상 그 가난과 고생이 신경 쓰이지 않게 되는 시기를 맞이하게 된다고, 굳게 믿고 있는 듯했네.

나는 K를 설득할 때 그런 문제점을 꼭 짚어주고 싶었네.

말하면 분명히 반항할 거라는 것도 알고 있었네. 또 옛날 사람을 예로 들고 나올 게 틀림없었지. 그렇게 되면 나 역시 그 사람들과 K의 다른 점을 명백하게 논할 수밖에 없겠지. 그것을 수긍해줄 K라면 상관없지만 그의 성격상 거기까지 이야기가 발전하면 쉽게 물러서지 않을 것이네. 오히려 앞으로 더 나아간다네. 그리고 입에서 나온 말대로 실천에 옮기려고 할 것이네. 그는 그렇게 할 수 있을 정도로 무시무시한 남자였지. 위대했지. 자기 자신을 파괴시켜가며 나아가니까. 결과적으로는 단지 자신의 성공을 가로막는 의미에서 위대한 것에 지나지 않지만, 그래도 결코 보통 사람은 아니었네. 그의 성격을 잘 알고 있는 나는 그래서 아무 말도 할 수 없었네.

　게다가 내 입장에서 보면 그는 앞에서도 말한 대로 다소 신경쇠약에 걸린 듯 보였네. 내가 알아듣게 말해 수긍하게 만든다 해도 그의 감정은 반드시 격해질 게 틀림없었네. 나는 그와의 싸움이 두렵지는 않았으나 고독감을 견딜 수 없었던 내 경우를 되돌아봤을 때 친한 벗을 나와 같은 고독함 속에 내버려두는 일만은 견딜 수 없었네. 한 발 더 나아가 지금보다 더한 고독 속으로 그를 내몰기는 더욱 싫었다네. 나는 K를 하숙집으로 데려오고 나서 당분간은 그에게 비평다운 비평을 하지 않고 있었네. 그냥 평온한 주변 환경이 그에게 미치는 결과를 지켜보기로 한 것이네.

25

나는 K 몰래 부인과 따님에게 가능한 K와 이야기를 많이 나
눠달라고 부탁했네. 지금까지 대화 없이 생활해온 것 때문
에 탈이 난 거라고 믿었기 때문이네. 사용하지 않는 철은 녹
이 슬 듯 그의 마음도 녹이 슬어버렸다고, 나는 그렇게만 생
각했네.

　부인은 말을 붙여볼 수 없는 사람이라고 말하며 웃었네.
따님은 일부러 예까지 들어가며 내게 설명했지. 화로에 불
이 있냐고 물으면 K는 없다고 대답하고, 가지고 오겠다고
하면 필요 없다고 거절하고, 춥지 않느냐고 물으면 추위도
필요 없다고 말하고, 그러고 나서는 더 이상 아무 말을 하지
않는다는 것이었지. 나는 그저 겸연쩍은 웃음을 지을 수밖
에 없었네. 미안한 나머지 무슨 말이든 해서 그 상황을 모면
해야겠다는 생각밖에 들지 않았네. 봄이니까 굳이 불이 필
요 없었지만 K의 태도를 들어보면 말을 붙일 여지가 없다
는 말도 일리가 있었거든.

　나는 가능한 두 여자와 K 사이의 소통을 위해 적극적으
로 움직였네. K와 내가 이야기하고 있을 때 하숙집 식구들
을 부른다든가, 내가 하숙집 식구들과 방에서 만나고 있을
때 K를 끌어들인다든가 하는 방법으로 K와 하숙집 식구들
이 친하게 지내도록 내 나름의 노력을 기울였네. 물론 K는

별로 좋아하지 않았네. 어떤 때는 갑자기 일어서서 방 밖으로 나가기도 했고, 또 어떤 때는 아무리 불러도 좀처럼 오지 않았네. K는 그런 쓸데없는 이야기가 뭐 그리 재미있냐고 했다네. 나는 그저 웃기만 했지. K가 나를 경멸하고 있다는 사실도 잘 알고 있었네.

어떤 의미에서 나는 그의 경멸을 받을 만했는지도 모르네. 그의 눈은 나보다 훨씬 높은 곳을 바라보고 있었으니까. 나도 그것을 부정할 수 없었지. 그러나 눈만 높아서 다른 것과 조화되지 않는다면 어이가 없을 정도로 비정상인 것이 아닌가. 나는 그를 인간답게 만드는 일이 무엇보다도 중요하다고 생각했네. 아무리 그의 머릿속이 위대한 사람의 이미지로 가득 차 있다고 해도 그 자신이 위대해지지 않는 이상 아무런 도움도 되지 않다는 점을 깨달았기 때문이지. 나는 그를 인간답게 만들기 위한 방법으로 먼저 이성의 옆에 그를 앉힐 수단을 강구했네. 그리고 거기서 생겨나는 분위기에 K를 노출시켜 녹슬어가는 그의 피를 새롭게 바꾸고자 한 것이지.

이 시도는 점점 효과를 보기 시작했다네. 처음에는 어울리기 힘들어 보이던 것이 점점 하나로 합쳐지기 시작했지. 그는 자신 이외의 세계가 있다는 사실을 조금씩 깨달아가는 것 같았네. 어느 날 그는 내게 여자는 경멸할 존재가 아니라고 말하더군. 처음에 K는 여자에게 나와 동일한 지식과 학문

을 요구하고 있었던 모양이네. 그리고 자신의 요구가 만족
되지 못하면 금방 경멸의 감정이 생긴 거지. 지금까지 그는
성에 따라 입장이 바뀌어야 한다는 인식 없이 동일한 시선
으로 모든 남녀를 보고 있었던 거야. 나는 K에게 만약 남자
끼리만 이야기를 나눈다면 우리는 단지 앞으로만 똑바로 나
아갈 것이라고 말했네. 그는 맞는 말이라고 하더군. 나는 그
때 따님에게 꽤나 빠져 있었던 시기라서 그런 말이 자연스
럽게 나왔다네. 하지만 내가 왜 그런 생각을 하게 되었는지
그 배경에 대해서는 한마디도 하지 않았지.

지금까지 책으로 성벽을 쌓고 그 안에만 틀어박혀 있던
K의 마음이 점점 열리는 것을 보고 나는 참으로 기분이 좋
았네. 처음부터 그런 목적으로 시작한 일이니 성공에 따르
는 희열을 느끼지 않을 수 없었지. 나는 K 본인에게는 말하
지 않고 그 대신 부인과 따님에게 내 기분을 솔직히 말했네.
두 사람도 만족스러워했지.

26

K와 나는 같은 과였지만 전공이 달라서 하숙집을 나가고
들어오는 시간이 달랐네. 내가 빨리 돌아오면 그의 빈 방을
그냥 지나쳤지만, 늦게 들어오면 간단한 인사를 하고 내 방
으로 들어갔네. K는 언제나 책에서 잠시 눈을 떼고 장지문

을 여는 나를 잠깐 쳐다보았네. 그리고 이제 오냐고 말했지. 나는 대답하지 않고 고개만 끄덕이기도 했고, 아니면 단지 "응"이라고만 대답하고 지나치기도 했네.

어느 날 나는 간다에 볼일이 있어서 하숙집에 돌아가는 시간이 평상시보다 훨씬 늦었다네. 나는 서둘러서 현관 앞까지 와서 문을 드르륵하고 열었네. 그와 동시에 나는 따님의 목소리를 들었지. 목소리는 분명 K의 방에서 들려왔다네. 현관에서 곧장 들어가면 거실, 따님의 방이 나오고 거기서 왼쪽으로 구부러지면 K의 방, 내 방으로 이어지는 구조였기 때문에 어디에서 누구의 목소리가 들리는지 정도는 알수 있었지. 더구나 오랫동안 신세를 지고 있었으니까. 나는 얼른 격자문을 닫았네. 그러자 따님의 목소리가 뚝 끊어지더군. 내가 신발을 벗고 있는 동안 — 당시 나는 하이칼라*여서 손이 많이 가는 편상화를 신고 있었는데, 내가 쭈그리고 앉아서 신발 끈을 풀고 있는 동안에는 K의 방에서 그 어떤 목소리도 들리지 않았네. 나는 이상하게 생각했지. 잘못 들었나 하는 생각도 들었네. 내가 언제나처럼 K의 방을 통과하려고 방문을 열자 두 사람이 단정하게 앉아 있었네. K는 언제나처럼 이제 왔냐고 했네. 따님은 앉아서 "다녀오셨어

---

* 서양에 갔다 온 사람들이 운두가 높은 옷깃을 착용하고 있던 데서 나온 말로, 서양풍을 즐기는 사람을 의미한다.

요?”라고 인사를 하더군. 기분 탓인지 그 짧은 인사가 좀 딱딱하게 들렸네. 어딘가 자연스럽지 않게 들려다고나 할까. 나는 따님에게 “부인은?” 하고 물었네. 내 질문에는 아무런 의미도 없었다네. 집이 평상시보다 조용해서 그냥 물어본 것뿐이었거든.

부인은 역시 외출 중이었네. 하녀도 부인과 함께 나갔다고 하더군. 그래서 집에 남아 있는 사람은 K와 따님뿐이었네. 나는 좀 의외였지. 지금까지 오랫동안 신세를 지면서도 부인은 따님과 나만 두고 집을 비우는 일은 없었기 때문이네. 나는 갑자기 볼일이 생긴 거냐고 따님에게 되물었네. 따님은 그저 미소만 짓더군. 나는 이럴 때 웃는 여자가 싫었네. 젊은 여자의 공통점이라고 하면 어쩔 수 없지만, 따님도 별거 아닌 일에 잘 웃는 여자였거든. 그러나 따님은 내 표정을 보고서는 곧 평소의 표정이 되더니 급한 일은 아니지만 볼일이 있어서 나갔다고 정색하고 대답하더군. 하숙생인 내게는 더 이상 물을 권리가 없었지. 나는 입을 다물었네.

내가 옷을 갈아입고 자리에 앉자마자 부인과 하녀가 돌아왔네. 저녁 식탁에서 모두가 얼굴을 마주할 시간이 되었지. 하숙생은 손님 대접을 해서 식사할 때마다 하녀가 밥을 가져다주었지만, 언제부터인가 식사 시간이 되어 부르면 가서 먹는 것이 관례가 되었네. K가 들어왔을 때도 나와 똑같이 대해달라고 부탁했네. 그 대신 나는 얇은 나무판으로 만든, 고상한 접이식 식탁을 부인에게 사주었네. 지금은 어느 집에서나 사용하고 있는 듯하지만 당시에는 그런 식탁에서 밥을 먹는 집이 거의 없었네. 내가 일부러 오차노미즈에 있는 가구점에 가서 이런저런 주문을 해서 특별히 만든 식탁이었네.

나는 그 식탁에 앉아 부인으로부터 그날따라 늘 오던 반찬 장수가 오지 않아 우리들의 찬거리를 사러 다녀와야 했다는 설명을 들었네. 하숙생이 있으니 당연하다고 생각하는데, 따님은 그때 내 얼굴을 보고 또 웃기 시작했네. 그러나 이번에는 부인에게 꾸중을 들어 바로 그만두었다지.

27

일주일 후 나는 또다시 K와 따님이 이야기를 나누고 있는 방을 지나게 되었네. 그때 따님은 내 얼굴을 보자마자 웃음을 터뜨렸네. 나는 뭐가 그리 이상하냐고 물었더라면 좋았을 거네. 하지만 나는 아무 말도 않고 그냥 내 방으로 와버리고 말았네. 그래서 K는 언제나처럼 이제 왔냐는 말을 할 수 없었지. 따님은 그 길로 거실로 돌아간 듯했네.

저녁 식사 때 따님은 나를 이상한 사람이라고 말했네. 나는 그때도 왜 이상한지 묻지 않았지. 부인이 따님을 흘기듯 쳐다보는 것을 말없이 보았을 뿐이네.

나는 식사 후 K에게 산책을 가자고 했네. 우리는 덴즈인 뒤쪽부터 식물원 거리를 한 바퀴 돌아 도미자카 아래로 나왔지. 산책치고는 짧은 거리가 아니었지만 이야기는 거의 하지 않았지. 성격을 보자면 K가 나보다도 더 말이 없었네. 나도 말이 많은 편은 아니었고. 그러나 나는 걸으면서 그에게 말을 걸어보려고 했네. 내 화제는 주로 우리가 하숙하고 있는 집의 가족에 대해서였네. 나는 그가 부인이나 따님에 대해 어떻게 생각하는지 알고 싶었네. 그런데 그는 밥인지 죽인지 도대체 알 수 없는 소리만 했네. 그 대답이란 게 요점도 없는 데다가 너무나 간단했지. 그는 두 여자보다 전공에 더 관심이 많아 보였네. 2학년 시험이 눈앞에 닥쳤던 시기라서 보통 사람 입장에서 보면 그가 더 학생다운 학생이었지. 그는 에마누엘 스베덴보리*가 어떻다는 둥 하는 바람에 관련 지식이 없던 나를 놀라게 했네.

우리가 시험을 무사히 끝내자 부인은 이제 일 년 남았다며 기뻐했다네. 부인의 유일한 자랑거리인 따님도 이제 졸업이 얼마 남지 않은 때였네. K는 나를 향해 여자는 배우는 것도 없이 학교를 졸업한다고 말했네. K는 따님이 학문 이외에 배우고 있는 바느질이나 고토, 꽃꽂이를 거의 안중에

---

*　Emanuel Swedenborg, 1688~1772, 스웨덴의 자연과학자, 철학자, 신비주의자, 신학자. 심령적 체험을 겪은 후 과학적 방법의 한계를 깨닫고 시령자(視靈者), 신비적 신학자로서 활약하였다.

두고 있지 않은 듯했지. 나는 세상 물정 모르는 그를 비웃었지. 그리고 여자의 가치는 그런 것에 있지 않다는 예전의 논의를 또 그의 앞에서 되풀이했다네. 그는 딱히 반박하지 않았네. 하지만 납득하는 기색도 없었지. 나는 그게 또 유쾌했지. 여자를 경멸하는 태도가 여전했기 때문이었네. 내가 여자의 대표로 인식하고 있는 따님을 대수롭지 않게 여기고 있는 듯했기 때문이지. 지금 생각해보면 K에 대한 내 질투가 이미 그때부터 싹트고 있었던 것 같네.

나는 여름방학 때 어디 여행이라도 가지 않겠냐고 K에게 물었네. K는 싫어하는 말투였네. 물론 그는 자신의 자유의지로 어디든 갈 수 있는 몸이 아니었지만, 내가 가자고 하면 또 어디든 갈 수 있는 몸이었지. 왜 가기 싫은지 물었더니 이유 같은 건 없다고 하더군. 집에서 책을 읽는 편이 좋다고 했네. 내가 서늘한 피서지에 가서 공부하는 편이 몸에 좋다고 주장하자 그러면 혼자 가면 되지 않느냐고 하더군. 그러나 나는 K를 혼자 두고 갈 생각은 추호도 없었네. 안 그래도 K와 하숙집 식구들이 점점 친해지고 있어서 썩 좋은 기분이 아니었으니까. 내가 처음에 바란 대로 됐는데 왜 불쾌하냐고 묻는다면 할 말이 없네. 아마도 나는 바보가 틀림없지. 결론이 나지 않던 우리 둘의 논쟁을 그냥 두고 볼 수 없었던 부인이 결국 중재자가 되어 끼어들었네. 그래서 우리는 결구 보슈*로 가게 되었네.

28

K는 여행을 별로 안 다니는 사람이었네. 나 역시 보슈는 처음이었지. 우리는 아무것도 모르고 배가 제일 먼저 닿는 곳에서 일단 내렸다네. 그곳은 호타라는 곳이었네. 지금은 어떻게 변해 있는지 모르지만 당시에는 어촌으로 촌구석이었네. 이곳저곳에서 비린내가 진동했지. 바다에 들어가자 파도에 떠밀려 넘어져서 손이고 발이고 온통 상처투성이가 되었네. 주먹만 한 돌이 밀려왔다가 도로 밀려가는 파도에 몸살을 앓으며 쉼 없이 굴러다니고 있었거든.

나는 금세 진절머리가 났다네. 그러나 K는 좋다 싫다 말이 없었네. 표정조차 아무렇지도 않았지. 그러면서도 그는 바다에 들어갈 때마다 상처를 입었다네. 나는 결국 그를 설득해서 도미우라로 갔네. 그리고 도미우라에서 또 나코로 이동했다네. 그 연안 지역은 이때부터 주로 학생들이 모이는 곳이었기 때문에 우리에게는 안성맞춤인 해수욕장이었지. K와 나는 해안가 바위 위에 앉아서 먼 바다의 색이나 가까운 바닷속을 들여다보곤 했다네. 바위 위에서 내려다보

---

*　房州, 현재의 지바 현 남부 지역.

는 물은 특별히 아름다웠다네. 붉은색, 파란색 등 보통 시장에서는 볼 수 없는 색깔의 작은 물고기들이 투명한 파도 속을 어지럽게 헤엄치고 있어 더욱 화려해 보였다네.

나는 거기에 앉아서 책을 펼쳤다네. K는 아무것도 하지 않고 있을 때가 많았네. 생각에 빠져 있는 건지, 경치에 홀려 있는 건지, 아니면 좋아하는 상상을 하고 있는 건지 전혀 알 수 없었네. 나는 가끔 눈을 들어 K에게 뭐하냐고 물었지만 K는 아무것도 안 하고 있다는 단 한 마디만 할 뿐이었네. 나는 내 옆에 이렇게 가만히 앉아 있는 사람이 K가 아니라 따님이면 얼마나 좋을까 하는 생각을 자주 했네. 차라리 그 생각만이라면 좋았을 텐데, 팬시리 가끔은 K가 나와 똑같은 희망을 품고 바위 위에 앉아 있는 게 아닐까 하는 의심이 홀연히 고개를 들었네. 그런 마음이 생기자 침착하게 책을 읽고 있을 수 없었지. 나는 벌떡 일어섰네. 그리고 큰소리로 고함을 질렀지. 거리낄 게 없다는 듯 말이야. 시나 노래를 유유자적하게 음미하는 일 따위는 할 수 없었네. 그저 야만인처럼 마구 소리만 질러댔지. 어떤 때는 갑자기 그의 목덜미를 뒤에서 꽉 잡았네. 이렇게 해서 바다 속으로 떨어뜨리면 어쩔 거냐고 K에게 물었지. K는 꼼짝도 하지 않았네. 앞을 향한 채 딱 좋네, 그렇게 해달라고 하더군. 나는 바로 목덜미를 잡은 손을 놓았지.

K의 신경쇠약은 꽤 좋아진 것 같았네. 그와 반비례로 나

236

는 점점 과민해졌네. 나는 나보다 안정되어 가고 있는 K가 부러웠네. 또 밉살스럽기도 했지. 그는 나를 상대할 기미가 전혀 보이지 않았기 때문이네. 내게는 그것이 일종의 자신감처럼 비쳐졌네. 자신감이라 인정해버린 나는 거기서 멈추지 않았네. 내 의심은 한 발 더 앞으로 나아가서 그 성질을 밝히고 싶어했다네. 그가 학문이든 사업이든 이제부터 자신이 나아갈 앞길에서 광명을 되찾은 기분이 들었을까? 단순히 그것뿐이라면 K와 나 사이에는 이해적 충돌이 일어날 리가 없었지. 오히려 보살펴준 보람이 있다고 기쁘게 생각할 일이겠지. 그러나 그의 신경쇠약이 호전을 보인 것이 만약 따님 때문이라면 나는 그를 결코 용서할 수 없었네. 이상하게도 그는 따님을 사랑하고 있는 내 마음을 전혀 눈치채지 못하고 있는 듯 보였네. 물론 나도 K가 알아차릴 수 있을 정도로 행동하지도 않았지만 말이지. K는 원래 그런 점에 대해서는 둔하기도 했고. 나는 처음부터 K라면 괜찮을 거라고 안심하고 그를 하숙집에 데리고 들어온 것이니까.

29

나는 K에게 내 마음을 털어놓으려고 했네. 이런 생각은 그때 시작된 것은 아니었네. 여행을 떠나기 전부터 생각은 하고 있었지만 털어놓을 기회를 잡는 것도, 기회를 만들어내는 일도, 나로서는 어려웠네. 지금 와서 생각해보면 당시 내 주위에 있던 사람들은 다들 이상했다네. 여자에 대해 깊은 이야기를 하는 사람이 단 한 명도 없었네. 그중 대부분은 이야기할 거리도 없었을 테지만. 설령 가지고 있다고 해도 말하지 않는 것이 보통이었지. 비교적 자유로운 분위기 속에서 호흡하고 있는 자네 입장에서 보면 틀림없이 이상하겠지. 그것이 유교적 관습이 남아 있어서인지, 아니면 일종의 수줍음 때문인지 그 판단은 자네에게 맡기겠네.

K와 나는 뭐든지 이야기하는 사이였네. 가끔은 사랑이나 연애 문제도 거론했지만 언제나 추상적인 이론의 수렁에 빠질 뿐이었네. 사실 이야깃거리로 그다지 오르지 않았다고 해야겠지. 책이나 학문, 미래의 일, 포부, 수양에 관한 이야기가 대부분이었으니까. 아무리 친해도 그렇게 딱딱한 얘기를 한 날에는 갑자기 분위기를 바꿀 수 없는 법이지. 게다가 우리는 딱딱한 얘기를 할수록 친해졌다네. 따님에 대한 내 마음을 K에게 털어놓으려고 결심하고 나서 얼마나 많이 답답한 불쾌감에 빠져 고민했는지 모를 거네. 나는 K의 머리 어딘가에 구멍을 뚫어 그곳에다 부드러운 공기를 불어넣어주고 싶은 기분마저 들었다네.

자네 입장에서 보면 가소로운 일도 당시의 내게는 아주 어려웠네. 나는 여행지에서도 평소와 마찬가지로 비겁했다네. 시종일관 기회를 잡을 생각에 흘려 K를 관찰했지만, 마

238

지 속세를 떠난 듯 초연한 그의 태도를 나는 어떻게도 할 수 없었다네. 그의 심장은 두껍고 딱딱한 검정 옻칠로 뒤덮여 있었지. 내가 쏟아부으려는 피는 단 한 방울도 그 심장 속으로 들어가지 않고 모조리 튀어나오고 말았어.

어떤 때는 K가 강하고 높아서 도리어 안심한 적도 있다네. 그리고 내가 의심한 것을 속으로 후회하고 동시에 K에게 사죄하는 마음이 들었지. 마음속으로 사죄를 하면서도 나 자신이 상당히 하등한 인간처럼 느껴져 끔찍했네. 그러나 그것도 잠시였네. 이전의 의심이 제자리로 돌아와 다시 강하게 작용하기 시작했다네. 모든 것이 의심에서 시작된 것이라 내게는 이익이 되는 게 하나도 없었네. 용모 면에서도 여자들은 K를 더 좋아하는 듯 보였지. 나처럼 곰상스럽지 않은 성격이 오히려 이성에게 매력적으로 비치는 듯했고. 얼빠진 부분도 있고 남자다운 부분도 있고, 그래서 나보다는 훨씬 우수해 보였다네. 공부도 전공은 다르지만 나는 K의 적수가 못 된다고 자각하고 있었네. 상대방의 좋은 점이 이렇게 한꺼번에 눈앞에 펼쳐지면 안심하던 나도 불안해하던 때로 돌아가버렸네.

K는 안절부절못하는 날 보더니 싫으면 일단 도쿄로 돌아가도 좋다고 말했지만, 그 말을 들으니 갑자기 도쿄로 돌아가고 싶지 않더군. 어쩌면 K를 도쿄로 돌려보내고 싶지 않았을지도 모르지. 우리는 보슈의 코라고 불리는 노지마자

키 곳을 돌아 반대쪽으로 갔다네. 뜨거운 태양빛 아래에서 한 4킬로미터에 달하는 가즈사 일대를 우리는 끙끙거리며 걸었네. 그렇게 걷는 의미를 도무지 알 수 없었지. 나는 농담 삼아 K에게 그렇게 말했다네. 그러자 K는 다리가 있으니까 걷는다고 대답하더군. 그리고 더워지면 바다에 들어가자고 하고는 어디든 상관없이 그냥 바다로 뛰어들었네. 그러고 나서 또다시 강한 태양빛을 맞았다네. 몸은 축 늘어지고 흐물흐물해졌지.

30

그런 식으로 걷다보면 더위와 피로로 몸 상태가 자연스럽게 나빠지는 법이네. 병과는 차원이 다르지. 갑자기 남의 몸 속에 내 영혼이 깃든 기분이 든다네. 나는 평상시처럼 K와 이야기를 했지만 왠지 평소와는 다른 기분이 들었다네. 그에 대한 우정도 증오도 그저 여행 중에만 느끼는 특별한 성격을 가지게 된 것이지. 우리는 더위 때문에, 바다 때문에, 그리고 걷는 것 때문에 전과는 다른 새로운 관계로 들어설 수 있었던 거지. 그때 우리는 흡사 길동무가 된 행상 같았다네. 얘기해도 평상시와 달리 머리를 사용하는 골치 아픈 이야기는 피했지.

　　우리는 그 상태로 결국 조시까지 갔다네. 도중에 단 한 번

예외가 있었던 것을 지금도 잊을 수 없네. 보슈를 뜨기 전에 우리는 고미나토라는 곳에서 다이노우라*를 구경했다네. 세월도 꽤 지났고, 게다가 딱히 흥미도 없었던 터라 거의 기억나지 않지만 어쨌든 니치렌**이라는 승려가 태어난 마을이라고 했네. 니치렌이 태어난 날에 도미 두 마리가 해변에 올라왔다는 전설이 전해지고 있었어. 그후 마을의 어부들이 도미 잡는 것을 꺼려해서 바다에 도미가 아주 많이 있다고 하더군. 우리는 작은 배를 빌려 일부러 그 도미 떼를 보러 갔다네.

나는 파도만 보고 있었네. 파도 속에서 움직이는 약간 보라색을 띤 도미를 질리지 않고 재미있게 바라보았지. 그러나 K는 나만큼 흥미를 보이지 않았다네. 그의 머릿속은 도미보다도 니치렌으로 가득한 듯했네. 그곳에는 단조지(誕生寺)***라는 절이 있었네. 니치렌이 태어난 마을이라서 단조지라는 이름을 붙인 것이겠지. 훌륭한 절이었네. K는 그 절에 가서 주지를 만나보고 싶다고 말했네. 사실 우리는 꽤 이상한 차림새였다네. 특히나 K는 모자가 바람에 날아가 바다에 빠져버리는 바람에 짚으로 만든 삿갓을 사서 쓰고 있었고, 옷은 꼬질꼬질하고 땀에 절어 냄새가 심했다네. 나는

---

* 鯛の浦, 도미(다이)의 군생지로 알려져 있다.

** 日蓮, 1222~1282, 가마쿠라 시대의 승려이자, 니치렌종의 시조.

*** 단조는 '탄생'이라는 의미이다. 1276년에 니치렌이 탄생한 곳에 건립되었다.

주지를 만나는 일은 그만두자고 했네. 고집이 센 K는 말을 듣지 않았네. 내게 싫으면 밖에서 기다리라고 하더군. 나는 어쩔 수 없이 같이 문 앞까지 가기는 했지만, 속으로는 분명히 거절당할 거라고 생각하고 있었네. 그런데 주지는 의외로 정중하게 넓고 훌륭한 방으로 우리를 안내하고 바로 만나주었다네. 당시 나는 K와 생각이 꽤 달랐기 때문에 주지와 K의 이야기를 그다지 귀담아듣지 않았네. K는 니치렌에 대해서 잇달아 질문을 해댔다네. 주지가 니치렌은 소니치렌(草日蓮)이라고 불릴 정도로 초서를 아주 잘 썼다고 말했을 때 악필인 K는 '뭐야, 시시하잖아' 하는 표정을 지었네. 그것은 나도 선명하게 기억하고 있지. K는 그런 것보다도 더 심오한 이야기를 듣고 싶어했을 것이네. 주지가 그런 K를 만족시켰는지 어떤지는 알 수 없지만, 그는 절 경내를 나오자 내게 계속해서 니치렌에 대해 이야기하기 시작했네. 나는 덥고 지쳐서 듣고 있을 수 없었네. 그저 입으로만 적당히 맞장구를 쳤지. 그러다가 결국 다 귀찮아져서 아무 말도 하지 않게 되었네.

그다음 날 밤의 일이었네. 아마도 그런 것 같네. 숙소에 도착해서 밥을 먹고 잠들기 전에 우리는 갑자기 까다로운 문제에 대해 논의하기 시작했네. K는 어제 자신이 니치렌에 대해서 이야기할 때 내가 대충 대답한 것을 마음에 담아두고 있었네. 정신적으로 향상심이 없는 자는 바보라고 말하며

나를 경박한 인간으로 몰아붙이더군. 그런데 나는 따님의
일로 마음에 맺힌 게 많아서 그의 모멸에 가까운 말을 그저
웃으며 받아줄 수 없었다네. 나는 나대로 변론을 시작했지.

31

그때 나는 인간답다는 말을 여러 번 사용했네. K는 내가 인
간답다는 말 속에 모든 약점을 숨기고 있다고 지적했네. 나
중에 생각해보니 K의 말이 맞았네. 그러나 K에게 인간답지
않다는 말을 납득시키기 위해 그 말을 사용한 나는 그 순간
에 이미 반항적이었으므로 반성할 여지가 없었다네. 나는
내 의견을 밀어붙였네. 그러자 K가 자신의 어떤 부분이 인
간답지 않느냐고 내게 물었네. 나는 그에게 말해주었지. 자
네는 인간다워, 아니 지나치게 인간다울지도 몰라, 하지만
입으로는 인간답지 않은 것을 말하고, 또 인간답지 않은 듯
행동하려 하지.

　내가 이렇게 말하자 그는 단지 자신의 수양이 부족하기
때문에 남들에게 그렇게 보일지도 모른다고 대답했을 뿐
내게 반박하려고 들지 않았네. 나는 맥이 빠졌다기보다도
오히려 그가 가엾다는 생각이 들었네. 그래서 나도 바로 논
쟁을 멈췄다네. 그는 점점 침울해지더군. 만약 내가 K처럼
옛 사람에 대해 안다면 그런 공격을 하지 않았을 거라며 슬

프게 한탄했지. K가 말한 옛 사람이란 물론 영웅도 아니고 호걸도 아니네. 영혼을 위해 육신을 학대하거나 도를 위해 몸에 채찍질하는, 이른바 고행 중인 사람들을 말하는 것이네. K는 자신이 그들을 따라가지 못하는 것에 얼마나 고통스러워하는지 내가 몰라주어 무척 안타깝다고 확실히 말하더군.

K와 나는 그대로 잠이 들었네. 다음 날부터 다시 행상처럼 땀을 뻘뻘 흘리며 걷기 시작했지. 나는 길을 걸으며 그날 밤의 일에 대해 이따금 떠올렸다네. 나는 더없이 좋은 기회가 찾아왔는데 왜 그걸 놓쳤을까 하는 후회가 물밀 듯 몰려왔네. 인간답다는 추상적인 말 대신 더욱 직접적이고 간결한 이야기를 K에게 털어놓았더라면 좋았을 텐데. 솔직히 말하면 따님에 대한 내 감정이 어제의 말 속에 깔려 있었네. 그것을 증류시켜 만든 이론을 K의 귀에 불어넣는 것보다 원래의 형태 그대로 그의 눈앞에 드러내는 편이 내게 더좋았을 것이었는데. 내가 그렇게 할 수 없었던 것은, 학문적인 교제라는 토대 위에 만들어진 우리 두 사람의 친밀감에 일종의 타성이 생겨버려서 과감하게 그것을 깨버릴 용기가 나지 않았기 때문이라고 자네에게 고백하네. 잘난 척이 지나쳤다고 하건, 허영심에 사로잡혔다고 하건 마찬가지겠지만, 내가 말하는 잘난 척이나 허영심은 일반적인 의미와는 다르다네. 자네가 알아준다면 그걸로 나는 만족하네.

우리는 새카맣게 그을려서 도쿄로 돌아왔네. 도쿄로 돌아왔을 때는 내 기분이 다시 변해 있었네. 인간답다든가, 인간답지 않다든가 하는 아주 그럴싸한 논리는 머릿속에 거의 남아 있지 않았지. K에게도 종교적인 모습은 전혀 보이지 않았네. 그의 마음속 어디에도 영혼이 어떠니, 육체가 어떠니 하는 문제는 존재하지 않았네. 우리는 마치 이방인 같은 얼굴을 하고 무척 바빠 보이는 도쿄를 이리저리 둘러보았다네. 그리고 무더위 속에서 료고쿠까지 가서 닭고기 요리를 먹었네. K는 그 기세로 고이시카와까지 걸어가려고 했네. 체력적인 면으로는 K보다 내가 강해서 나는 당장 좋다고 받아주었지.

하숙집에 도착한 우리 두 사람의 모양새를 보고 부인은 깜짝 놀랐다네. 그저 피부만 까맣게 탄 것이 아니라 무작정 걷기만 해서 비쩍 말라 있었기 때문이지. 그래도 건강해 보인다며 부인은 칭찬해주었네. 따님은 부인의 모순된 태도가 이상하다며 웃었네. 여행 전에 그렇게 속을 뒤집던 웃음이 그때만은 기분 좋게 들리더군. 상황이 상황이고, 또 오랜만에 듣기도 했으니까.

32

그것만이 아니라 나는 따님의 태도가 전에 비해 달라져 있다는 점을 알아차렸다네. 오랜만에 여행에서 돌아온 우리는 평소처럼 안정될 때까지 여자의 손길이 필요했는데, 부인은 물론이고 따님도 나를 우선으로 보살피고 K는 뒷전인 듯했네. 노골적이었다면 나도 곤란했을지도 모르네. 경우에 따라서는 도리어 불쾌할 수도 있지만 따님의 행동은 그런 점에서는 꽤나 요령이 좋아서 나는 은근 기분이 좋았다네. 따님은 나만 알 수 있는 친절을 덤으로 내게 보여주었거든. 그래서 K도 딱히 못마땅한 얼굴도 하지 않았으며, 도리어 아무렇지도 않았네. 나는 마음속으로 은밀하게 그에 대한 승리를 거두었다네.

이윽고 여름이 지나고 9월 중순경부터 우리는 다시 수업을 들으러 학교에 나가야 했네. K와 나는 각자의 시간표에 따라 하숙집을 들고나는 시간이 빠르거나 늦거나 했다네. 내가 K보다 늦게 돌아오는 날이 일주일에 세 번 정도 있었네. 언제 돌아와도 K의 방에서 따님의 그림자를 보는 날은 없었네. K는 눈으로 날 보며 예의 그 "이제 왔나?"를 규칙적으로 반복했지. 내 인사도 거의 기계적이면서 간단하고 무의미했네.

10월 중순경이라고 기억하고 있네. 나는 늦잠을 자는 바람에 집에서 입는 옷을 그대로 입은 채로 허둥지둥 학교에 간 적이 있었네. 신발끈을 묶고 있을 시간이 없어서 조리를 꿰어 신고 그냥 튀어나갔다네. 그날은 시간표상으로는 K보다 내가 먼저 돌아오게 되어 있었네. 나는 그런 줄 알고 현관문을 드르륵 하고 열었네. 그러자 없을 줄 알았던 K의 목소리가 갑자기 들렸네. 동시에 따님의 웃음소리가 뒤따라 들렸네. 나는 평상시의 수고스러운 신발을 신고 있지 않은 덕분에 바로 현관으로 올라가서 공간을 나누고 있는 문을 열었네. 나는 평소대로 책상에 앉아 있는 K를 보았네. 따님은 거기에 없었지. 하지만 나는 K의 방에서 마치 도망치듯 나가는 따님의 뒷모습을 언뜻 보았다네. 나는 K에게 왜 이렇게 빨리 돌아왔느냐고 물었지. K는 기분이 안 좋아서 쉬었다고 하더군. 나는 내 방으로 들어가서 앉아 있었네. 잠시 후 따님이 차를 가지고 들어왔네. 그때 비로소 "다녀오셨어요?" 하고 내게 인사를 하더군. 나는 웃으면서 아까는 왜 도망갔느냐고 물을 수 있을 만큼 세상 물정에 밝은 남자가 아니었네. 그저 속으로만 신경 쓰는 인간이었지. 따님은 금방 자리에서 일어서서 툇마루를 따라서 반대쪽으로 가버렸네. 그러나 K의 방 앞에 잠시 서서 두세 마디 정도의 이야기를 나누었지. 아까 하다 만 이야기인 듯했지만 앞 내용을 전혀 몰랐던 나는 이해할 수 없었다네.

그후부터 따님의 태도가 점점 거침이 없어졌다네. K와 내가 같이 집에 있을 때도 자주 K의 방 툇마루로 와서 그의 이름을 불렀네. 그리고 그 방으로 들어가 느긋하게 있었지. 물론 우편물을 가지고 오기도 했고, 빨래를 두고 가기도 해

서 그 정도의 소통은 같은 집에 사는 관계상 당연하다고도
할 수 있었지. 그러나 따님을 꼭 차지하고 싶은 강렬한 일념
에 사로잡힌 나에게는 당연한 것 이상으로 보였다네. 어떤
때는 따님이 일부러 내 방으로 오지 않고 K에게만 가는 것
같았네. 자네는 그렇다면 왜 K에게 집을 나가라고 하지 않
았느냐고 묻겠지. 만약 그런 말을 하면 K를 억지로 끌고 들
어온 의미가 없어질 뿐이었네. 그래서 나는 그런 말을 할 수
없었네.

33

11월, 차가운 비가 내리는 어느 날의 일이었네. 나는 외투
가 흠뻑 젖은 채 언제나처럼 곤냐쿠엔마*를 지나 좁은 비
탈길을 걸어서 하숙집으로 돌아왔네. K의 방은 텅 비어 있
었지만 화로의 불은 계속 타고 있어서 따뜻했네. 나는 차가
운 손을 빨리 붉은 석탄 위에 쬐려고 서둘러 내 방 문을 열
었네. 그런데 내 방 화로에는 차가운 재만 하얗게 남아 있을
뿐 불씨가 없었네. 나는 갑자기 기분이 나빠졌다네.

　그때 내 발소리를 듣고 나온 사람은 부인이었네. 부인은
아무 말 않고 방 한가운데에 서 있는 내가 가엾다는 듯 외투

* 고이시카와의 겐카쿠지(源覺寺) 경내에 모셔진 염라대왕상.

를 벗겨주고 집에서 입는 옷으로 갈아입혀 주었다네. 그리고 춥다는 내 말에 바로 K의 방에서 화로를 가져다주었네. 내가 K가 벌써 돌아왔느냐고 물었더니 부인은 들어왔다가 다시 나갔다고 말했네. 그날도 K는 나보다 늦게 돌아오는 시간표였다네. 나는 이유가 궁금했지. 부인은 아마 볼일이 생겼나 보지, 하고 말하더군.

나는 잠시 앉아서 책을 읽었네. 집이 무척 고요하고 쓸쓸한 느낌이었지. 말소리조차 들리지 않아 초겨울의 추위와 적적함이 내 몸을 갉아먹는 것 같았네. 나는 바로 책을 덮고 일어섰네. 번잡한 곳으로 가고 싶어졌지. 비는 겨우 그쳤지만 하늘은 차가운 아연처럼 여전히 무겁게 보였네. 그래서 나는 비가 올 것을 대비해 자노메 우산*을 어깨에 메고 포병 군수품 제조공장의 뒤쪽 흙담을 따라 동쪽 비탈길을 내려갔네. 그때는 아직 도로 보수가 되어 있지 않아서 비탈길은 지금보다 훨씬 경사가 급했다네. 도로 폭도 좁고 똑바로 난 길도 아니었지. 게다가 언덕 아래의 움푹 팬 지대로 내려가면 남쪽이 높은 건물로 막혀 있는 데다 배수가 잘 안 되는 바람에 길이 진흙탕으로 질퍽거렸지. 특히 좁은 돌다리를 건너서 야나기초의 거리로 나가는 곳은 도로 포장이 안 되

* 蛇の目傘, 중앙과 둘레를 감색, 적색 등으로 칠하고 중간은 백색 따위로 하여 큰 고리 모양의 무늬를 놓은 일본 전통 우산. 우산을 펼치면 뱀의 눈 모양을 하고 있어서 붙여진 이름이다.

어 있었다네. 아시다*나 장화를 신었다고 하더라도 맘 놓고 걸을 수 없을 정도였네. 진창 한가운데에 가늘고 길게 헤쳐진 곳을 조심스럽게 지나야만 했다네. 그 폭이 불과 30센티미터에서 60센티미터 정도라서 어이없게도 길에 깔려 있는 오비를 밟고 지나가는 기분이 들었다네. 오가는 사람은 다들 일렬로 서서 조심스럽게 빠져나갔지. 나는 그 좁은 띠 같은 길 위에서 K와 마주쳤다네. 발에 온 신경을 집중하던 나는 K의 얼굴을 마주할 때까지 그의 존재를 전혀 알아차리지 못하고 있었네. 갑자기 내 앞이 막혀서 고개를 들었을 때에야 거기에 서 있는 사람이 K라는 사실을 알아차렸네. 나는 K에게 어디에 가느냐고 물었네. K는 잠시 저쪽에, 하고 말했네. 그의 대답은 언제나처럼 애매모호했지. K와 나는 좁은 띠 위에서 몸을 교차시켰네. 그러자 K의 바로 뒤에 젊은 여자가 서 있는 게 보였네. 근시인 나는 그때까지도 모르다가 K를 보내면서 여자의 얼굴이 확실히 보이자 적잖이 놀랐다네. 하숙집 따님이었네. 따님은 무안한 듯 얼굴을 발그레하게 물들이며 내게 인사했네. 그때의 머리 모양은 지금과 달리 둥근 앞머리를 쏙 내밀게 빗고, 머리 한가운데에 똬리처럼 돌돌 말아 올리고 있었네. 나는 한 대 얻어맞은 사람처럼 따님의 머리를 보고 있었는데, 순간적으로 길을 양

* 足馱, 굽 높은 나막신.

부 해야 한다는 사실을 알아차렸다네. 나는 과감히 진창 속
으로 한 발을 집어넣었지. 그리고 비교적 지나기 쉽도록 공
간을 충분히 비워주었다네. 따님이 잘 지나갈 수 있도록 말
이지.

　야나기초 거리로 나온 나는 어디로 가야 할지 막막했다
네. 어디를 가든 별로 재미가 없을 것 같았네. 나는 흙탕물
이 튀어 오르는 것도 신경 쓰지 않고 진창 속을 터벅터벅 걸
어갔다네. 그리고 하숙집으로 돌아왔지.

34

나는 K에게 따님과 같이 외출했냐고 물었네. K는 아니라
고 대답하더군. 마사고초에서 우연히 만나 같이 돌아오던
길이었다고 설명했네. 나는 더 이상 따지지 않았다네. 그러
나 식사 때 따님에게 같은 질문을 하고 싶어지더군. 따님은
내가 싫어하는 예의 그 웃음을 지었네. 그러고는 어디에 갔
는지 맞춰보라고 했네. 당시의 나는 욱하는 성질이 남아 있
었기 때문에 젊은 여자에게 놀림을 당하면 화가 났다네. 그
때 식탁에 같이 앉아 있던 사람들 중 그런 내 기분을 눈치챈
사람은 부인뿐이었네. K는 오히려 태연했네. 따님의 태도
를 보면 알고서 일부러 그러는지, 아니면 눈치를 못 채고 천
진난만하게 그러는지 확실치 않았다네. 따님은 젊은 여자

치고는 사려가 깊은 편이었지만 내가 싫어하는 젊은 여자들의 공통점도 가지고 있어서 이해가 가지 않는 것도 아니었지. 내가 싫어하는 부분은 K가 하숙집에 오고 나서 처음으로 내 눈에 띄었네. 나는 그것을 K에 대한 내 질투 때문인지, 나에 대한 따님의 기교라고 봐야 하는지 판단하기가 어려웠지. 나는 지금도 그때의 내 질투를 기억에서 완전히 지울 생각은 없네. 반복해서 말한 대로 나는 가끔 사랑의 이면에 이런 감정이 움직이고 있다는 점을 명확히 의식하고 있었기 때문이네. 게다가 주위 사람들이 보기에는 하잘것없는 자질구레한 일에 이 감정이 반드시 작용하기 때문이지. 사족이지만 이런 질투는 사랑의 또 다른 일면이 아닐까. 결혼하고 나서는 이 감정이 점점 엷어졌네. 그 대신 사랑의 감정도 예전처럼 맹렬하게 불타오르지 않았지.

나는 그때까지 주저하던 내 생각을 단숨에 상대방의 가슴속으로 집어넣어버리자고 결심했다네. 내가 말한 상대방은 따님이 아니었네. 부인이었지. 부인에게 따님을 달라고 담판을 짓자고 생각한 것이네. 하지만 결심을 하고 나서도 실행일을 하루 이틀 미루고 있었네. 참 우유부단한 남자로 보이겠지. 그렇게 보여도 상관없지만 내가 실행하지 못한 것은 의지력이 부족해서가 아니었네. K가 오기 전까지는 남의 손에 놀아나지 않겠다며 인내하던 나 자신의 결심이 나를 옭아매어 움직일 수 없게 만든 것이네. 그리고 K가 하숙집에 온 이후부터는 따님이 K에게 마음이 있는 게 아닌가 하는 의심이 끊임없이 나를 지배하고 있었다네. 따님이 나보다도 K를 더 마음에 두고 있다면 이 사랑은 입 밖으로 낼 가치가 없다고 생각한 것이지. 창피당하기 싫다는 것과는 좀 다르네. 내가 아무리 사랑하더라도 상대방이 다른 사람을 사랑의 눈으로 보고 있다면 나는 그런 여자와 함께하기 싫었네. 세상에는 자신이 좋아하는 여자를 억지로 아내로 삼고서 기뻐하는 사람도 있지만, 그런 사람은 세상에 닳고 닳은 남자이거나 아니면 사랑의 심리를 이해하지 못하는 아둔한 남자라고 나는 생각하고 있었네. 일단 결혼하면 어떻게든 안정될 것이라는 이유를 납득할 수 없었다네. 나는 상당히 고상한 사랑의 이론가였지. 동시에 가장 멀리 돌아가는 사랑의 실천가였다네.

오랫동안 한 집에서 사는 동안 가장 중요하다고 할 수 있는 따님에게 직접 내 마음을 밝힐 기회도 가끔 있었지만 나는 일부러 그것을 피해왔었네. 일본의 관습상 그런 것이 허락되지 않는다는 자각이 그즈음의 내 마음속에 뿌리 내리고 있었거든. 그러나 그것만이 나를 속박했다고는 할 수 없네. 일본인, 특히 젊은 여자는 그런 경우에 처하면 상대방에게 자신의 생각을 스스럼없이 말할 용기가 부족하다고 여겼던 거지.

35

그런저런 이유로 나는 어느 쪽으로도 나아가지 못한 채 제자리에 못 박혀 있었네. 몸이 안 좋을 때 낮잠을 자다 보면 눈은 떠져서 주위가 확실히 보이는데 손발은 움직일 수 없는 경우가 있지 않는가. 나는 그때 그런 괴로움을 남모르게 겪고 있었다네.

그러다가 한 해가 지나고 봄이 찾아왔네. 어느 날 부인이 K에게 가루타*를 할 거니까 친구를 데리고 오지 않겠냐고 말한 적이 있네. 그 말이 떨어지자마자 K는 친구가 한 명도 없다고 말했네. 부인은 깜짝 놀랐지. K에게는 친구라고 부를 수 있는 사람이 한 명도 없었다네. 오다가다 인사하는 정도의 사람은 다소 있었지만 가루타 등을 같이 할 정도의 친구는 아니었지. 부인은 내게 아는 사람이라도 부르면 어떠냐고 말했지만 공교롭게도 나는 유쾌한 놀이를 할 기분이 아니어서 건성으로 대답하고 모른 척했다네.

그런데 밤이 되자 K와 나는 결국 따님에게 끌려 나오고 말았다네. 손님이 오지 않아 하숙집 사람들끼리만 하는 가루타여서 참 조용했다네. 그런데 이런 놀이를 해본 적이 없는 K는 양손을 품속에 넣고 있는 사람이나 다를 바가 없었

---

* かるた, 일본의 고전 시가가 적힌 카드로 하는 놀이로, 주로 정월에 실내에서 한다.

네. 나는 K에게 햐쿠닌잇슈*를 아느냐고 물었지. K는 잘 모른다고 대답했네. 내 말을 들은 따님은 아마도 내가 K를 경멸이라도 하는 줄 알았나 보네. 눈에 띄게 K편을 들더군. 결국 두 사람이 한 편이 되어 내게 대항하는 모양새가 되었네. 상대방이 어떻게 나오느냐에 따라 싸움을 했을지도 모르네. 다행히도 K의 태도는 처음과 변함이 없었네. 그의 득의양양한 모습을 찾아볼 수 없었던 나는 무사히 그 순간을 넘길 수 있었다네.

이삼 일이 지난 후의 일이었네. 부인과 따님은 아침부터 이치가야에 있는 친척집에 간다며 집을 나섰네. K와 나는 아직 학교가 시작되지 않아서 집을 지키고 있었다네. 나는 책을 읽는 것도 산책을 나가는 것도 싫어서 그저 화로 가장자리에 팔꿈치를 대고 턱을 괸 채로 멍하게 앉아 있었다네. 옆방에 있는 K 역시 아무 소리도 내지 않고 있었지. 사람이 있는지 없는지 모를 정도로 조용했네. 그러나 이런 일은 우리 두 사람에게는 드문 일도 아니었기 때문에 나는 크게 신경 쓰지 않았네.

10시쯤 되었을 때 K가 갑자기 장지문을 여는 바람에 나와 얼굴을 마주했다네. 그는 문지방에 서서 내게 무슨 생각

* 百人一首, 100명의 가인(歌人)이 지은 시가 중에서 대표적인 시가를 하나씩 뽑아놓은 것. 후지와라 테이가(藤原定家, 1162~1241)가 선별했다.

을 하느냐고 물었네. 나는 물론 아무 생각도 안 하고 있었네. 만일 생각하고 있었다면 언제나처럼 따님에 대한 생각이었을지도 모르지. 따님에게는 물론 부인도 딸려 있지만, 최근에는 K까지 들러붙어서 내 머릿속을 헤집고 다녀 더 복잡하게 만들고 있었네. K를 어슴푸레하게 귀찮은 존재처럼 의식하고 있으면서도 분명히 그렇다고는 말할 수 없었지. 나는 그의 얼굴을 보며 잠자코 있었네. 그때 K가 내 방으로 성큼성큼 들어와 내가 기대고 있는 화로 앞에 앉더군. 나는 팔꿈치를 화로 가장자리에서 치우고 화로를 K 쪽으로 밀어주었네.

K는 평소의 그답지 않은 이야기를 시작하더군. 부인과 따님은 이치가야의 어디로 갔느냐고 물었네. 나는 아마도 숙모네 집에 갔을 거라고 대답했지. 그러자 K는 그 숙모는 어떤 사람이냐고 물었네. 나는 부인과 마찬가지로 군인의 아내라고 알려주었네. 그러자 온나노넨시*는 15일이 지나서인데 왜 이렇게 빨리 외출했냐고 묻더군. 나는 이유는 모른다고 대답했지. 의례적으로 말하는 것 외에는 달리 할 말이 없었다네.

---

* 女の年始, 여자들은 친척과 손님 접대로 설에 쉴 수 없어서 행사가 일단락되는 1월 15일 즈음에 쉬며 인사를 다녔다.

36

K는 좀처럼 부인과 따님의 이야기를 그만두지 않았네. 결국에는 나도 대답할 수 없는 부분에 대해서도 물었지. 나는 귀찮다기보다도 이상한 느낌이 들었네. 예전에 내가 그 둘에 대해서 이야기할 때의 그를 생각하면 그가 달라졌음을 느끼지 않을 수 없었기 때문이네. 나는 그 이유를 알고 싶어서 견딜 수 없었다네. 그래서 왜 오늘따라 유난히 그런 얘기만 하는 거냐고 물었지. 그 순간 K는 갑자기 입을 다물었네. 그러나 나는 굳게 다문 그의 입 주변 근육이 떨리는 것을 주시했네. 그는 원래 말이 없는 사람이었네. 평소에도 무슨 말을 하기 전에는 입 주변이 꾸물거리는 버릇이 있었지. 그의 입술이 그의 의지에 반항하듯 쉽게 열리지 않는 데에는 그의 말이 가진 무게가 무거웠겠지. 일단 말문이 터지면 그 목소리에는 보통 사람보다도 몇 배나 강한 힘이 깃들어 있었네.

그의 입 주변을 잠시 바라봤을 때 나는 무슨 말을 하겠구나 바로 알아차렸지만 그것이 어떤 것인지는 예상할 수 없었네. 그렇기 때문에 깜짝 놀랐지. 그의 무거운 입이 따님에 대한 절절한 사랑을 토해냈을 때의 나를 상상해보게. 나는 그의 마법 지팡이로 인해 단번에 화석이 되어버렸기에 입을 우물거리는 동작조차 사라져버렸지.

그때의 나는 두려움의 덩어리라고 할까, 괴로움의 덩어

리라고 할까, 어쨌든 덩어리가 되어버렸네. 돌이나 철처럼
미리부터 발끝까지 갑자기 굳어버렸다네. 호흡을 하는 탄
력성조차 잃어버릴 정도로 딱딱해졌지. 다행스러운 일은
그 상태가 오래 지속되지 않았다는 것일세. 나는 한순간이
지난 후 인간으로 돌아왔네. 그리고 아뿔싸, 하고 생각했네.
한 발 늦었다고 생각했지.

그러나 그후 어떻게 해야겠다는 판단은 전혀 서지 않았
네. 할 수 있는 여유가 없었겠지. 나는 겨드랑이에서 삐져나
오는 기분 나쁜 땀에 셔츠가 축축하게 젖는 것을 가만히 참
고 있었네. 그러는 동안 K는 평소처럼 무거운 입을 열어 자
신의 마음을 드문드문 털어놓기 시작했네. 나는 괴로워서
견딜 수가 없었네. 아마도 그 괴로움은 큰 광고판처럼 내 얼
굴에 확실한 글자로 새겨졌을 것이네. 평상시의 K라면 그
것을 몰랐을 리 없겠지만 그 또한 나름대로 자신의 말에 온
신경을 집중하고 있어서 내 표정 따위에 신경 쓸 여유가 없
었을 테지. 그의 고백은 처음부터 끝까지 덤덤한 어조였네.
무겁고 둔한 대신 쉽사리 움직일 수 없다는 느낌이 들었지.
내 마음의 반은 그 고백을 듣고, 나머지 반은 어떻게 해야
하나 생각을 하고 있었네. 이 두 가지가 끊임없이 교란되어
자세한 이야기는 거의 귀에 들어오지 않았지. 그래도 그의
입에서 나오는 어투만은 가슴을 강하게 두드렸다네. 그래
서 나는 앞서 말한 고통만이 아니라 일종의 두려움마저 느

껐다네. 상대방이 나보다 강하다는 공포감이 싹트기 시작
했지.

K의 이야기가 얼추 끝났을 때 나는 아무 말도 할 수 없었
네. 나 역시 그에게 똑같은 내용의 고백을 해야 할지 말아야
할지 이해득실을 따지며 침묵을 지키고 있었던 게 아니네.
그저 아무 말도 할 수 없었네. 말할 기운도 없었고.

점심 때 K와 나는 마주 앉았네. 하녀의 식사 시중을 받으
며 평상시와 달리 맛없는 밥을 먹었지. 우리는 밥을 먹으면
서도 거의 말을 하지 않았네. 부인과 따님이 언제 돌아오는
지도 몰랐지.

37

우리는 각자 방으로 들어가서 얼굴을 마주하지 않았다네.
K는 아침과 마찬가지로 조용했네. 나도 골똘히 생각에 잠
겨 있었네.

내 마음을 K에게도 털어놓아야 한다고 생각했네. 하지만
그러기에는 이미 늦었다는 생각이 들기 시작했지. 왜 아까
K의 말을 막고 내가 역습에 나서지 못했을까. 그것이 큰 잘
못인 것만 같았네. 적어도 K의 뒤를 이어서 나 역시 내 마음
을 그 자리에서 바로 밝혀버렸더라면 좋았을 텐데 하는 생
각이 들었네. K의 고백이 일단락이 된 지금 와서 내가 똑같

은 말을 꺼내는 건 아무래도 부자연스러웠기 때문이지. 나는 이 부자연스러움을 극복할 방법을 찾지 못했네. 내 머리는 회한의 소용돌이에 휩싸였지.

나는 K가 다시 장지문을 열고 이쪽을 향해 돌진해오면 좋겠다고 생각했다네. 나로서는 기습 공격을 당한 거나 진배없었지. 나는 K에게 대응할 준비를 전혀 갖추고 있지 않았네. 그래서 오전에 잃어버린 것을 이번에는 꼭 되찾겠다는 속셈을 품고 있었지. 그래서 시시각각으로 고개를 들어 장지문을 쳐다보았네. 그러나 장지문은 아무리 시간이 지나도 열리지 않았네. K는 한없이 조용했지.

그러는 동안 내 머리는 점점 교란되어 갔다네. K는 지금 장지문 너머에서 무슨 생각을 하고 있을까? 도저히 신경이 쓰여서 견딜 수 없었다네. 평소에도 이런 식으로 장지문 하나를 사이에 두고 침묵하는 경우가 많았지. K가 조용하면 할수록 그의 존재를 잊곤 했으므로 그때의 나는 꽤나 제정신이 아니었다고 봐야 하네. 일단 말을 꺼낼 기회를 놓친 나는 K가 다시 말을 걸어올 때만을 기다리는 것 외에는 달리 방법이 없었다네.

도저히 가만히 있을 수 없는 지경에 이르렀지. 억지로 참고 있자니 K의 방으로 뛰어 들어갈 것만 같았거든. 나는 일어서서 툇마루로 나갔네. 그곳을 통해 거실로 들어가서 찻주전자의 뜨거운 물을 잔에 따르고 한 잔 마셨다네. 그리고 현관 밖으로 나갔지. 나는 일부러 K의 방을 피해 나왔고, 오가는 사람들 사이에 서 있었네. 어디로 가겠다는 목적도 없었네. 단지 가만히 있을 수 없었을 뿐이었지. 어디로 갈지 정하지도 않고 신년의 거리를 정처 없이 무작정 걸었네. 아무리 걸어도 내 머릿속은 K로 가득해졌지. K를 머릿속에서 밀어낼 생각으로 계속 걸었던 것은 아니었네. 오히려 스스로 그의 모습을 반추하면서 방황하고 있었지.

나는 K를 이해할 수 없었네. 왜 갑자기 내게 그런 것을 털어놓았는지, 왜 털어놓지 않고서는 견딜 수 없을 정도로 그의 사랑이 격렬해졌는지, 평소의 그가 어디로 사라져버렸는지, 나는 도저히 이해하기 힘들었네. 나는 그가 강하다는 것을 알고 있었네. 또 그가 성실하다는 것도 알고 있었지. 앞으로 내가 취할 태도를 정하기 전에 그에게 물어봐야 할 게 많을 것 같았네. 동시에 그를 대하기가 껄끄럽고 기분 나쁘게 느껴졌네. 나는 정신없이 거리를 걸으며 자신의 방에 가만히 앉아 있는 그의 얼굴을 계속 눈앞에 그렸다네. 내가 그를 움직이게 하는 것은 도저히 불가능하다는 목소리가 어디선가 들렸지. 나는 그가 마물처럼 느껴졌네. 영원히 그에게 벌을 받는 게 아닐까 하는 생각이 들기도 했다네.

내가 지쳐서 집에 돌아왔을 때도 그의 방에서는 여전히 인기척이 나지 않고 조용하더군.

38

내가 집으로 들어가자마자 인력거 소리가 들렸네. 지금처럼 고무 타이어가 아니었던 시절이라 듣기 거북한 덜컹거리는 소리가 꽤 먼 거리에서도 들렸다네. 인력거가 문 앞에 멈추더군.

그로부터 한 삼십 분이 지나서 저녁을 먹으라는 소리가 들렸네. 부인과 따님이 건넌방에 외출복을 그냥 벗어 던져 놓은 채라 방은 여러 가지 색으로 어질러져 있었네. 두 사람은 식사 시간이 늦어지면 미안하다며 급하게 돌아온 듯했네. 그러나 부인의 배려는 나나 K에게 크게 효과가 없었지. 나는 식탁에 앉아서도 말을 아끼는 사람처럼 쌀쌀맞게 인사만 했네. K는 나보다도 더 말이 없었지. 모녀가 같이 외출하고 와서 평상시보다 훨씬 기분이 좋았기 때문에 우리의 태도가 더욱 눈에 띄었네. 부인은 내게 무슨 일이 있었냐고 물었네. 나는 몸이 좀 안 좋다고만 대답했네. 실제로 나는 몸이 안 좋았어. 그러자 이번에는 따님이 K에게 같은 질문을 던졌네. K는 나처럼 몸이 안 좋다고는 대답하지 않았네. 그저 말을 하고 싶지 않다고 했지. 따님은 왜 말하기 싫으냐고 물었네. 나는 그때 문득 무거운 눈꺼풀을 들어 올려서 K의 얼굴을 보았네. K가 뭐라고 대답할지 호기심이 발동했던 거지. K의 입술은 늘 그렇듯 약간 떨렸다네. 그것은 모르는 사람이 보면 마치 고민하고 있는 듯 보이기도 했지. 따님은 웃으면서 또 뭔가 어려운 것을 생각하고 있군요, 하고 말했네. K의 얼굴은 쑥스러운 듯 붉어졌네.

그날 밤 나는 평상시보다 일찍 잠자리에 들었네. 내가 식사 때 몸이 안 좋다고 한 것이 신경 쓰였는지 부인은 10시경 소바유*를 가지고 왔더군. 내 방은 이미 컴컴했네. 부인은 "어머나, 이를 어째" 하며 장지문을 살짝 열었네. K의 책상 램프에서 나오는 빛이 비스듬하게 들어와 희미하게 내 방을 밝혔다네. K는 아직 깨어 있었네. 부인은 내 머리맡에 앉아서 감기 걸린 것 같으니까 몸을 따뜻하게 하는 게 좋다며 소바유가 담긴 잔을 내게 내밀었네. 나는 어쩔 수 없이 걸쭉한 소바유를 부인이 보는 앞에서 다 마셨네.

나는 밤늦게까지 어둠 속에서 생각에 잠겨 있었네. 물론 하나의 문제를 빙빙 회전시킬 뿐으로 아무런 해결책도 찾지 못했다네. 나는 갑자기 K는 지금 옆방에서 무엇을 하고 있을까 하는 생각이 들었네. 나는 거의 무의식적으로 이보게, 하고 말을 걸었네. 그러자 저쪽에서도 왜, 하고 대답을 했네. K도 아직 깨어 있었던 거지. 나는 아직 안 자느냐고 장지문 너머로 물었네. K는 이제 잘 거라며 짧게 인사했네. 뭐하냐고 다시 물었지. 이번에는 아무 대답 없었네. 그 대신

* 蕎麥湯, 메밀가루를 뜨거운 물에 푼 메밀당수.

5, 6분 지났을 즈음 드르륵 하고 벽장 여는 소리와 함께 이부자리를 펴는 소리가 어렴풋이 들렸네. 나는 몇 시냐고 다시 물었지. K는 1시 20분이라고 대답하더군. 램프가 꺼지는 소리가 들리더니 집 전체가 어둠 속에 빠지며 고요해졌다네.

그러나 내 두 눈은 어둠 속에서 더욱 선명해졌네. 나는 또다시 무의식적인 상태로 이보게, 하고 K에게 말을 걸었네. K도 아까와 같은 말투로 왜, 하고 대답했네. 나는 오늘 아침에 그에게 들은 이야기에 대해 좀 더 자세하게 얘기하고 싶은데 괜찮냐며 내가 먼저 말을 꺼냈네. 나는 물론 장지문을 사이에 두고 그런 이야기를 할 생각은 없었네. K의 대답만은 바로 들을 수 있다고 생각했지. 그런데 K는 아까부터 두 번이나 불러도 두 번 다 솔직하게 대답하지 않았네. 떨떠름한 기색의 나지막한 목소리로 글쎄, 하는 대답이 돌아왔다네. 나는 다시 한번 덜컥했네.

39

K의 무성의한 대답은 다음날도 그다음 날도 그의 태도에 뚜렷하게 나타났네. 그는 먼저 예의 문제를 입에 담을 생각이 전혀 없어 보였네. 무엇보다도 그럴 기회도 없었지만. 부인과 따님이 같이 하루 종일 집을 비우지 않으면 우리는 여

유를 가지고 침착하게 그 얘기를 할 수 없었네. 알고 있으면서도 이상하게 짜증이 났지. 처음에는 K가 먼저 말을 걸어올 때까지 기다릴 생각으로 몰래 준비하던 나였지만 그냥 때를 봐서 먼저 말을 꺼내자고 결심했지.

나는 아무 말 없이 하숙집 사람들의 분위기를 관찰했네. 그러나 부인이나 따님의 태도는 평상시와 별반 다르지 않았네. K의 고백을 기준으로 모녀의 전후 행동에 차이가 없다면 K는 단지 내게만 고백했을 뿐으로 감독자인 부인에게는 아직 전달된 게 아니라고 확신했지. 이런 생각이 들었을 때 나는 약간 안심이 되었다네. 그래서 억지로 기회를 만들어 일부러 이야기를 꺼내기보다는 자연스럽게 찾아오는 기회를 놓치지 말자고 마음먹었지. 그래서 당분간 그냥 놔두기로 했다네.

이렇게 말하니까 상당히 간결하게 들리지만 이런 생각에 도달하기까지 내 마음에는 밀물과 썰물처럼 다양한 일들이 있었다네. 나는 K의 변함없는 분위기를 보고 이런저런 의미를 부여했네. 부인과 따님의 말과 행동을 관찰하며 두 사람의 마음이 솔직하게 드러나고 있는지 여부를 의심해보기도 했지. 인간의 마음속에 설치된 복잡한 기계가 시곗바늘처럼 거짓 없이 명확하게 시계판 위의 숫자를 가리킬 수 있을까 하는 생각도 했지. 나는 동일한 문제에 대해 다양한 방면으로 이해를 구한 끝에 드디어 이런 결론을 내린 것이라고 생각해주게. '결론을 내리다'는 말은 결코 이럴 때 사용할 수 있는 말이 아닐 수도 있지만.

그러던 사이에 학교 수업이 다시 시작되었다네. 우리는 수업 시간이 같은 날에는 나란히 하숙집을 나섰네. 시간이 맞으면 돌아올 때도 역시 같이 돌아왔지. 사람들이 보기에 K와 나는 예전과 다름없이 친해 보였을 것이네. 하지만 속으로는 자신의 일을 제각각 생각하고 있었을 테지. 틀림없네. 어느 날 나는 갑자기 거리에서 K에게 따지듯 물었네. 나는 우선 일전의 고백을 내게만 했는지 부인이나 따님에게도 했는지 물었네. 내가 앞으로 취해야 할 태도는 이 질문에 대한 그의 대답에 달려 있었지. 그는 다른 사람에게는 아직 말하지 않았다고 분명히 말했네. 내 예상대로여서 내심 기뻤지. 나는 K가 나보다 뻔뻔하다는 것을 잘 알고 있었네. 그 배짱을 이길 수 없다고 자각하고 있었지. 하지만 한편으로는 묘하게 그를 믿고 있었네. 학비 문제로 양부모를 삼 년씩이나 속였던 K지만 그에 대한 내 믿음에는 변함이 없었지. 오히려 더 그를 믿었네. 아무리 의심이 많은 나라도 그의 명백한 대답을 속으로 부정할 생각은 조금도 일지 않았네.

나는 또 그를 향해 그의 사랑을 어떻게 할 것인지 물었네. 단순한 고백인지 아니면 실제로 행동으로 옮길 것인지 말일세. 그는 아무 말이 없었네. 그저 아래만 보고 걸었지. 나는 그에게 일부러 숨기려 하지 말고 뭐든지 생각하는 대로 말해달라고 부탁했네. 그는 내게 숨길 필요가 전혀 없다고 분명히 말하더군. 그러면서도 내가 알고 싶은 것에 대해서는 한마디도 대답해주지 않았다네. 길거리인지라 나도 거기까지 알아낼 수는 없었네. 결국 그것으로 끝나고 말았지.

40

어느 날 나는 오랜만에 학교 도서관에 갔네. 넓은 책상의 한쪽에 앉아 창문에서 들어오는 햇살을 몸의 절반으로 받으면서 새로 들어온 외국 잡지를 뒤적이고 있었다네. 담임교수로부터 전공의 어떤 사항에 대해서 다음 주 초까지 조사해오라는 과제를 받았기 때문이었네. 그러나 내게 필요한 사항을 좀처럼 찾을 수 없어서 나는 두세 번 정도 논문을 다시 빌려야 했네. 겨우 필요한 논문을 찾아내 집중해서 읽고 있을 때였네. 갑자기 폭이 넓은 책상 반대쪽에서 작은 목소리로 내 이름을 부르는 소리가 들렸지. 고개를 들어보니 그곳에 K가 서 있었네. K는 상반신을 책상 위에 구부려서 내게 얼굴을 가까이 들이대더군. 알다시피 도서관에서는 타인에게 방해가 될 정도로 큰 목소리로 이야기해서는 안 되기에 K의 이 행동은 누구나 하는 일반적인 행동이지만, 그때만은 이상한 기분이 들었다네.

K는 낮은 목소리로 공부하느냐고 물었네. 나는 조사할 게

267

있다고 대답했지. K는 내게서 얼굴을 떼지 않으면서 역시 작은 목소리로 산책을 하지 않겠느냐고 묻더군. 나는 좀 기다려준다면 가능하다고 대답했네. 그는 기다리겠다고 하더니 바로 내 앞의 빈자리에 앉았네. 그러자 나는 정신이 산만해져서 도저히 논문을 읽을 수가 없었네. K가 무슨 속셈이라도 있어서 담판이라도 내러 온 게 아닌가 싶어 안절부절못했지. 나는 어쩔 수 없이 읽다 만 논문을 덮고 일어서려고 했네. K는 태연하게 벌써 다 읽었냐고 물었지. 나는 상관없어, 하고 대답했네. 그러고는 논문을 반납하고 K와 같이 도서관을 나왔다네.

우리는 딱히 갈 곳도 없어서 다쓰오카초에서 이케노하타로 나와 우에노 공원으로 들어갔네. 그때 그는 예의 그 일에 대해서 입을 열었네. 전후의 상황을 종합해서 추측해보니 K는 그것 때문에 일부러 산책하자고 했던 것이었네. 하지만 그의 태도는 실질적으로는 조금도 발전이 없었네. 그는 내게 그저 막연하게 어떻게 생각하느냐고 묻더군. 어떻게 생각하느냐는 질문은 사랑의 심연에 빠진 그를 내가 어떤 눈으로 보고 있느냐는 뜻이었네. 한마디로 말해 그는 현재의 자신에 대해서 내 의견을 원하는 듯했네. 그때 나는 그가 평소와 다르다는 것을 확실히 알게 되었지. 자꾸만 되풀이 말하는 것 같지만 그의 성격은 남의 생각에 좌우될 만큼 약하지 않았네. 자신의 신념을 끝까지 밀어붙일 배짱과 용기가 있는 남자였네. 양부모와의 일로 그의 성격을 확실히 알게 된 나로서는 그의 태도가 그때와는 전혀 다르다고 확신했지.

내가 K에게 왜 내 의견이 필요한지 물었을 때 그는 평상시와 달리 기운 없이 자신이 약한 인간이라는 것이 부끄럽다고 했네. 그리고 고민도 되고, 자기 자신을 알 수 없어서 내가 공정한 판단을 해줬으면 한다고 하더군. 나는 바로 고민한다는 뜻이 뭐냐고 되물었네. 그는 앞으로 나아가도 되는지, 물러서야 하는지 고민이라고 했네. 나는 먼저 치고 나갔네. 물러서라고 하면 물러설 수 있느냐고 물었네. 그러자 그는 아무 말도 못 했네. 그저 괴롭다고만 하더군. 실제로 그의 얼굴은 괴로움으로 범벅되어 있었네. 만약 상대가 따님이 아니라면 나는 그의 마음에 드는 대답을 했을 거네. 그리고 흔들리는 심정에 단비를 뿌려주었을지도 모르지. 나는 아름다운 동정심을 가지고 태어난 인간이라고 자신을 믿고 있었으니까. 그러나 그때의 나는 달랐다네.

41

나는 다른 유파 사람과 무술 시합이라도 하는 것처럼 K를 주의 깊게 살폈네. 내 눈, 내 마음, 내 몸, '나'라는 이름이 붙는 것에 조금의 빈틈도 없도록 준비해서 K를 향해 맞섰지.

죄 없는 K는 빈틈투성이 정도가 아니라 그냥 활짝 열린 상태라고 할 정도로 무방비 상태였네. 나는 그가 보관하고 있는 요새 지도를 그에게 직접 받아 찬찬히 분석하고 있는 거나 다름없었지.

K가 이상과 현실 사이에 방황하며 비트적거리고 있는 것을 발견한 나는 단번에 그를 쓰러뜨릴 수 있는 부분에 주목했네. 그리고 바로 그 빈틈으로 쳐들어갔지. 나는 그를 향해 갑자기 엄숙하고 정색한 태도를 취했네. 물론 책략이지만 그 태도에 어울리는 긴장감도 있어서 자신에게 우스꽝스러움이나 수치스럽다는 느낌을 가질 여유는 없었네. 나는 먼저 "정신적으로 향상심이 없는 자는 바보라네" 하고 말해버렸네. 이 말은 우리가 보슈를 여행하고 있을 때 K가 내게 했던 말이네. 나는 그의 말을 그대로 인용하면서 그의 말투까지 흉내 냈지. 결코 복수가 아니었네. 하지만 복수 이상으로 잔혹했다는 점은 인정하네. 나는 그 한마디로 K의 앞에 가로놓여진 사랑을 막으려고 했지.

K는 정토진종의 절에서 태어난 사람이네. 그러나 그는 중학교 때부터 결코 생가의 종지(宗旨)에 가까운 성향은 아니었네.* 교리를 구별할 줄 모르는 내가 이런 말을 할 자격

---

* 정토진종의 승려는 아내를 둘 수 있었기 때문에 K의 수양이나 금욕이 '생가의 종지'와 가깝지 않은 것으로 생각한 것이다.

이 없다는 점도 잘 알고 있지만, 단지 남녀 문제의 관점에서 볼 때 그렇게 생각했던 것이네. K는 예부터 정진이라는 말을 좋아했네. 나는 그 말 속에 금욕이라는 의미도 포함되어 있을 것이라고 해석했지. 나중에 진실을 들어보니 그것보다도 훨씬 엄중한 의미가 들어 있어서 놀랐지만. 도를 위해서는 모든 것을 희생해야 한다는 것이 그에게 가장 중요한 신조이므로 절욕이나 금욕은 물론 설령 욕구를 떠난 사랑 그 자체라도 도에 방해가 될 것이었네. K가 자립 생활을 하고 있을 때 나는 자주 그의 주장을 들었네. 그즈음부터 따님을 마음에 두고 있던 나는 그의 의견에 반대했지. 내가 반대하면 그는 늘 안타깝다는 표정을 지었는데, 거기에는 동정보다도 경멸이 더 많았다네.

우리는 이런 과거를 가지고 있기 때문에 정신적으로 향상심이 없는 자는 바보라는 말이 K에게 얼마나 뼈아픈 말인지도 알고 있었네. 앞에서도 말했듯 나의 이 한마디가 그가 쌓아온 역사를 발로 차버리는 결과를 낼 거라고는 생각하지 않았네. 도리어 지금까지처럼 계속 쌓아갈 수 있도록 만들 생각이었네. 그가 도를 깨치든, 하늘에 도달하든, 나와는 상관이 없었네. 나는 단지 K가 갑자기 인생의 방향을 전환해서 내 이해와 충돌하는 것이 두려웠을 뿐이었네. 내 말은 단순한 이기심의 발현이었지.

"정신적으로 향상심이 없는 자는 바보일세."

나는 두 번이나 반복했네. 그리고 그 말이 K에게 어떤 영향을 미칠지 바라보고 있었지.

"바보다." 한참 후 K가 답했네. "나는 바보다."

K는 갑자기 멈춰 서서 움직이지 않고 땅바닥을 뚫어지게 바라보고 있었네. 나는 순간 흠칫했네. 그 순간에 좀도둑이 현장을 들키자 갑자기 강도로 변하는 것처럼 K가 변해가는 것이 느껴지더군. 하지만 그런 것치고는 그의 목소리는 너무나 힘이 없었네. 나는 그의 눈빛을 보고 싶었지만 그는 끝까지 날 보지 않았네. 그리고 천천히 다시 걷기 시작했지.

42

나는 K와 나란히 걸음을 옮기면서 그의 입에서 나올 다음 말을 마음속으로 기다리고 있었네. 아니 잠복하고 있었다는 편이 더 적당할지도 모르겠군. 그때의 나는 설령 K를 속여도 상관없다고까지 생각했으니까. 그러나 나 역시 교육받은 양심은 있었기 때문에 만약 누군가가 내 옆에 와서 너는 비겁하다고 한마디만 속삭여줬더라면 나는 그 순간에 제정신으로 돌아왔을지도 모르네. 만약 K가 그 사람이었다면 나는 얼굴이 뜨거워졌을 거네. K는 나를 괴롭히기에는 너무나 정직했네. 너무 단순하고 선량했네. 사랑에 눈이 먼 나는 그 점에 경의를 표하는 것도 잊고 도리어 그 점을 꼬투

리 잡아 그를 타도하려고 한 거지

　K는 내 이름을 부르며 나를 쳐다보았네. 나는 걸음을 멈추었지. 그러자 K도 멈춰 섰네. 나는 그제야 K의 눈을 정면으로 볼 수 있었네. K는 나보다 키가 커서 올려다볼 수밖에 없었네. 나는 늑대의 마음으로 죄 없는 양을 바라보았지.

　"이제 그런 얘기는 그만하자." 그가 말했네. 그의 눈과 말에는 이상하리만치 비통함이 서려 있었네. 나는 대답을 할 수 없었네. "그만 좀 해주게." K가 이번에는 부탁하는 말투로 다시 말했네. 나는 그때 그를 향해 잔혹하게 대답했네. 마치 늑대가 기회를 노리다가 양의 숨통을 끊어놓듯이.

　"그만하라고? 내가 꺼낸 게 아니라 애초에 자네가 먼저 꺼낸 이야기잖아. 하지만 자네가 그만하고 싶다면 그만둬도 좋아. 입만 멈춘다고 변하는 게 있나? 자네 마음이 그만둘 각오가 없다면 자네가 늘 주장해오던 건 어떻게 수습할 작정이지?"

　내가 이렇게 말했을 때 나보다 큰 그가 갑자기 위축되더니 작아진 느낌이었네. 그는 몹시 고집이 센 남자였지만 한편으로는 또 남보다 몇 배나 정직했기 때문에 자신의 모순이 심하게 비난당하면 결코 태연하게 있을 수 없는 성격이었지. 나는 그의 분위기를 보고 안심했다네. 그가 갑자기 "각오?" 하고 되물었네. 그리고 내가 대답도 하기 전에 "각오, 각오라면 못할 것도 없지" 하고 덧붙였네. 그것은 혼잣

말 같았네. 마치 꿈속에서 들리는 말 같았지.

우리는 이야기를 멈추고 고이시카와의 하숙집으로 발길을 돌렸네. 비교적 바람이 없는 따뜻한 날이었지만, 그래도 겨울이라 공원 안은 쓸쓸했네. 서리를 맞아 푸른빛을 잃은 삼나무의 다갈색이 흐릿한 하늘 아래 우듬지를 나란히 하고 솟아 있는 모습을 돌아봤을 때는 한기가 등에 매달려 있는 기분이 들었다네. 우리들은 저녁노을 속의 혼고다이를 서둘러서 지나쳐 반대쪽 언덕 위로 올라갔다가 다시 고이시카와 비탈길 아래로 내려갔네. 나는 그때가 되어서야 겨우 외투 아래의 몸이 따뜻해지기 시작했네.

서두르고 있었기 때문이기도 했지만 우리는 거의 말을 하지 않았네. 하숙집으로 돌아와서 식탁에 앉았을 때 부인은 왜 늦었는지 이유를 물었네. 나는 K가 우에노에 가자고 해서 다녀왔다고 대답했네. 부인은 이렇게 추운데, 하고 말하며 놀란 모습이었지. 따님은 우에노에 뭐가 있었는지 묻더군. 나는 아무것도 없고 그저 산책만 했을 뿐이라고 대답했지. 평소에도 말이 없는 K는 더 말이 없었네. 부인이 말을 걸어도, 따님이 웃어도 제대로 대답조차 하지 않았네. 그리고 밥을 마치 물마시듯 급하게 먹고는 내가 아직 자리에서 일어서지도 않았는데 자신의 방으로 들어가버렸네.

43

당시는 각성이라든지, 새로운 생활이라든지 하는 말이 아직 없던 시절이었네. 그러나 K가 낡은 자신을 벗어던지고 새로운 방향으로 달려 나가지 않았던 것은 그에게 현대인의 사고가 부족해서는 아니네. 그에게는 벗어던질 수 없을 만큼 소중한 과거가 있었기 때문이네. 그는 그 덕분에 지금까지 살아올 수 있었다고 해도 과언이 아니네. 그래서 K가 사랑이라는 목적을 향해 맹목적으로 다가가지 않았다고 해서 그 사랑이 미적지근한 것임을 증명한다고는 볼 수 없네. 아무리 맹렬하게 불타고 있어도 그는 함부로 움직일 수 없었네. 앞뒤를 따질 수 없을 정도의 충동이 일어날 상황이 되지 않는 한, K는 잠깐 멈춰서 자신의 과거를 되돌아봐야 했던 것이네. 과거가 가리키는 길을 지금까지처럼 걸어가야 하는 것이었지. 그는 현대인이 갖지 못하는 고집과 인내가 있었네. 나는 이 두 가지 점에서 그의 마음을 잘 간파하고 있었다고 생각하네.

우에노에서 돌아온 날 밤을 나는 평온하게 보냈네. K가 방으로 들어가자 나 역시 뒤를 쫓아 그의 책상 옆에 앉았네. 그리고 두서없이 세상 사는 이야기를 했지. 그는 귀찮아했네. 내 눈은 승리의 빛으로 반짝였을 거야. 내 목소리는 확실히 의기양양했을 테고. 나는 잠시 K와 한 화로에서 손을 쬔 후 내 방으로 돌아왔네. 다른 건 무슨 수를 써도 그를 이길 수 없었지만 그때만큼은 두려워할 필요가 없다고 자각하고 있었다네.

나는 곧 편안하게 잠들었네. 하지만 내 이름을 부르는 소리에 눈을 떴지. 칸막이 장지문이 한 60센티미터 정도 열려 있었고, 그곳에 K의 검은 그림자가 서 있었네. 그의 방에는 저녁 무렵과 마찬가지로 램프가 켜져 있었네. 갑자기 세계가 바뀐 나는 잠시 동안 말을 할 수 없었네. 그저 멍하게 그 광경을 바라보고 있었지.

그때 K는 벌써 자냐고 물었네. K는 늘 늦게까지 깨어 있었지. 나는 검은 그림자를 향해 무슨 일이냐고 물었네. K는 별 거 아니라고, 그저 자는지 깨어 있는지 알고 싶어서 변소에 다녀오면서 물어봤다고만 대답하더군. K는 램프를 등지고 있어서 표정이나 눈빛을 전혀 알 수 없었네. 하지만 목소리는 평소보다 침착한 것 같았지.

K는 장지문을 꼭 닫았네. 내 방은 바로 원래의 어둠 속으로 돌아갔지. 나는 그 어둠 속에서 조용한 꿈을 꾸기 위해서 다시 눈을 감았네. 나는 그 이후의 일에 대해서는 아무것도 모른다네. 다음 날 아침이 되어서 어젯밤 일을 생각해보니 왠지 이상하더군. 어쩌면 전부 꿈이 아닌가 싶었네. 그래서 밥을 먹을 때 K에게 물었더니 장지문을 열어 내 이름을 불렀다고 하더군. 왜 그랬냐고 묻자 딱히 확실한 대답도 하지

않았네. 맥이 풀릴 즈음 오히려 요즘 잠은 잘 자냐고 묻더군. 나는 뭔가 이상한 느낌이 들었네.

그날은 같은 시간에 강의가 있는 날이라 K와 나는 같이 하숙집을 나왔네. 아침부터 어젯밤 일이 신경 쓰이던 나는 도중에 또다시 K를 추궁해보았네. K는 나를 만족시킬 만한 답을 주지 않더군. 나는 더 이상 할 말이 없냐고 몇 번이나 확인했다네. K는 없다고 강한 어조로 잘라 말하더군. 어제 우에노에서 "그 얘기는 그만하자"고 했지 않느냐고 마치 주의를 주는 듯이 들렸다네. K는 그런 점에서는 자존심이 센 남자였네. 순간적으로 그것을 눈치챈 나는 그가 사용한 '각오'라는 말을 떠올렸네. 그러자 지금까지 전혀 신경 쓰지 않고 있던 그 두 글자가 묘하게 내 머리를 짓누르기 시작했네.

44

K가 과단성 있는 성격이란 건 나도 익히 알고 있었네. 그가 이번 일에 대해서만 우유부단하다는 것도 나는 이해하고 있었지. 나는 일반적인 그를 알고 있으면서 예외적인 부분도 확실하게 파악했다는 생각으로 득의양양했지. 그런데 '각오'라는 그의 말을 머릿속으로 몇 번이고 곱씹어보던 중에 내 득의양양함은 점점 퇴색되어 갔다네. 결국에는 흔들거리기 시작했네. 나는 이번 경우도 예외가 아닐지도 모른

다는 생각이 들었네. 그가 모든 의혹, 번민, 고민을 한꺼번에 해결하는 최후의 수단을 가슴속에 깊이 간직하고 있는 게 아닐까 하는 생각이 들기 시작한 거지. 그런 새로운 관점에서 '각오'라는 두 글자를 다시 바라본 나는 가슴이 철렁 내려앉았네. 그때 내가 다시 한번 그에게 '각오'에 대해서 물어봤다면 좋았을지도 모르네. 슬프게도 나는 한쪽 눈이 멀어 있었네. 그저 K가 따님을 향해서 앞으로 나아간다는 의미로 그 말을 해석했지. 과단성 있는 그의 성격이 사랑에도 발휘되는 것이라고, 그것이 그가 말한 '각오'일 거라고 혼자서 착각하고 있었네.

나는 내게도 마지막 결단이 필요하다는 마음의 소리를 들었다네. 나는 바로 그 목소리 덕분에 용기를 냈지. 나는 K보다 먼저, K가 모르는 사이에 일을 진행해야 한다고 결단을 내렸네. 나는 말없이 기회만 노렸지. 하지만 이틀이 지나고 사흘이 지나도 나는 기회를 잡을 수 없었네. 나는 K가 없을 때, 따님이 외출하고 없을 때를 기다렸다가 부인과 담판을 짓자고 생각했네. 그러나 한쪽이 없으면 다른 한쪽이 있는 날이 계속되어 이때다 싶은 기회가 좀처럼 찾아오지 않았다네. 나는 짜증이 났지.

일주일이 지나자 나는 더 이상 기다릴 수 없어서 꾀병을 부렸다네. 부인과 따님에게, K에게도 일어나라고 재촉받은 나는 건성으로 대답하고 10시 무렵까지 이불을 덮고 누워 있었네. 나는 K도 따님도 없어서 집안이 고요해질 때를 틈타 이부자리에서 나왔다네. 내 얼굴을 본 부인은 바로 어디가 아프냐고 물었지. 식사를 방으로 가져갈 테니까 더 자라고 하더군. 몸에 이상이 없는 나는 도저히 누워 있을 기분이 아니었네. 얼굴을 씻고 언제나처럼 거실에서 밥을 먹었네. 그때 부인은 긴 화로의 반대쪽에서 시중을 들어주었네. 나는 아침도, 점심도 아닌 밥을 손에 든 채 어떤 식으로 얘기를 꺼낼까 고민하고 있었기 때문에 겉으로 보기에는 몸이 좋지 않은 병자처럼 보였을 것이네.

나는 밥을 다 먹고 나서 담배를 피웠네. 내가 일어서지 않아서 부인도 화로 옆을 떠날 수 없었다네. 하녀를 불러 밥상을 물리게 한 후 찻주전자에 물을 붓거나 화로 가장자리를 닦거나 하면서 앉아 있었네. 나는 부인에게 특별한 볼일이라도 있느냐고 물었고, 부인은 없다고 대답했네. 이번에는 부인이 왜 그러냐고 되물었지. 나는 할 말이 있다고 했네. 부인은 뭐냐고 물으며 내 얼굴을 빤히 쳐다보았지. 부인은 내 마음을 전혀 이해하지 못할 정도로 가벼운 기분으로 나를 대하고 있어서 말을 꺼낼지 말지 주저했다네.

나는 어쩔 수 없이 적당히 어물쩍거리다가 K가 요즘 무슨 말을 하지 않았냐고 부인에게 물어봤네. 부인은 너무 뜻밖이라는 듯 “무슨 말?” 하고 반문하더군. 내가 대답하기도 전에 “학생한테 뭐라고 했나요?”라고 다시 물었네.

45

K로부터 들은 고백을 부인에게 전할 생각이 없었던 나는 "아닙니다"라고 말했네. 그러나 곧바로 거짓말을 한 나 자신이 상당히 불쾌하게 느껴졌네. K에게 부탁받은 게 아니라서 K에 관한 용건이 아니라고 다시 말했네. 부인은 "그래요?"라고 말하고 내 말을 기다렸네. 어떻게든 말을 꺼내야만 했다네. 나는 대뜸 "부인, 따님을 제게 주십시오"라고 말했네. 부인은 내가 예상했던 만큼도 놀라지 않았다네. 그래도 잠시 동안 대답을 하지 않고 그저 내 얼굴만 묵묵히 쳐다보았네. 한번 말을 꺼낸 이상 둔감한 척 있을 수는 없었네. 그래서 "주십시오. 꼭 주십시오"라고 다시 한번 말했네. "제 아내로 꼭 주십시오"라고 말했지. 부인은 나이를 먹은 만큼 나보다도 훨씬 침착했네. "줘도 좋지만 너무 성급하지 않나요?"라고 물었네. 내가 "갑자기 아내로 삼고 싶어졌습니다"라고 망설이지 않고 대답했더니 웃음을 터뜨렸네. 그리고 "잘 생각해본 건가요?"라고 다시 확인했지. 나는 갑작스럽게 말을 꺼내기는 했지만 결코 충동적인 게 아니라는 취지로 설명했다네.

그리고 두세 가지 질문을 더 받은 거 같은데 그건 잊어버렸네. 남자처럼 시원시원한 성격인 부인은 보통 여자와 달리 이런 경우에는 상당히 기분 좋게 이야기할 수 있는 사람이었네. "좋아요, 자네한테 주겠어요"라고 말했지, "내가 거만하게 주겠다고 말할 입장은 아니네요. 부디 데려가주세요. 아시는 바대로 아버지가 없는 가여운 아이입니다"라고 부인이 내게 부탁했네.

이야기는 간단명료하게 정리되었다네. 아마 십오 분도 채 걸리지 않았을 것이네. 부인은 어떤 조건도 제시하지 않았네. 친척들과 의논할 필요도 없고, 나중에 알리기만 하면 된다고 말했네. 본인의 의향조차 확인할 필요가 없다고 확실하게 말하더군. 그 점에 대해서는 학문을 한 내가 도리어 형식에 구애받고 있는 게 아닌가 싶을 정도였네. 친척은 물론이고 본인에게는 미리 이야기해서 승낙을 얻는 것이 순서가 아닌가 하고 말하자 부인은 "괜찮아요. 본인이 싫다는 데로 내가 그애를 보낼 리가 없잖아요"라고 말했네.

내 방으로 돌아온 나는 일이 너무 쉽게 진행되었다는 생각이 들어 도리어 기분이 이상했네. 과연 이대로 괜찮을까 하는 의구심마저 생길 정도였지. 내 미래의 운명은 이것으로 정해졌다는 생각이 내 모든 것을 새롭게 변화시켰네.

나는 점심쯤에 다시 거실로 가서 부인에게 아침의 이야기를 따님에게 언제 전할 생각이냐고 물었네. 부인은 나만 좋다면 언제라도 상관없다고 했지. 이런 말을 듣자 왠지 나보다도 부인이 더 남자답게 여겨져 그냥 물러나려고 했네. 그러자 부인이 나를 불러세우고는 만약 빨리 전하기를 원한다면 오늘도 좋다며 수업에서 돌아오면 바로 말하겠다고 하더군. 나는 그러는 편이 좋겠다고 대답하고 다시 내 방으로 돌아왔네. 아무 말 않고 책상 앞에 앉아서 생각을 하고 있자니 도저히 가만히 있을 수 없었네. 나는 결국 모자를 쓰고 밖으로 나왔네. 그리고 비탈길 아래에서 따님과 우연히 마주쳤네. 아무것도 모르는 따님은 나를 보고 놀란 모양이었네. 내가 모자를 벗고 "지금 오는 길입니까?"라고 묻자 따님은 병이 벌써 다 나았냐며 신기해했네. 나는 "네, 다 나았습니다. 다 나았어요"라고 대답하고 서둘러서 스이도 다리 쪽으로 돌아갔네.

46

나는 사루가쿠초에서 진보초 거리로 나가 오가와마치 쪽으로 돌아서 들어갔네. 나는 늘 이 일대의 헌책방을 구경하러 다녔지만 그날만은 손때 묻은 책이 도무지 눈에 들어오지 않더군. 나는 걸으면서 끊임없이 하숙집에 대해 생각했지. 아까 부인과 나눈 대화가 떠올랐네. 그리고 따님이 집에 돌아온 후에 벌어질 일도 상상해보았네. 그러니까 이 두 가지 때문에 나는 걷고 있었네. 이따금 나는 무의식적으로 멈춰 서곤 했네. 그리고 지금쯤 부인이 따님에게 이야기를 하고 있겠지, 하고 생각했네. 또 어떤 때는 벌써 이야기가 끝났겠구나, 하는 생각도 들었네.

결국 나는 만세 다리를 건너서 묘진의 비탈길을 올라갔다가 혼고다이 쪽으로 와서 다시 기쿠자카를 내려와 고이시카와의 움푹 팬 지대로 내려갔네. 내가 걸은 거리를 선으로 이으면 세 구(區)*에 걸쳐 타원형을 그렸다고 볼 수 있는데, 나는 긴 산책을 하는 동안 K에 대해서는 전혀 생각하지 않았네. 지금 그때의 나를 되돌아보며 왜 그랬냐고 나 자신에게 물어봐도 잘 모르겠네. 단지 기이할 따름이네. 내 마음이 K를 잊을 수 있을 정도로 긴장했다고 한다면 더 이상 할 말이 없지만, 내 양심이 그것을 용서할 리 없었을 것이네.

K에 대한 내 양심이 되살아난 것은 내가 하숙집 대문을 열고 현관에서 방으로 들어갈 때, 평상시처럼 그의 방을 통과하려고 하는 순간이었네. 그는 언제나처럼 책을 읽고 있었네. 그리고 언제나처럼 책에서 눈을 떼고 내 쪽을 보았지. 그러나 그는 평소처럼 지금 오느냐고 말하지는 않았네. 그는 "병은 다 나았나? 의사에게는 갔나?"라고 물었네. 그 순간 그에게 두 손을 모아 용서를 빌고 싶어졌다네. 그때의 충동은 결코 약하지 않았네. 만약 K와 나 단 두 사람만 황야의 한 중간에 있다면 나는 분명 양심의 명령에 따라 그에게 용서를 빌었을 거네. 그러나 안쪽에는 사람들이 있었네. 내 양

---

* 고이시카와 구, 간다 구, 혼고 구를 말한다.

심은 바로 거기서 막혀버렸다네. 그리고 슬프게도 영원히 부활하지 않았지.

저녁 식사 때 K와 나는 다시 얼굴을 마주했네. 아무것도 모르는 K는 그저 침착했을 뿐 내게 조금도 의심 어린 눈초리를 보내지는 않았네. 아무것도 모르는 부인은 평상시보다 더 기분이 좋아 보였네. 나만 모든 것을 알고 있었지. 나는 납덩이 같은 밥을 먹었네. 그때 따님은 평상시처럼 같이 식탁에 앉지 않았네. 부인이 재촉하자 건넌방에서 금방 갈게요, 하는 대답만 했지. K는 그것이 이상했는지 무슨 일이 있냐고 부인에게 물었네. 부인은 아마도 쑥스러워서 그럴 거라고 하며 내 얼굴을 잠깐 쳐다보았네. K는 더욱 이상하다는 듯 무엇이 쑥스럽냐고 다시 추궁하듯 물었네. 부인은 미소 지으며 또다시 내 얼굴을 쳐다보았지.

나는 식탁에 앉자마자 부인의 표정을 보고 일이 어떻게 풀렸는지 여부를 거의 알 수 있었다네. 그러나 내가 있는 앞에서 K에게 자세하게 설명할 수는 없다고 생각한 모양이야. 하지만 부인은 그 정도의 일을 아무렇지도 않게 여기는 여자라서 나는 조마조마했다네. 다행히도 K는 다시 원래의 침묵으로 되돌아갔네. 평상시보다 더 기분이 좋은 부인도 내가 두려워하는 부분까지는 이야기하지 않았다네. 나는 안심하고 방으로 돌아왔지. 하지만 앞으로 내가 K에게 취해야 할 태도는 무엇일까? 나는 그것을 생각해야만 했다네.

나는 이런저런 변명을 속으로 연습해보았네. 하지만 그 어떤 변명도 K의 얼굴을 보고 하기에는 부족했지. 비겁한 나는 K에게 설명하는 것이 싫어졌네.

47

나는 그렇게 이삼 일을 보냈네. 그 이삼 일 동안 K에 대한 불안으로 가슴이 짓눌리는 느낌을 받았지. 어떻게든 말하지 않으면 그에게 너무 미안하다는 생각까지 들었네. 게다가 부인의 분위기나 따님의 태도가 시종일관 나를 찌르듯 자극했기 때문에 나는 더 괴로웠네. 남자다운 부인이 언제 우리 일을 식탁에서 K에게 다 말할지도 알 수 없었네. 그 이후 특히 눈에 띄게 달라진 나에 대한 따님의 언행도 K의 마음을 뒤흔드는 의심의 씨앗이 될 수 있었네. 나는 어떻게 해서든 나와 이 가족 사이에 성립된 새로운 관계를 K에게 전해야만 했네. 그러나 윤리적 약점을 가지고 있다고 스스로 인정하고 있는 나로서는 참으로 어려운 일이었지.

나는 어쩔 수 없이 부인에게 부탁해서 K에게 말할까 하는 생각도 해보았네. 물론 내가 없을 때 말이지. 그러나 전달하는 방법의 직접과 간접의 구별이 있을 뿐 면목이 없는 것은 변함이 없었네. 그렇다고 해서 날조된 이야기를 해달라고 부인에게 부탁을 하면 이유를 추궁당할 게 뻔했고, 만약 부인에게 모든 사정을 밝히고 부탁하면 나는 스스로 자신의 약점을 자신이 사랑하는 여자와 그 어머니 앞에 드러내야 하는 상황에 빠지게 될 것이었네. 성실한 내게는 그것이 내 미래의 신용에 관한 것이라는 생각밖에 들지 않았네. 결혼하기 전부터 사랑하는 사람의 신용을 잃는 것은 설령 그것이 눈곱만큼 작은 것이라도 내게는 견딜 수 없는 불행처럼 느껴졌네.

나는 정직한 길을 걷는다는 것이 그만 발을 헛디뎌서 미끄러진 바보였던 거네. 아니면 교활한 남자였거나. 이를 알고 있는 사람은 당시까지만 해도 하늘과 나뿐이었네. 그러나 다시 일어서서 한 발 앞으로 내딛기 위해서는 지금 미끄러진 것을 꼭 주위 사람들에게 알려야 한다는 궁지에 빠진 것이네. 나는 철저하게 미끄러진 것을 숨기고 싶었네. 동시에 앞으로 나아가야 했지. 나는 이 두 가지 사이에 끼여서 꼼짝달싹도 못 하는 지경에 이르고 말았네.

대엿새가 지난 후 부인이 갑자기 내게 K에게 말했는지 물었네. 나는 아직 얘기하지 않았다고 대답했네. 그러자 왜 이야기를 하지 않았느냐고 부인이 힐책하더군. 나는 이 물음 앞에 굳어버렸다네. 그때 부인이 내게 한 말을 나는 지금도 잊지 않고 있다네.

"나는 당연한 도리라고 생각하고 말했더니 이상한 얼굴을 하더군요. 학생도 그러면 안 되지요. 평소에 그렇게 친하게 지내는 사이인데 왜 아무 말 않고 잠자코 있었나요?”

나는 K가 그때 무슨 말을 하지 않더냐고 부인에게 물었
네. 부인은 아무 말도 하지 않았다고 대답했네. 그러나 나는
더 자세하게 묻지 않고서는 견딜 수 없었네. 물론 부인은 아
무것도 감출 이유가 없었지. 별말 없었다면서도 K의 상태
를 자세하게 알려주었네.

부인의 말을 종합해보면 K는 마지막 타격을 놀랐지만 침
착하게 받아들인 모양이었네. K는 따님과 나 사이에 이어
진 새로운 관계에 대해서 처음에는 “그렇습니까” 하고 단
한마디만 했을 뿐이라고 하네. 그러나 부인이 “학생도 기
뻐해주세요”라고 말하자 K는 처음으로 부인의 얼굴을 보
고 미소를 지으며 “축하드립니다” 하고서는 자리에서 일어
났다고 하네. 그리고 거실 장지문을 열기 전에 부인을 돌아
보며 “결혼은 언제입니까?”라고 물었다고. 그러고는 “뭔가
선물을 하고 싶지만 저는 돈이 없어서 드릴 것이 없네요”라
고 말했다고 하네. 부인 앞에 앉아 있던 나는 그 말을 듣고
가슴이 먹먹해지면서 괴로웠네.

48

계산해보면 부인이 K에게 이야기를 한 지 한 이틀 정도 지
나 있었네. 그사이 K는 내게 조금도 다른 분위기를 보이지

않아서 나는 전혀 눈치채지 못했다네. 그의 초연한 태도가 겉으로 드러나는 모습에 한정된 것이라고 해도 분명 탄복할 만한 것이라고 생각했네. 머릿속에서 그와 나를 비교해 보니 그가 훨씬 훌륭하게 보였네. '나는 책략에서 이겼어도 인간적으로는 졌다'는 느낌이 가슴속에서 소용돌이쳤네. 필시 K가 경멸하고 있을 거라고 생각하고 혼자서 얼굴을 붉혔다네. 그러나 지금 와서 K 앞에서 창피를 당하는 것은 내 자존심에 큰 고통이었네.

내가 말을 할지 말지 생각하다가 다음 날까지 기다리자고 결심한 것은 토요일 밤이었네. 그런데 그날 밤 K가 자살해 버렸네. 나는 지금도 그 광경을 떠올리면 소름이 끼친다네. 늘 동쪽을 향해 자던 내가 그날 밤은 우연히 서쪽을 향해 이부자리를 편 것이 무슨 관련이 있을지도 모르지. 나는 머리맡에서 차가운 바람이 느껴져 갑자기 눈을 떴네. 보니 언제나 닫혀 있는 K와 내 방 사이의 장지문이 얼마 전 밤과 마찬가지로 열려 있었네. 하지만 K의 검은 그림자는 보이지 않았네. 나는 마치 암시를 받은 사람처럼 이부자리에서 팔꿈치를 짚고 일어나며 K의 방을 흘낏 보았네. 램프의 불빛이 켜져 있었네. 그리고 이부자리도 깔려 있었지. 그러나 덮는 이불은 뒤집어져 가장자리가 겹쳐 있었네. 그리고 K는 반대쪽을 향해 엎드려 있었지.

나는 이보게, 하고 말을 걸었네. 그러나 아무런 대답도 없었네. 이보게, 왜 그래, 하고 나는 다시 K를 불렀네. K는 꿈쩍도 하지 않았다네. 나는 일어나서 곧장 문지방 앞까지 갔네. 거기서 어두운 램프 불빛으로 그의 방을 둘러보았지.

그때 나는 K에게서 갑자기 사랑의 고백을 들었을 때와 거의 동일한 느낌을 받았네. 내 눈은 방을 둘러보자마자 마치 유리로 만든 가짜 눈처럼 움직이는 능력을 잃고 말았네. 나는 막대처럼 서서 움직일 수 없었네. 질풍 같은 순간이 지나자 나는 돌이킬 수 없는 잘못을 했다는 생각이 들기 시작했네. 지울 수 없는 검은 빛이 내 미래를 통과하더니 한순간에 내 앞을 가로질러 내 인생을 덮쳤네. 나는 덜덜 떨기 시작했지.

그러나 나는 나 자신을 잃지 않았네. 나는 책상 위에 놓인 편지를 발견했지. 그것은 예상대로 내 앞으로 쓴 편지였네. 정신없이 봉투를 뜯었네. 하지만 내가 예상한 것은 적혀 있지 않았네. 괴로운 문장이 그 속에 적혀 있을 거라고 예상했거든. 그리고 만약 그것을 부인이나 따님이 본다면 날 얼마나 경멸할까 하는 공포감에 사로잡혀 있었네. 나는 좀 읽고 난 후 다행이라고 생각했네. (세상에 대한 체면만 생각하면 다행이었는데, 이 경우에는 세상의 이목이 내게는 중대한 사건으로 보였기 때문이네.)

편지 내용은 간단했네. 오히려 추상적이었지. 자신은 의지가 약하고 결단성이 없어 인생에 대한 희망이 없어서 자살한다고만 되어 있었네. 그리고 지금까지 내게 신세를 졌다며 감사하다는 인사가 아주 간결한 문장으로 적혀 있었을 뿐이었네. 신세를 지는 김에 죽은 후의 정리도 부탁한다는 말도 있었네. 부인에게 폐를 끼쳐서 미안하니 사과해달라는 말도 있었지. 고향에는 내게 알려달라는 부탁도 있었네. 필요한 것은 모두 짧게 언급되어 있었지만 따님의 이름만은 어디에도 보이지 않았네. 나는 끝까지 읽은 후 K가 일부러 언급하지 않았다는 사실을 알아차렸네. 내가 가장 통렬했던 것은 마지막에 먹으로 덧붙인 듯 보이는, '더 빨리 죽었어야 했는데 왜 지금까지 살았을까' 하는 의미의 문장이었네.

나는 떨리는 손으로 편지를 접어서 다시 봉투 속에 넣었네. 일부러 그것을 모두의 눈에 띄도록 원래 책상에 놓았지. 그리고 뒤돌아섰을 때 그제서야 장지문에 용솟음치듯 묻어 있는 피를 발견했네.

<h2 style="text-align:center">49</h2>

나는 별안간 K의 머리를 감싸안듯이 조심스럽게 살짝 들어 올렸네. K의 죽은 얼굴을 한번 보고 싶었네. 그러나 엎드려 있는 그의 얼굴을 아래쪽에서 들여다보고서 나는 그만 손을 놓고 말았네. 오싹해서만은 아니었네. 그의 머리가 굉장히 무겁게 느껴졌기 때문이네. 나는 방금 만진 차가운 귀와

평상시와 다름없는 짧게 깎은 숱 많은 머리카락을 잠시 내려다보았네. 나는 조금도 울고 싶지 않았네. 단지 두려웠을 뿐이었네. 그 두려움은 눈앞의 광경이 오감을 자극해서 일으키는 단조로운 두려움이 아니라, 차갑게 식은 친구로 인해 느끼는 운명의 두려움이었네.

나는 아무 생각 없이 내 방으로 돌아왔네. 그리고 네 평 남짓한 방을 빙빙 맴돌기 시작했지. 무의미해도 잠시 그렇게 움직이라고 내 머리가 명령했기 때문이네. 나는 어떻게든 해야 한다고 생각했네. 동시에 아무것도 할 수 없다는 생각이 들었네. 방 안을 빙빙 돌지 않으면 견딜 수 없었네. 우리에 집어 던져진 곰처럼.

나는 안으로 들어가서 부인을 깨울까 하는 생각도 해보았네. 하지만 여자에게 이 험한 광경을 보여서는 안 된다는 생각이 바로 나를 막았네. 부인은 물론이고 따님을 놀라게 하는 일은 도저히 할 수 없다는 강한 의지가 나를 막은 것이지. 나는 다시 방 안을 빙빙 맴돌기 시작했네.

그러다가 나는 방에 있는 램프를 켰네. 그리고 시계를 자꾸 보았지. 그때만큼 시간이 더디게 간 적도 없었을 것이네. 내가 언제 일어났는지 정확한 시간은 알 수 없지만 새벽이 가까워졌다는 것만은 분명했지. 빙빙 맴돌면서 새벽을 초조하게 기다리던 나는 이 어두운 밤이 영원히 계속되는 건 아닐까 하는 생각이 들어 불안에 떨었다네.

우리는 늘 7시 전에 일어났네. 학교가 8시에 시작되는 경우가 많아서 7시에 일어나지 않으면 수업에 지각했기 때문이지. 그래서 하녀는 6시면 일어났다네. 그날 내가 하녀를 깨우러 간 시간은 6시 전이었네. 그러자 부인이 오늘은 일요일이라고 알려주더군. 부인은 내 발소리에 잠이 깼던 것이네. 나는 부인에게 일어났으면 잠시 내 방으로 와달라고 부탁했네. 부인은 잠옷 위에 옷을 대충 걸치고 내 뒤를 따라왔네. 나는 방에 들어가자마자 지금까지 열려 있던 장지문을 바로 닫았네. 그리고 부인에게 말도 안 되는 일이 벌어졌다고 작은 목소리로 속삭였네. 부인은 무슨 일이냐고 물었지. 나는 턱으로 옆방을 가리키며 "놀라시면 안 됩니다"라고 말했네. 부인은 얼굴이 창백해졌다네. 나는 "부인, K가 자살했습니다"라고 다시 말했네. 부인은 그 자리에 못 박히듯 서서 내 얼굴을 보고 말을 잇지 못했네. 나는 갑자기 부인 앞으로 손을 내밀며 고개를 숙였네. "죄송합니다. 제가 나빴습니다. 부인에게도 따님께도 몹쓸 짓을 했습니다" 하고 사죄했지. 나는 부인을 마주 볼 때까지 그런 말을 할 생각은 전혀 없었네. 그런데 부인의 얼굴을 보자마자 나도 모르게 그렇게 말하고 말았다네. K에게 용서를 빌 수 없었던 나는 이렇게 부인과 따님에게라도 용서를 빌지 않고서는 견딜 수 없었다고 생각해주게. 내 천성이 평소의 나를 죽이고 비트적거리며 참회의 말을 하게 만들었던 거지. 부인이 내 말에 그런 깊은 의미가 있다고는 추호도 생각할 수 없었던 것이 내게 천만다행이었네. 부인은 새파랗게 질린 얼굴을 하면서 "뜻밖의 일이라면 어쩔 수 없지 않겠어요"라고 나를 위로했네. 그러나 얼굴은 놀라움과 두려움으로 근육이 딱딱하게 마비되어 있었네.

50

부인에게는 못할 짓이었지만 일어서서 닫힌 장지문을 열었네. 그때 K의 램프에 기름이 다 떨어졌는지 방 안은 캄캄하더군. 나는 뒤로 돌아가서 내 방의 램프를 손에 들고 입구에 서서 부인을 바라보았네. 부인은 내 뒤로 숨듯 좁은 방 안을 엿보았네. 그러나 들어가려고는 하지 않았네. 그곳은 그대로 두고 덧문을 열어달라고 말하더군.

그후 부인이 보인 태도는 군인의 미망인이기에 가능한 것이었네. 나는 의사에게 갔고 경찰서에도 갔네. 모두 부인에게 지시를 받아 간 것이었네. 부인은 그런 절차가 끝날 때까지 아무도 K의 방에 들여보내지 않았네.

K는 작은 나이프로 경동맥을 끊어서 단번에 죽었다고 했네. 그 외에 찰과상 비슷한 것은 아무것도 없었네. 내가 꿈같이 어두컴컴한 불빛 아래에서 본 장지문의 피는 그의 목덜미에서 뿜어져 나온 것이라고 했네. 나는 낮의 환한 햇빛

아래에서 그 자국들을 확실하게 다시 보았다네. 그리고 인간의 피가 얼마나 세찬지, 그 격렬함에 놀랐지.

부인과 나는 가능한 모든 수단과 방법을 동원해서 K의 방을 청소했다네. 그의 피는 다행히 그의 이불이 대부분 흡수해버려서 다다미에는 핏자국이 별로 없었네. 그래서 청소는 간단한 편이었네. 그의 유해를 내 방으로 옮기고 평소에 자는 것처럼 눕혀놓았네. 그리고 그의 친부모에게 전보를 치러 나갔네.

내가 돌아왔을 때 K의 머리맡에는 향이 피워져 있었네. 방에 들어가자 절 냄새와 연기가 코를 찔렀고, 그 연기 속에 앉아 있는 두 여자를 발견했지. 내가 따님 얼굴을 본 것은 어젯밤 이래 처음이었네. 따님은 울고 있었네. 부인도 눈이 빨개져 있었지. 사건이 일어나고 나서 그때까지 우는 것도 잊고 있던 나는 그제야 비로소 슬픔을 느꼈네. 내 가슴은 그 슬픔 때문에 얼마나 편안해졌는지 모른다네. 고통과 공포에 꽉 붙잡혀 있던 내 마음에 한 방울의 촉촉함을 그때의 슬픔이 전해주었네.

나는 아무 말 없이 두 사람 옆에 앉았네. 부인은 내게도 향을 올리라고 하더군. 나는 향을 올린 후 다시 말없이 앉아 있었네. 따님은 내게 아무 말도 하지 않았네. 가끔 부인과 한두 마디 이야기를 나누기는 했지만 그것은 볼일에 대해서였네. 따님에게는 K의 생전에 대해서 말할 정도의 여유가 아직 없었네. 그래두 어젯밤의 엄청난 광경을 보기 않아서 다행이라고 생각했지. 젊고 아름다운 사람이 끔찍한 광경을 보면 그 아름다움이 파괴되어버릴 것 같아서 나는 두려웠네. 두려움이 내 머리카락의 끝까지 도달했을 때도 나는 그 생각을 무시할 수 없었네. 내 두려움 속에는 죄 없는 아름다운 꽃에 함부로 채찍질을 가하는 것과 같은 불쾌감이 담겨져 있었거든.

고향에서 K의 아버지와 형이 왔을 때 나는 K의 유골을 어디에 묻을 것인가에 대해서 내 의견을 말했네. 나는 그가 살아 있을 때 조시가야 근처에 같이 산책을 나간 적이 있었네. K는 그곳을 참 마음에 들어했지. 그래서 나는 농담으로 그렇게 좋으면 죽고 나서 거기에 묻어주겠다고 약속한 적이 있었네. 그 약속대로 K를 조시가야에 묻으면 어느 정도 공덕이 되지 않을까 생각했던 거네. 나는 내가 살아 있는 한 매달 K의 묘 앞에 꿇어 앉아 참회하고 싶었네. 지금까지 당신들이 돌보지 않았던 K를 내가 돌봐왔다는 도리도 있어서인지 K의 아버지와 형은 내 의견을 들어주었네.

51

K의 장례식을 치르고 돌아오는 길에 나는 그의 친구 중 한 명으로부터 K가 왜 자살했느냐는 질문을 받았네. K가 죽은

후 나는 몇 번이나 이 질문에 시달렸네. 부인도 따님도, 고향에서 온 K의 아버지와 형도, 연락을 받은 지인들도, 그와는 아무런 연고도 없는 신문기자까지, 나에게 똑같은 질문을 던졌네. 내 양심은 그때마다 쿡쿡 찔리고 아팠지. 그리고 빨리 네가 죽였다고 자백하라는 목소리를 들었다네.

내 대답은 똑같았네. 나는 단지 그가 내 앞으로 남긴 편지를 반복해서 말하기만 했네. 그 외에는 단 한 마디도 추가하지 않았다네. 장례식에서 돌아오는 길에 같은 질문을 한 K의 친구는 품에서 신문을 한 장 꺼내서 내게 보여주더군. 나는 걸으면서 그 친구가 가리킨 곳을 읽었지. 거기에는 K가 부모와 형제로부터 의절당한 결과 염세적인 생각을 갖게 되었고, 그래서 자살했다고 적혀 있었네. 나는 아무 말도 하지 않고 그 신문을 접어서 친구에게 돌려주었네. 친구는 그 외에도 K가 미쳐서 자살했다고 보도한 신문도 있다고 알려주었네. 바빠서 신문을 읽을 여유가 없었던 나는 전혀 모르고 있었지. 그러나 속으로는 늘 신경이 쓰이던 참이었네. 나는 하숙집 식구들에게 폐가 되는 기사라도 있으면 어쩌나 하고 걱정했다네. 특히 이름만이라도 따님에 관한 얘기가 나온다면 참을 수 없을 것 같았네. 나는 그 친구에게 그 외에 다른 내용은 없었냐고 물었네. 친구는 자신이 본 것은 두 종류뿐이라고 하더군.

내가 지금 있는 집으로 이사를 온 것은 그로부터 얼마 지나지 않아서이네. 부인도 따님도 전에 살던 집을 싫어했고, 나도 그날 저녁의 기억이 매일 밤 반복되는 것이 고통스러 웠네. 그래서 의논한 끝에 이사하기로 결정했지.

이사하고 두 달 정도 지났을 무렵에 나는 무사히 대학을 졸업했네. 졸업해서 반년이 지나기도 전에 나는 결국 따님 과 결혼했지. 주변 사람들이 보기에는 만사형통이었기 때 문에 다들 축하를 해주었네. 부인도 따님도 얼마나 행복해 했는지 모르네. 나도 행복했지. 하지만 내 행복에는 늘 검은 그림자가 붙어 있었네. 나는 이 행복이 나를 슬픈 운명으로 데리고 가는 도화선이 아닐까 생각했네.

결혼하자 따님이, 이젠 따님이 아니라 아내라고 해야겠 군. 아내가 무엇을 기억해냈는지 둘이서 K의 묘에 참배를 가자는 말을 꺼냈네. 나는 아무 이유 없이 가슴이 철렁 내려 앉았네. 왜 갑자기 그런 생각을 하게 됐냐고 물었지. 아내는 둘이서 참배를 가면 K가 무척 기뻐할 거라고 하더군. 나는 아무것도 모르는 아내의 얼굴을 찬찬히 바라보았지. 왜 그 런 표정을 짓느냐는 아내의 말을 듣고 제정신으로 돌아왔 다네.

나는 아내가 원하는 대로 둘이서 조시가야에 갔네. 나는 K의 묘비에 물을 뿌리고 씻어주었지. 아내는 그 앞에 향을 피우고 꽃을 놓았네. 우리는 머리를 숙이고 합장을 했네. 아 내는 나와 결혼하게 된 이야기를 해서 K를 기쁘게 할 생각이었겠지. 나는 속으로 그저 내가 잘못했다고 반복할 뿐이었네.

그때 아내는 K의 묘비를 어루만지며 훌륭하다고 하더군. 대단한 것은 아니었지만 내가 직접 석수장이에게 부탁한 것이었기에 아내는 그렇게 말하고 싶었겠지. 나는 새로운 묘와 새로운 아내, 그리고 땅속에 묻힌 K의 새로운 백골을 떠올리며 운명의 비웃음과 욕설을 들어야만 했지. 나는 그 후 다시는 아내와 같이 K의 묘에 가지 않기로 결심했네.

52

죽은 친구에 대한 그런 감정은 언제까지고 계속되었다네. 실은 나도 처음부터 그것을 두려워하고 있었네. 몇 해 전부터의 희망이기도 했던 결혼조차 불안 속에서 식을 올려야 했네. 그러나 자신의 앞을 볼 수 없으니 어쩌면 내 마음을 바꾸어 새로운 인생을 살 수 있는 계기가 될지도 모른다고 생각했다네. 남편으로서 아침저녁으로 아내의 얼굴을 마주하자 내 덧없는 희망은 준엄한 현실 앞에서 맥없이 파괴되고 말았네. 나는 아내와 얼굴을 마주하는 동안에도 불현듯 K에게 위협을 당했네. 아내가 중간에 서서 K와 나를 연결시키고 있었네. 아내에게 전혀 부족함을 느끼지 않는 나는 단지 그것 때문에 아내를 멀리하고 싶어지네. 그러면 여자는 금방 알아차리지. 하지만 이유는 모른다네. 나는 가끔 아내로부터 무슨 생각을 그렇게 하느냐, 무슨 마음에 안 드는 일이라도 있느냐 등 마치 따지는 듯한 질문을 받는다네. 웃고 넘길 수 있을 때는 상관없지만 가끔은 아내도 신경질이 심해진다네. 결국에는 "당신은 나를 싫어하죠?"라든지, "내게 숨기고 있는 게 있어요"라는 원망 섞인 말을 들어야 했네. 나는 그때마다 괴로웠네.

나는 큰 맘 먹고 아내에게 다 털어놓자며 몇 번이나 결심하기도 했네. 그런데 막상 털어놓으려고 하면 나 자신이 아닌 어떤 힘이 갑자기 날 찾아와서는 억눌렀네. 나를 이해해주는 자네이기에 설명할 필요도 없다고 생각하지만, 그래도 얘기해야 할 일이니 말해두겠네. 그때의 나는 아내 앞에서 가식적인 모습을 보일 생각은 전혀 없었네. 만약 내가 죽은 친구에 대한 마음처럼 선량한 마음으로 아내 앞에 참회의 말을 늘어놓으면 아내는 기쁨의 눈물을 흘리며 내 죄를 용서해줄 것이 틀림없네. 그런데도 그것을 하지 않는 나는 전혀 이해타산적이지 않지. 나는 단지 아내의 기억에 암흑같은 한 점을 찍을 수 없어서 모든 것을 털어놓을 수 없었네. 순백한 것에 한 방울의 잉크라도 떨어뜨리는 것이 내게는 엄청난 고통을 수반하는 일이라고 이해해주게.

일 년이 지나도 나는 K를 잊을 수 없었네. 내 마음은 늘 불안했지. 나는 이 불안을 몰아내기 위해 책에 빠지려고 노력했네. 맹렬한 기세로 공부를 시작했지. 그리고 그 결과를 세상에 공표하는 날이 오는 것을 기다렸네. 하지만 억지로 목적을 정해놓고 그 목적이 달성되는 날을 기다리는 것은 거짓이라 기분이 좋지 않았네. 도저히 책 속에서 마음을 채울 수 없게 되었지. 나는 다시 팔짱을 끼고 세상을 바라보기 시작했네.

아내는 생활이 곤란하지 않아서 여유가 생긴 것이라고 본 모양이네. 아내의 집에도 모녀 둘이서 일하지 않아도 살아갈 수 있을 정도의 재산이 있었고, 나 또한 직업을 구하지 않아도 지장이 없는 상황이었기 때문에 그렇게 생각하는 것도 일리는 있었네. 나에게도 약간 망가진 느낌이 들었을 테고. 그러나 내가 일하지 않게 된 주요 원인은 아니었네. 숙부에게 사기당한 당시의 나는 사람은 의지가 되지 않는다는 것을 뼈저리게 느꼈지만 남을 나쁘게 생각할 뿐 자신은 훌륭한 인간이라는 자신이 있었네. 세상이 어떻든 나는 훌륭한 인간이라는 신념이 마음속 어딘가에 있었다네. 그런데 K 때문에 그것이 보기 좋게 붕괴되고 말았지. 자신도 숙부와 마찬가지 인간이라는 인식이 생겼을 때 나는 갑자기 흔들렸네. 사람에게 정나미가 떨어진 나는 나 자신에게도 정나미가 떨어져 더 이상 움직일 수 없게 된 것이지.

53

책 속에 자신을 파묻을 수 없었던 나는 술에 혼을 팔아 나 자신을 잊으려고 해본 적도 있었네. 나는 술을 좋아하지 않았지만, 마시면 마실 수 있는 체질이라서 그저 많이 마셔서 제정신을 잃으려고 했지. 이 천박한 방법은 얼마 지나지 않아 나를 더욱 염세적으로 만들었네. 나는 형편없이 취해 있던 중에 갑자기 내 입장을 깨달았지. 억지로 이런 흉내를 내서 나 자신을 속이고 있는 어리석은 자라는 사실을 깨달았네. 그러자 몸이 떨리면서 동시에 눈과 마음도 깨어났네. 어떨 때는 아무리 마셔도 착각 상태에조차 들어가지 못하고 무작정 가라앉는 경우도 생겼지. 억지로 유쾌함을 맛본 후에는 분명 침울해지는 반동이 있었네. 나는 가장 사랑하는 아내와 그 어머니에게 늘 그것을 보여주었네. 그녀들은 자신들의 타고난 성격으로 나를 해석했지.

장모는 가끔 아내에게 거북한 말을 하는 듯했네. 아내는 내게 숨겼지만. 그러나 아내는 아내대로 나를 책망했다네. 책망한다고 해도 그렇게 심한 말이 아니었지만. 아내로부터 어떤 말을 들었다고 내가 격해지는 경우는 거의 없었네. 아내는 가끔 어디가 마음에 들지 않는지 숨김없이 말해달라고 부탁했네. 그리고 미래를 위해서 술을 끊으라고 충고했지. 어떤 때는 울면서 "요즘 당신이 달라졌다"고 말하기도 했고. 그 정도라면 차라리 괜찮은 편이었네. "K씨가 살아 있다면 당신도 이렇게 되지 않았을 텐데"라고 말했네. 나는 그럴지도 모른다고 대답한 적이 있었네. 내가 대답한 의미와 아내가 이해한 의미가 전혀 달라서 나는 마음속으로 슬펐다네. 그래도 나는 아내에게 설명할 기분이 들지 않았네.

나는 가끔 아내에게 사죄도 했네. 많이 취해 늦게 돌아온 다음 날 아침이었지. 아내는 웃거나 아무 말도 하지 않았지. 가끔은 눈물을 뚝뚝 흘리기도 했네. 나는 내가 불쾌해서 견딜 수 없었네. 그래서 아내에게 용서를 비는 것은 나 자신에게 용서를 비는 것과 같은 일이었다네. 결국 나는 술을 끊었네. 아내의 충고로 끊었다기보다는 스스로가 혐오스러워져 끊었다는 쪽이 맞을 것이네.

술은 끊었지만 뭘 하고 싶은 마음은 전혀 들지 않았네. 어쩔 수 없어서 책을 읽었지만, 읽고 나면 그것으로 끝이었네. 그냥 방치해두었지. 나는 아내로부터 무엇을 위해 공부를 하느냐는 질문을 가끔 받았네. 그때마다 나는 쓴웃음을 지었지. 그러나 마음속 밑바닥에서는 세상에서 자신이 가장 신뢰하고 사랑하고 있는 단 한 사람의 인간조차 자신을 이해하지 못하는구나 하는 생각이 들어 슬펐다네. 이해시킬 방법도 있었지만 용기를 낼 수 없어서 슬펐지. 나는 적막했네. 세상과 단절되어 세상 속에 살고 있는 단 한 명이라는 기분도 자주 들었네.

동시에 나는 K의 사인이 자꾸만 떠올랐네. 당시에는 머릿속이 온통 사랑이라는 두 글자에 지배당하고 있었기 때문에 내 관찰은 간단하고 직선적이었네. K는 그야말로 실연당해서 죽었다고 바로 결론을 내려버렸지. 그러나 점차 기분이 안정되어 그 일을 다시 바라보자 그렇게 쉽게 해결이 날 문제가 아니라는 생각이 들었네. 현실과 이상의 충돌…… 그래도 여전히 불충분했지. 나는 결국 K가 나처럼 단지 홀로 외로워서 어쩔 수 없이 갑자기 결정한 일이 아닐까 하는 의문이 생겼네. 순간 오싹해졌네. K가 걸어간 길을 나도 K와 마찬가지로 걷고 있다는 예감이 내 가슴을 가로질러 불기 시작했기 때문이네.

54

그러던 중 장모님이 병으로 드러누웠네. 의사에게 보이자 나을 병이 아니라고 진단했네. 나는 힘닿는 데까지 열심히 간호했네. 이것은 병자를 위해서이기도 했고, 또 사랑하는 아내를 위해서기도 했지만, 더욱 큰 의미에서 말하면 종국적으로 인간을 위해서였네. 나는 그때까지도 뭔가 하고 싶어서 견딜 수 없었지만 아무것도 할 수 없어서 어쩔 수 없이 그냥 팔짱만 끼고 있는 것이나 다름없었네. 세상과 떨어진 내가 처음으로 자신이 먼저 손을 내밀어 얼마간이라도 좋은 일을 했다는 자각을 얻은 것은 이때였네. 나는 죄 갚음이라고 이름을 붙여야 할, 그런 기분에 지배당하고 있었던 거네.

장모님은 돌아가셨네. 아내와 나 단 둘이만 남겨졌지. 아내는 나를 향해 이제부터 세상에서 의지할 곳은 당신 한 사람밖에 없다고 했네. 자기 자신조차 건사하지 못하는 나는 아내의 얼굴을 보고 나도 모르게 눈물을 흘렸네. 그리고 아내를 불행한 여자라고 생각했지. 불행한 여자라고 소리 내서 말했다네. 아내는 왜냐고 물었네. 아내는 내 말의 의미를 이해하지 못했네. 나도 그것을 설명할 수 없었고. 아내는 울었네. 내가 평소부터 삐딱한 시선으로 그녀를 관찰하고 있기 때문에 그런 말을 하게 된 거라고 원망했지.

장모님이 돌아가신 후 나는 가능한 아내에게 다정하게 대하려고 애썼네. 아내를 사랑하고 있기 때문만은 아니었네. 내 다정함에는 개인을 떠나 더 넓은 배경이 있었네. 장모님을 간호했던 때와 같은 의미로 내 마음이 움직였네. 아내는 만족스러워했네. 하지만 그 만족 속에는 나를 이해할 수 없기 때문에 일어나는 희미하고 흐릿한 무언가가 포함되어 있었지. 그러나 아내가 나를 이해할 수 있는 부분에서 이 부족함은 늘어나지도 줄지도 않았지. 여자는 거시적인 인도주의적 입장에서 생기는 애정보다 다소 도리를 벗어나도 자신에게만 집중하는 다정함을 더 기뻐하는 성질이 남자보다 강한 것 같았네.

어느 날 아내는 남자의 마음과 여자의 마음이 왜 완전하게 하나가 되지 못할까요, 하고 물었네. 나는 단지 젊었을 때라면 가능하다고 애매모호한 대답을 해두었지. 아내는 자신의 과거를 돌아보고 있는 듯하더니 희미한 한숨을 내쉬었네.

내 가슴에는 그때부터 가끔 두려운 그림자가 번뜩이며 나타났네. 처음에는 우연히 밖에서 습격해온 것이었네. 나는 깜짝 놀라면서 오싹하기도 했지. 그러는 사이에 내 마음은 점점 그림자의 출현에 익숙해졌네. 결국 밖에서 오지 않아도 내 가슴 밑바닥에서 태어난 게 아닌가 하는 생각이 들었다네. 나는 그런 기분이 들 때마다 내 머리가 어떻게 된 게 아닌가 하고 의심했네. 하지만 나는 의사는 물론이고 누구에게도 진찰받을 생각은 없었네.

나는 그저 인간의 죄를 깊이 느꼈네. 그 느낌이 나를 매달 K의 묘로 가게 만들었다네. 그 느낌이 내게 장모님의 간호를 하게 한 것이지. 그 느낌이 아내를 다정하게 대하라고 명령했고. 나는 그 느낌 때문에 길 가는 모르는 사람들로부터 채찍질당하고 싶다고까지 생각한 적도 있다네. 이런 단계를 순차적으로 밟는 사이에 남에게 채찍질당하는 게 아니라 자기 자신을 채찍질해야 한다는 기분이 들었네. 채찍질하기보다도 자신을 죽여야 한다는 생각이 들었네. 나는 어쩔 수 없이 죽었다는 기분으로 살아가기로 결심했지.

내가 그렇게 결심하고 나서 오늘까지 몇 년이 흘렀네. 나와 아내는 사이좋게 살아왔네. 결코 불행하지 않았네. 행복했지. 그러나 내가 가지고 있는 한 점, 내게 있어서는 쉽지 않은 이 한 점이 아내에게는 늘 암흑으로 보였던 모양이네. 그 생각을 하면 아내에게 미안한 마음이네.

55

죽었다는 생각으로 살아가려고 결심한 내 마음은 가끔 외부 세계의 자극으로 요동쳤네. 그러나 내가 그 방면으로 가려고 하면 곧바로 무서운 힘이 어딘가에서 나타나 내 마음을 확 잡아 채서 조금도 움직일 수 없도록 만들었지. 그리고 그 힘이 내게 아무것도 할 자격도 없는 남자라고 나를 억누르듯 말했네. 그러면 나는 그 한마디에 바로 축 늘어져서 위축되고 말았지. 잠시 다시 일어서려고 하면 다시 짓누름을 당했네. 나는 이를 악물고 왜 방해하느냐고 소리도 질러보았다네. 그러면 불가사의한 힘은 차갑게 웃으며 잘 알고 있는 주제에, 라고 말했지. 나는 다시 축 늘어졌네.

파란도 우여곡절도 없는 단조로운 생활을 계속해온 내 내면 세계는 늘 이런 고통스러운 전쟁의 연속이었다고 생각해주게. 아내가 보고 답답해하기 전에 나 자신이 몇 배나 더 답답했다네. 이 감옥 속에 도저히 가만히 있을 수 없게 되었을 때, 이 감옥을 도저히 무너뜨릴 수 없게 되었을 때, 나로서는 가장 편안한 노력으로 수행할 수 있는 것이 자살 외에 없다고 느끼게 되었네. 자네는 왜냐고 물으며 눈을 크게 뜰지도 모르지만 언제나 내 마음을 옥죄어오는 그 불가사의하고 무시무시한 힘은 다양한 방면에서 내 활동을 막으면서 죽음의 길만은 자유롭게 열어두었다네. 움직이지 않고 있으면 모를까 조금이라도 움직이는 이상 그 길로 걸어가는 것 말고는 내게 방법이 없었네.

나는 오늘에 이르기까지 이미 두세 번 운명이 이끌어주는 가장 편안한 방향으로 나아가려고 한 적이 있네. 그러나 그때마다 아내가 생각났네. 물론 아내를 같이 데리고 갈 용기는 없었지. 아내에게 모든 것을 털어놓을 수 없는 내가 자신의 운명의 희생양으로 아내의 천수를 빼앗는 난폭한 짓을 한다니 생각만 해도 무서웠네. 내게 내 숙명이 있다면 아내에게는 아내의 운명이 있지. 둘을 하나로 묶어 불에 태우는 것은 억지네. 참혹한 극단이라고밖에 생각할 수 없었네.

동시에 내가 사라진 후의 아내를 상상해보면 참으로 딱하고 가여웠네. 어머니가 돌아가셨을 때 이제부터 세상에서 의지할 사람은 나밖에 없다고 한 그녀의 말을 나는 뼈에 사무칠 정도로 잊지 않고 있었거든. 나는 늘 주저했네. 아내 얼굴을 보고 그만둬서 다행이라고 생각한 적도 있었네. 그리고 또 가만히 움츠리고 있는 거네. 그러면 아내는 가끔 부족한 듯한 눈으로 나를 쳐다보았지.

기억해주게. 나는 이런 식으로 살아온 거네. 처음 자네를 가마쿠라에서 만났을 때도, 자네와 함께 교외를 산책했을 때도, 내 마음은 크게 바뀌지 않았네. 내 뒤에는 늘 검은 그림자가 꽉 붙어 있었지. 나는 아내를 위해 목숨을 질질 끌어 세상 속을 걷고 있는 거나 다름없는 사람이었네. 자네가 졸업해서 고향으로 돌아갔을 때도 마찬가지였네. 9월이 되면 만나자고 한 약속은 거짓말이 아니었네. 진심으로 만날 생각이었네. 가을이 지나 겨울이 오고, 그 겨울이 가도 분명 만날 생각이었네.

그런데 한창 더운 여름에 메이지 천황이 서거했네. 그때 나는 메이지 정신이 천황에게 시작되어 천황으로 끝났다는 생각이 들었네. 메이지의 영향을 가장 강하게 받은 우리가 천황의 서거 후에 살아남아 있는 것은 분명 시대 흐름을 거스르는 것이라는 느낌도 강하게 받았네. 나는 아내에게 분명히 그렇게 말했지. 아내는 웃으며 상대해주지 않았지만 갑자기 무슨 생각이 났는지 내게 순사라도 하면 되잖아, 하고 놀리더군.

56

나는 순사라는 말을 거의 잊고 있었네. 평소에 사용할 일이 없는 다어라서 기억의 밑바닥에 가라앉아 썩어가고 있었던 게 아닌가 싶네. 아내의 농담을 듣고 비로소 그것을 떠올렸을 때 나는 아내를 향해 만약 내가 순사한다면 메이지 정신을 위해 순사하는 거라고 대답했지. 내 대답도 물론 농담에 지나지 않았지만, 나는 그때 왠지 낡고 불필요한 말에 새로운 의의를 담은 것 같은 심정이었네.

그리고 약 한 달 정도가 지났지. 천황의 장례식 날 저녁 나는 언제나처럼 서재에 앉아서 예포 소리를 들었네. 메이지가 영원히 가버렸다고 알리는 소리였네. 나중에 생각하면 그것은 노기 대장이 영원히 떠났다는 것을 알리는 예포 소리이기도 했네. 나는 호외를 손에 들고 저도 모르게 아내에게 순사다, 순사다, 하고 말했다네.

나는 신문에서 노기 대장이 죽기 전에 남긴 글을 읽었네. 세이난 전쟁* 때 적에게 깃발을 빼앗긴 이래 사죄를 위해 죽으려고 생각하고 오늘날까지 살았다는 의미의 구절을 본 순간 나는 저도 모르게 손가락을 꼽으며 노기 대장이 죽을 각오를 하면서 살아온 세월을 계산해봤네. 세이난 전쟁은 1877년이므로 1912년까지는 삼십오 년이라는 시간적 거

---

* 西南戰爭, 메이지 10년(1877) 메이지 유신을 주도했던 유신삼걸 중 하나인 사이고 다카모리(西鄕隆盛, 1828~1877)를 옹립하고 메이지 신정부에 저항했던 일본 무사(武士, 사무라이)들의 반란으로, 일본의 마지막 내전이다. 이 전쟁에서 노기 마레스케는 군기를 반란군에게 빼앗겼다.

리가 있었네. 노기 대장은 이 삼십오 년 동안 죽으려고 생각하며 죽을 기회를 기다렸던 거지. 나는 그런 사람에게 살아 있던 삼십오 년이 괴로웠을까, 칼로 배를 찌르는 순간이 괴로웠을까, 하는 의문이 들었네. 둘 다 괴롭겠지.

그로부터 이삼 일 후 나는 드디어 자살하기로 결심했네. 내가 노기 대장이 죽은 이유를 잘 모르듯 자네도 내가 자살하는 이유를 명확하게 이해할 수 없을지도 모르지만, 만약 그렇다면 그것은 시대의 흐름이 가져온 인간의 차이니 어쩔 수 없겠지. 아니 개인의 타고난 성격 차이라고 말하는 편이 더 확실할지도 모르겠군. 나는 내가 할 수 있는 한 최선을 다해 이 불가사의한 '나'라는 인간을 자네에게 이해시키려고 필사적으로 노력했네. 이 긴 서술을 통해서.

나는 아내를 남겨두고 가네. 내가 사라져도 아내가 의식주는 걱정 없이 지낼 수 있어서 다행이지. 나는 아내에게 잔혹한 놀람과 공포를 주고 싶지 않네. 그래서 아내에게 피를 보이지 않고 죽을 생각이네. 아내가 모르는 사이에 몰래 이 세상에서 사라지려고 한다네. 내가 죽은 후 아내가 갑작스러운 죽음이었다고 생각하기를 바라거든. 미쳐서 죽었다고 해도 좋네.

내가 죽자고 결심하고 나서 벌써 열흘 이상이 지났네. 그 대부분의 시간을 자네에게 이 긴 자서전과 같은 글을 남기기 위해 사용했다고 생각해주게. 처음에는 자네를 만나 이야기할 생각이었지만 쓰고 보니 오히려 이 편이 나 자신을 확실히 설명한 것 같은 기분이 들어서 대단히 기쁘다네. 나는 술에 취해서 쓰지 않았네. 나를 낳은 내 과거는 인간의 경험 중 일부로서 나 외에는 그 누구도 말할 수 없는 것이니 그것을 거짓 없이 남겨두고자 하는 내 노력은 인간을 알기에 자네에게도, 다른 사람에게도 헛수고는 아닐 것이네. 와타나베 가잔*은 〈한단(邯鄲)〉이라는 그림을 그리기 위해 죽음을 일주일이나 연기했다는 이야기를 얼마 전에 들었네. 남이 보면 쓸데없는 것처럼 보일 수도 있겠지만 본인에게는 또 본인 나름의 요구가 마음속에 자리 잡고 있기 때문에 어쩔 수 없다고도 할 수 있지. 내 노력도 단순히 자네에 대한 약속을 지키기 위해서만은 아니네. 절반 이상은 나 자신의 요구를 따른 결과이지.

　나는 방금 그 요구를 완수했네. 이제 할 일이 남아 있지 않군. 이 편지가 자네 손에 들어갈 즈음 나는 이미 이 세상에 없을 것이네. 벌써 죽었을 테지. 아내는 열흘 전부터 이치가야의 숙모님 댁에 가 있네. 숙모가 병환이라 간호할 사람이 부족하다고 해서 내가 가라고 했다네. 나는 아내가 없는 동안 이 긴 편지의 대부분을 썼네. 가끔 아내가 돌아오면 나는 이 편지를 감추느라 애를 먹었지.

* 　渡辺華山, 1793~1841, 에도 시대 후기의 학자이자 화가.

　나는 내 과거를 선과 악 모두 다른 사람들이 참고할 수 있도록 제공한 셈이네. 그러나 아내만은 단 한 사람의 예외로 해주게. 나는 아내에게는 아무것도 알리고 싶지 않다네. 아내가 내 과거에 대해서 갖고 있는 기억을 가능한 순백으로 남겨두고 싶네. 그것이 내 유일한 바람일세. 그러니 내가 죽은 후라도 아내가 살아 있는 이상 자네에게만 털어놓은 내 비밀로, 모든 것을 마음속에 담아두길 바라네.

자기 마음을 다스리기 원하는 사람들에게

일본 근대 문학을 대표하는 '최초의 문호'로 지금도 일본 독자들에게 꾸준히 인기를 얻고 있는 나쓰메 소세키(夏目漱石)의 대표작 『마음(こころ)』은 근대 소설의 규범이 되었다는 평가를 받으며 일본 고등학교 교과서에 실렸으며, 여러 언어로 번역되어 세계적으로도 널리 알려졌다. 판매 부수 1,700만 부를 돌파할 정도로 대중의 사랑을 받아 '국민 작가'로 불리는 나쓰메 소세키는 2004년까지 1천 엔권 지폐의 모델로 등장하기도 했다.

문부성 국비 유학생으로 선발되어 2년 동안의 영국 유학 생활을 마치고 도쿄제국대학에서 영문학을 가르치던 나쓰메 긴노스케(夏目金之助)가 '나쓰메 소세키'라는 필명으로 문예 잡지 『호토토기스』에 단편소설 「나는 고양이로소이다」를 발표한 것은 1905년 1월이다. 첫 소설이 예상 밖의 호평을 얻자 그는 속편을 연재한다. 이 한 해 동안 다른 단편을 3편이나 발표했다. 이로부터 2년 후에는 도쿄제국대학 교수 자리를 던지고 『아사히신문』의 전속 작가가 됨으로써 전업 작가의 길을 걷기 시작한다. 이후 1916년 12월에 세상을 뜨기까지 십여 년간 실로 다양한 문학 형식과 문체에 도전하며 13편의 장편과 수십 편의 단편을 남겼다.

『마음』은 나쓰메 소세키의 대표적인 장편소설로, 1914년 4월 20일부터 8월 11일까지 『도쿄 아사히신문』과 『오사카 아사히신문』에 110회가 연재되었다. 같은 해 9월 이와나미 서점에서 단행본으로 출간하였는데, 자비 출판이어서 장정부터 표제의 글자까지 저자의 고안으로 만들어졌다고 한다.

『마음』은 총 3부로 「상 · 선생님과 나」 「중 · 부모님과 나」 「하 · 선생님과 유서」로 구성되어 있다. '상 · 중'은 작중 화자인 '나'의 수기 형식으로 되어 있고, '하'는 전체 분량의 반 이상을 차지하는 '선생님'의 유서를 그대로 소개하는 형식을 취한다. 원래 '마음'이라는 큰제목으로 단편 몇 편을 쓰려고 했는데, 쓰다 보니 길어졌고 서로 연관도 있어 소제목을 붙여 3부로 나누었다.

이 작품은 나쓰메 소세키가 소설에도 등장하는 육군 대장 노기 마레스케(乃木 希典)가 메이지 천황 서거와 함께 따라서 순사한 사건에 영향을 받아 집필한 것이다. 일본적 감

314

수성과 윤리관을 바탕으로 근대화 속에 놓인 고독한 지식인의 모습과 죽음에 이르는 인간 심리를 그린『마음』은 인간 내면의 죄의식, 고독, 윤리의식 등이 잘 표현되어 있다. 메이지 천황의 서거와 노기 대장의 순사로 상징되는 시대의 변화로 '메이지 정신'이 비판받을 것이라고 예측한 나쓰메 소세키는 '다이쇼(大正)'라는 새 시대를 살아가기 위해 '선생님'을 '메이지 정신'과 함께 순사시킨 것이다.

문예 평론가인 고미야 토요타카(小宮豊隆)는『소세키와 예술』에서 "메이지 천황의 서거와 함께 자신의 시대도 막을 내렸다고 느끼고…… 그 천황을 따라 죽은 노기 장군에게 자극받아 전에 자신이 지은 죄의 속죄를 위하여 바로 지금 자신의 목숨을 끊어야 한다"고 되어 있는데 '자신의 시대'와 '자신이 지은 죄'의 내적인 관련은 특별히 거론되고 있지 않다고 말하고 있다.

문학 연구가인 다마이 타카유키(玉井敬之)는 "이들 죽음은 어떤 한 시기의 각인의 성격을 띠고 있는 것이 공통"이고, 또한 "나의 과거를 이야기함으로써 메이지 시대에 태어나고 메이지 시대에서 자라고 메이지 정신에 의해서 배양된 인간을 땅에 묻는 것"으로 파악하고 있다.

『마음』의 최대 수수께끼라고 할 수 있는 'K의 자살'에 대해서는 의견이 분분하다. 이에 관해 수많은 서적과 논문이 발표되었을 정도다. K의 자살 원인을 선생님의 배신 때문이라고 분석하는 관점 외에도, K가 가려고 했던 '길'과 따님에 대한 '사랑' 사이의 번뇌, 당시의 도덕적 기준에 적합하지 않은 가치관, 외로움, 이기주의 등 다양한 이유가 제시되고 있다.

어떤 이는『마음』을 K와 선생님의 죽음에 대한 진상을 파헤치게 만드는 탐정 소설의 기법이 가미된 심리 소설이라는 의견도 제시하고 있다. 화자인 '나'가 '선생님'에게 접근하고, 종국에는 선생님이 스스로 자신이 껴안고 있는 어둠의 근원을 유서로 밝히면서 이야기를 맺기 때문이다.

무엇이 진실인지는 여전히 수수께끼로 남아 있지만, 메이지 시대의 종말과 함께 사회적 통념, 가치관 등에 대한 변화, 자립과 독립을 강요하는 사회적 분위기, 종교와 인간적 삶에 대한 갈등 등 다양한 원인이 작용했을 것이라는 의견이 지배적이다.

1867   2월 9일 에도에서 나쓰메 나오카쓰와 후처 지에 사이에서 태어나다. 5남 3녀 중 막내로, 본명은 나쓰메 긴노스케(夏目金之助)이다. 태어나자마자 요쓰야의 골동품상에 양자로 보내졌다가 곧 되돌아왔다.

1868   요쓰야의 시오바라 쇼노스케와 야스 부부의 양자가 되다.

1870   천연두에 걸려 얼굴에 흉터가 생기는데, 이는 평생 고민거리가 된다.

1872   시오바라 가의 장남으로 호적에 오르다.

1874   양부모의 불화로 양모와 함께 잠시 친가로 돌아오다. 아사쿠사의 도다 소학교에 입학하다.

1876   양부모가 이혼하면서 시오바라 가에 적을 둔 채 친

가로 돌아오다. 이치가야 소학교로 전학하다.

1878 친구들과 만든 잡지에 「마사시게론(正成論)」을 발
표하다.

1881 생모 나쓰메 지에가 사망하다. 도쿄 부립 제1중학
교를 중퇴하고, 한학을 전문으로 가르치는 니쇼 학
사로 전학하다.

1882 니쇼 학사를 중퇴하다.

1884 도쿄 대학 예비문 예과에 입학하다. 입학하자마자
맹장염에 걸리다.

1886 복막염에 걸려 진급 시험을 보지 못해 낙제하다.
에토 의숙의 교사가 되어 기숙사에서 제1고등중학
교(도쿄 대학 예비문의 후신)에 다니다.

1887 3월에 맏형이, 6월에 둘째 형이 폐결핵으로 사망
하다.

1888 시오바라 가에서 나쓰메 가로 복적되다. 제1고등
중학교 본과에 진학해서 영문학을 전공하다.

1889 마사오카 시키를 알게 되다. 시키의 한시 문집인
『나나쿠사슈(七草集)』에 대해 한문으로 평을 쓰다.
9편의 칠언절구를 덧붙이면서 처음으로 '소세키'라
는 호를 사용하다. 기행 한시문『보쿠세쓰로쿠(木
屑錄)』를 탈고하다.

1890 도쿄제국대학 영문과에 입학하다.

1891 　영문과 교수 I. M. 딕슨의 의뢰로 『호주키(方丈記)』
　　　를 영역하다.

1892 　징병을 피하기 위해 분가하여 홋카이도로 옮기다.
　　　도쿄 전문학교의 강사로 출강하다. 마사오카 시키
　　　의 소개로 다카하마 교시와 알게 되다.

1893 　도쿄제국대학을 졸업하고, 동대학원에 진학하다.
　　　도쿄 고등사범학교에서 촉탁 영어교사로 일하다.

1895 　시코쿠 에히메 현에 있는 보통중학교에 부임하다.
　　　이때의 경험은 『도련님』의 소재가 된다. 12월 귀족
　　　원 서기관장 나카네 시게카즈의 장녀 교코와 맞선
　　　을 보고 약혼하다.

1896 　구마모토 현 제5고등학교 강사로 부임하다. 나카
　　　네 교코와 결혼하다. 7월 교수로 승진하다.

1897 　아버지 나쓰메 나오카쓰가 사망하다. 교코와 함께
　　　떠난 도쿄까지의 장거리 여행이 원인이 되어 교코
　　　가 유산하다.

1898 　아내 교코가 히스테리가 심해져 자살미수 사건을
　　　벌이다. 후에 문하생이 된 데라다 도라히코 등에게
　　　하이쿠를 지도하다.

1899 　장녀 후데코가 태어나다. 제5고등학교 영어과 주
　　　임교수가 되다.

1900 　문부성으로부터 국비 유학생으로 2년 동안 영국

유학을 다녀오라는 지시를 받다.

1901 차녀 쓰네코가 태어나다. 화학자 이케다 기쿠나에
가 런던을 방문해 함께 생활하면서 그의 영향을 받
아 『문학론(文學論)』 구상을 결심하고 저술에 몰두
하다. 신경쇠약이 재발하다.

1902 마사오카 시키가 지병인 결핵으로 사망하다.

1903 1월 영국 유학에서 돌아오다. 제1고등학교 강사와
도쿄제국대학 영문과 교수를 겸임하다. 신경쇠약
이 재발하고 아내와의 관계도 악화되면서 교코가
친가로 돌아가다. 셋째 딸 에이코가 태어나다.

1904 러일전쟁이 발발하다. 메이지 대학 고등예과 강사
를 겸임하다. 다카하마 교시로부터 작품 집필을 권
유받고, 「나는 고양이로소이다(吾輩は猫である)」
를 문학 모임에서 낭독하다.

1905 「나는 고양이로소이다」를 『호토토기스』에 발표하
다. 1회로 끝낼 예정이었으나 호평을 받아 11회에
걸쳐 장편으로 연재하다. 이후 「런던탑(倫敦塔)」
「칼라일 박물관(カーライル博物館)」 「환영의 방패
(幻影の盾)」 「고토노소라네(琴のそら音)」 「하룻밤
(一夜)」 「해로행」 등 많은 작품을 연이어 발표하다.
넷째 딸 아이코가 태어나다.

1906 「취미의 유전(趣味の遺傳)」 『도련님(坊っちゃん)』

『풀베개(草枕)』『이백십일(二百十日)』 등을 여이어
발표하다. 소설가로 명성이 높아지면서 방문하는
사람이 많아지자 매주 목요일 오후 3시 정기적으
로 모임을 가지다. 10월 11일 첫 '목요회' 모임이 시
작되다.

1907 교직을 떠나 아사히 신문사에 소설을 쓰는 전속작
가로 입사하다. 입사 후 첫 작품『우미인초(虞美人
草)』를 연재하다. 장남 준이치가 태어나다.

1908 『갱부(坑夫)』「문조(文鳥)」「열흘 밤의 꿈(夢十夜)」
『산시로(三四郎)』를 차례로 연재하다. 차남 신로쿠
가 태어나다.

1909 「긴 봄날의 소품(永日小品)」『그후(それから)』를 연
재하다. 남만주철도주식회사 총재인 친구의 초대
로 만주와 한국을 여행하다. 이후 기행문『만한 이
곳저곳(滿韓ところどころ)』을 연재하다.

1910 『문(門)』을 연재, 탈고 후 위궤양 진단을 받고 병원
에 입원하다. 요양차 간 슈젠지 온천에서 피를 토
하고 위독한 상태에 빠지는데, 이때의 체험을 바탕
으로『생각나는 일들(思ひ出すことなど)』을 연재하
다. 다섯째 딸 히나코가 태어나다.

1911 위궤양으로 입원 중에 문부성으로부터 문학박사
학위 수여를 통보받지만 거절하다. '아사히 문예란'

이 폐지되어 신문사에 사표를 내지만 반려되다. 다섯째 딸 히나코가 급사하다.

1912　『춘분 지나고까지』를 연재하다. 메이지 천황이 사망하다.

1913　위궤양이 재발하고 신경쇠약이 심해지다.

1914　『마음(こころ)』 연재를 시작하다.

1915　『유리문 안에서(硝子戸の中)』『한눈팔기(道草)』를 연재하다. 11월 '목요회'에 아쿠타가와 류노스케와 구메 마사오가 참가하다.

1916　『점두록(點頭錄)』『명암(明暗)』을 연재하다. 12월 9일 위궤양으로 인한 내출혈로 사망하다.

옮긴이 **이은정**

이화여자대학교를 졸업했으며, 일본어 교사 양성과정(문부성 승인)을 수료했다. 현재 번역 에이전시 엔터스코리아에서 출판 기획 및 일본어 전문 번역가로 활동하고 있다. 주요 역서로는 『하루 한 번 호오포노포노』 『봄 여름 가을 겨울 이렇게 멋진 날들』 『매일매일 즐거운 일이 가득』 『서른 살, 만남에 미쳐라』 『오늘도 집에서 즐거운 하루』 『말은 필요없어』 등이 있으며, 저서로 『일본어 첫걸음』이 있다.

마음

초판 1쇄 인쇄 2018년 7월 2일
초판 1쇄 발행 2018년 7월 9일

지은이　나쓰메 소세키
옮긴이　이은정
발행인　조상현
마케팅　김나연
편집인　정지현
디자인　Design IF
펴낸곳　더디퍼런스

등록번호 제2015-000237호
주소 서울시 마포구 마포대로 127, 304호
문의 02-712-7927
팩스 02-6974-1237
이메일 thedibooks@naver.com
홈페이지 www.thedifference.co.kr

ISBN 979-11-6125-118-9 04800
　　　979-11-6125-063-2 (세트)